哥哥啊

此一去千万里远离家乡，此一去千万里山高水长。

谁为你清晨洒扫轻推窗？谁迎你卸下工具晚铺床？

谁为你早煮稀粥晚斟酒？谁迎你走进家门添衣裳？

你是我白天的那一轮太阳

晚上你就是抱着我入睡的灯光……

妹妹呀

电流奔涌一去千万里，豪情澎湃一去千万里。

千里万里我惦记着你，千里万里我温暖着你。

我远离你的身旁

却日夜把你放在心上

白天我一去千万里

晚上亮着的每一盏灯都是我深情的凝望……

——送变电人的情歌

Yiqu Qianwanli

一去千万里

许辉 苗秀侠 宁平◎著

我远离你的身旁
却日夜把你放在心上
白天我一去千万里
晚上亮着的每一盏灯都是我深情的凝望……

全国百佳图书出版单位
时代出版传媒股份有限公司
安徽人民出版社

钢铁与泥土

——序《一去千万里》

李敬泽

读完《一去千万里》,“钢铁”与“泥土”这两个意象在我头脑里盘桓不去。

钢铁坚硬、超拔、冷峻,泥土柔软、谦卑、温暖。

但是钢铁也有柔软的时候,经过锻造,百炼钢化绕指柔,在高温烈焰中,冰冷的钢铁亦如岩浆奔流。

泥土也有超拔的时候,温软的泥土会凝为坚实的砖块,砌成万里长城。

钢铁原是深藏在泥土中,后来,它抽离于泥土,变得光洁、尖锐、屹立在泥土之上;泥土虽然柔软,却以它的博大宽厚承载了钢铁的伟岸超拔。

大地之上生长庄稼、树木,当然还有杂草,但不会生长钢铁。有一群人,硬是让大地上矗立起钢架铁塔,为的是让电流越过千山万水,送遍城市乡村。他们是一群送变电工程技术人员。

在这个分工越来越细密、高度专业化的社会里,有许多人群我们是陌生的,我们享受生活,以为是天经地义,譬如拧开水龙头,水自来了;揿一下开关,灯亮了——谁也不会想到这些习焉不察的举动后面有多少人付出了巨大的智慧和辛劳。

《一去千万里》写了一群我们感到陌生的人,但他们的喜怒哀乐我们很熟悉。在架设高压线的具体过程中,钢铁所代表的现代文明遭遇了泥土代表的乡村文化,于是冲突来了,于是演绎了复杂的人生纠葛,《一去千万里》讲述的正是由这种冲突产生的或辛酸或欣慰的故事。

著者嘱我作序，按理应该多说好话；通读小说，也的确发现了不少闪光的地方，包括社会风景、行业习俗等。对于送变电行业工人、管理和技术人员的描写也是比较成功的，建设与劳动，这是人性，而且是人性中美好和崇高的部分，在这方面，尽管中国文学自现当代以来有过大规模的探索，但总的来看，艺术基础还比较薄弱。《一去千万里》有说服力地重申了建设与劳动的光荣和尊严，在这个方向上取得了新进展，积累了新经验。

现在，反映官场、职场生活的小说很受读者的追捧，而有关具体的行业领域的小说，囿于技术、知识和特定的经验，读者通常不多。《一去千万里》这本小说在可读性上做了辛苦经营，既立足于特定经验，又超越特定经验，努力探索和表现更普遍的历史和人性内容。其中乡村社会与工业文明和国家意志的关系中的许多“轻喜剧”，写得颇为精彩。

当然，我还是希望能从这本小说里读到更多的东西。譬如我在前面讲到的“钢铁”意象对“泥土”意象的侵入、破坏，它们的交汇、融合、激荡等等，这样一来，哪怕是写某一个行业的辛苦，却又能超越这个行业本身，写出大时代的一个小缩影，让小说成为若干年后回顾这个时代的一个标本。从这个意义上审视这部作品，作者可能还有更大的思考和探索的空间。

小说甚多。但众生欢喜、贴到人心上去，贴到时代和生活的脉搏上去的作品仍不够多。《一去千万里》贴近着平凡却又并不普通的群体，写出了他们艰辛豪迈的生活。由此，我们可以看出中国现代化进程的丰富面相，也有助于我们理解当下这飞速发展、沸腾喧闹的现实。这样的小说，值得写，更值得读。

谨序。

目　录

天蒙蒙地亮了。

透过蒙着一层镂空白纱的窗子，可以看到很远很远的天边有一点点的胭红，那里是太阳出生的地方。杜鹃觉得，每天的太阳都像是大地和星辰经过一夜的癫狂与爱恋，星星的种子于是就留在了大地上，被大地孕育分娩出太阳。

她也觉得“等待”这两个字真是有味道：等与待两个字中都有一个“寺”字。“等”字上面有一个“竹”字头，“待”字旁边有两个人。在竹影深深下的寺庙中是心如古井般地“等”，即便是“待”也是在寺中“待”，身边无人，不代表心中无人。反正只要是“等待”，一定是静夜无声，一定是长伴孤灯，一定是心如止水，一定是晨钟暮鼓，才是等待啊。

每一次工程结束，大勇都像放飞一个成年的儿郎，万分地舍不得却又充满着欣喜和期望，期望自己千辛万苦养育的孩子会在未来的日子里鹏程万里献身国家。在养育儿郎的日日夜夜里，那些难过的坎都过去了，那些惊心动魄的场面，都掀到前一页了。

微微笑着的荣华，笑得一身一脸的江湖味，他紧盯着杨奋强，让奋强想到刚刚从他嘴里吐出的“江湖”二字。谁盯着你，你就是谁的江湖，说得多好！那么，他杨奋强可是荣副镇长的江湖？刚把思绪撇开去，荣华用指头弹着杯子说：“我看这样吧，你也不用喝一口说一句了。你把想要解决的问题全部摊桌子上，等你说完了，就把面前的杯子一口干了，另一杯我陪你喝。我们两个放雷子。”

山路弯弯，云遮雾罩，如梦如幻。黎明前的山区，寂静得连鸟儿都在睡梦中。每到一个工作点，就下来两三名工人，再没有车行路，工人到达立塔的地方完全靠步行。因为天色未明，工人的身影瞬间消失，仿佛融化在一场梦境里面。

每目送一次工人消失在林雾之中，杨奋强心里就涌起一番感动。这样的场景，在这些年的立杆架线生涯中，不知出现了多少次，每一次，仍像最初那样令人感动。

走出铜矿办公区大门，杨奋强一句话不说，走得很慢，东张西望。那样子，像是一点都不气，正在游山玩水。走走停停，杨奋强咯噔站下了。他站在离铜矿一公里远的那两根他们必须交叉跨越的高压线底下，仰着脖子，把天空细细地扫描了几个来回，然后，才朝一直开车跟着的司机小帅招手。车停下来，杨奋强坐上去，大声说：“回项目部，紧急开班子成员会！”

没想到，第二天 leo 就找她吃晚餐：“你不觉得，谁跟谁在一起，都是命定的吗？我有过女友，但跟婚姻都是相差十万八千里的。遇

一去千万里

YIQU QIANWANLI

第一章

乖妹住在竹林坡

手扶竹丫望情哥

娘问女儿做什么

我数竹子多少棵

昨日数来九十九

今朝数来少一棵

少一棵

一心一意想情哥

——安徽民歌

一

一股鱼汤的醇香飘荡着，香气把整个屋子装得满满当当。杨奋强深深地吸了口气，低头看着趴在腿上的女儿朵朵。

朵朵很兴奋，不知如何挥霍来之不易的父女团聚的幸福，小脑袋不停地左右摇摆着，洋洋自得。和朵朵黑葡萄般的眼睛一碰撞在一起，杨奋强就咧嘴笑了。

在回到家的两个小时里，除了他洗澡外，朵朵就一直趴在他腿上，小嘴不停地跟他说着话。父女俩在书房里闹腾着，鲁婧婧在厨房忙着展示厨艺。奋强爱怜地摸了摸朵朵脑瓜上俏皮的小鬏鬏，把眼光抻到窗户外面。这样坐在家里，边陪着亲人，边看窗外的风景，是多么奢侈啊！窗外站着的绿油油的香樟树，蓬住了白花花的太阳光，投下一片阴影。这种树真好，四季常青，看不到岁月捋过的痕迹，只有树下散落的树叶，昭示着它在不停地生长着。滨湖市的许多小区和办公大院，都被生机勃勃的香樟树不动声色地占领着风骚。奋强收回目光，再次跟朵朵眼睛对眼睛地笑了一会儿，朵朵歪着脑袋，第五次问道："爸爸，你会在我们家住多久？"

奋强轻轻刮了一下朵朵的鼻子："这也是爸爸的家。我们是一家人。"

"不会吧爸爸，你还有一个家。你总是一直一直住在那个家里，我和妈妈的家，你住得很少很少。"

杨奋强鼻子一酸，一把抱过女儿，额头抵着额头："小傻瓜，那是爸爸工作的地方啊，爸爸得工作呀是不是？爸爸只有一个家，你和妈妈的这个家，就是爸爸的家。”

眼前闪现出不久前组立长江大跨日夜奋战的场景：那座设计总重量 1845 吨、高度 247 米的中国第一座圆管钢塔，仅塔腿占地面积就超过 6 个篮球场大，在杨奋强的心目中，那是一座神圣的雕像。长臂怪一样的塔吊，整日轰隆隆吼叫着，衔起一段组装好的塔材，小心翼翼地朝上举着。横空吊起的塔材，比飞机的翅膀还要威武，划过头顶那轮明艳艳的太阳，把满天的太阳光都拉住了。当两基长江大跨雄姿威武地站立在江南江北两岸，工地上沸腾了。这样重大的工程，不止是他杨奋强天天坚守工地，送变电的一帮爷们，哪个不趴在工地一线，谁能想得到回家跟家人相守？

“爸爸，你为什么总是工作那么久不回家呢？别的小朋友的爸爸，每天都回家。姚蓓蓓的爸爸还每天去接蓓蓓放学。爸爸，我也要你接我放学。”

“好，爸爸答应你，明天先送你上学，下午再接你回家。”奋强把朵朵抱在怀里。

“真的？好啊好啊，妈妈，爸爸不回自己家了，爸爸住在我们家了。”朵朵快乐地跑向厨房。

鲁婧婧笑模笑样地飞了杨奋强一眼，弯下腰跟朵朵说：“好呀朵朵，我们就把爸爸留在我们家了。”

杨奋强蹿进厨房：“亲爱的老婆大人，好香啊，做什么好吃的？”一掀砂锅盖，青幽幽的鱼头和白生生的豆腐正咕嘟嘟冒着泡呢。杨奋强吸了吸鼻子，喉结快速地蠕动着：“香，就是比工地上做的香……”伸手拿了把勺子，伸到锅里，舀了一点汤尝了尝：“老婆大人，你的手艺见长啦！”

“去！”鲁婧婧把锅盖重新盖上，“拍马屁都不在地方，盐都还没放呢，再熬一会儿。你一边儿去！”

奋强扶住厨房门，笑吟吟地看着客厅里的娘儿俩。鲁婧婧掀开钢琴盖，朵朵朝琴凳上爬，那架势，是要朵朵展示才艺呢。朵朵的指头刚刚碰到钢琴上的一个键发出一声低吼的同时，杨奋强的手机也连跳带蹦地响了起来。鲁婧婧和朵朵，几乎一起回过头，用惊恐的眼神盯着他。

杨奋强接听手机时，看她娘儿俩的眼神也开始错乱起来："啊？哦。好的，好的。"

杨奋强握着手机嘀嘀咕咕了一会儿，一抬头，正撞上鲁婧婧的目光，只觉一股冷汗突然从头到脚漫了全身，他控制着情绪咬着牙说："婧婧，我得去省公司开个会，紧急会议。来不及发通知，只能电话通报。我去去就回。"

朵朵从琴凳上"叭"地摔到地上，来不及喊疼，跑过来就抱住杨奋强的腿哭叫起来："朵朵不要爸爸走，朵朵要弹琴给爸爸听！"

鲁婧婧一改往日的"孙二娘"发作方式，弱弱地说："不能吃了饭再去吗？要不，我给你盛一点鱼汤吃了再去？"

奋强抱着朵朵，走到鲁婧婧身边，摸摸鲁婧婧的头发，跟朵朵说："朵朵啊，你和妈妈都要乖，都要听话，爸爸不走，就是去开个会，会开完了就回来，你们先吃饭，好吗？"

说罢，他放下朵朵，闪身就出去了。不敢回头看，怕身后的那两双眼睛。

门在身后边小声阖了起来。

这一次，鲁婧婧的一切举止都是轻柔的。或许，刚刚团聚的欢乐，舍不得松开手，让它跑掉，就那样傻傻地享受着，哪怕那个带来欢乐的人，又闪身远去。杨奋强一边下楼，一边在心里万般愧疚着。以他的经验，他知道，这个突然响起的电话，会带来新的工程，新的别离，他给朵朵的承诺，给婧婧的承诺，都会在这个电话之后变成空谈，正如朵朵所言，他又要离开她娘儿俩的家，奔赴自己的"家"了。他多么希望鲁婧婧像平时那样，对着他杏眼圆睁，骂他个狗血喷头啊。

二

看到病历上意料中的结果，杜鹃笑了。她终于见到了自己灰暗生命中最亮的那一道曙光。

“改判到有期了。”她嘀咕了一句。

“你说什么?”杨木生问了声。杜鹃又笑笑,没回答。

哎呀呀,她笑的样子真是好看哪。杨木生只要看见杜鹃的笑容,立即就“晕”过去了。

从第一次看到她的笑,杨木生就被她迷住了,整整迷了一生。他太喜欢她的笑容。只是可惜,一辈子也没看见几次。

长长的三十余年的夫妻生活中,杨木生觉得自己每天等着的就是杜鹃给他一个笑容,笑一次能滋润他几年的光阴。更多的时间里他看到的杜鹃总是那么水一样的平静,山一样的无言,还有令他心痛的——客气。

杜鹃没理会他。一辈子也没有理会他几次。可怜的人。马上就是自己“一辈子”到底的时辰了,没有多少机会再理会他了。

她陶醉在自己的快乐中。很多年以来,除了那一次说不出口的欢愉,这一次是她由衷的欢乐了。如果说在她十九岁时犯了“罪”被判刑“入狱”,那么至少因为她的年幼无知还有放出樊笼的一天。而命运给她的刑期却无意中与生命同步。

很长时间了,她一直不舒服,肝部总是隐隐地痛。她不在意也不在乎。还有什么部位能痛得过她的心?只要不是实在起不来了,她都会把自己和家里打理得齐齐整整。从小的生活习惯和规矩是刻骨铭心的,就像曾经与她的心脉骨血相连着的爱。

现在所有的一切将随着她肉体的消失而消失了。

“妈妈,你回来了!检查了吗?没什么事吧?”从堂屋门口接过爸爸手中的东西,儿子杨明俊拥着柔弱的妈妈走进西厢房。

杜鹃喜爱地看着长得非常像自己的温文尔雅的小儿子,满心的柔情。她紧紧地依偎着儿子散发着一股好闻的成熟男人气息的身体,轻轻地点头:“没什么,孩子。你不用担心。冬儿今天没来么?你和哥哥见面了吗?”

“哦,我先来看看您,明天去接她和笑笑。结束工程以后哥哥回滨湖了,嫂子和朵朵很久没有见到他了。”

“还是和老婆亲啊,爹娘都不要了。”只有在这个时候,杨木生才感觉到自己在家中的位置和感觉到他应该说的话。

杜鹃没说什么,只是淡淡地看了杨木生一眼。仅仅是一眼,杨木生顿时像矮了下去,讪讪地从西厢房套间里的边门转了出去,穿过院子到锅屋,看看母亲的晚饭烧好了没有。

看着杨木生的背影,杜鹃没说什么。杨木生的背似乎是越来越有些驼了,上面压着太多的东西。只要一看着这个背影,杜鹃的耳边就会腾起一句话:

“孩子,咱家没有这么大的‘笼’,不蒸这么大的‘馍’,行吗?”这是她已经过世的公公杨允良告诉自己唯一的儿子的。

老人家是做伙计的出身,练就了一身察言观色的本事。几年私塾的底子也让他有洞察世事的过人之处,虽然有些迂腐但没有到“不堪”的程度。他看得到儿子爱着的这个女人的心的最深处。但是儿子不如父亲。杨木生一辈子也悟不出来为什么他要什么样的“笼”才能“蒸”杜鹃这样的“馍”?怎么杜鹃就成了馍馍了呢?

杨明俊看着妈妈,妈妈那没有表情但是却能够感觉到的从心里溢出的温和与慈爱的脸,做儿子的永远看不够。他的眼睛有些湿润。敏感的他知道妈妈的身体绝不像她所说的“没什么”。因为当他每次抽空从工地回家看望父母的时候,每当他紧赶几步拥住母亲的时候,他一年比一年地知道母亲的逐渐单薄。特别是最近的一次,拥在他怀中的母亲居然像一片羽毛般轻微地颤着。明俊一阵恐惧,生怕妈妈像一缕空气似地在他怀里消失。

“俊儿,妈妈要出趟远门。”很平静的语气。杜鹃告诉儿子。

杨明俊心里一颤。妈妈又要出远门了。

他很怕妈妈出远门,在他的记忆里,妈妈每次出远门回来,就像得了一场大病。

刚好杨木生从过堂的正门转过来,听到了这句话,他正准备进门的脚收了回来,悄悄地穿过过堂经过院子回到了东厢房。

从锅屋里出来走进院子的母亲心疼地看着杨木生微驼的背影。跟到了东厢房的门口:“木生,要喝水么?”

杨木生头也没回,冲后面摆摆手。

天蒙蒙地亮了。

透过蒙着一层镂空白纱的窗子,可以看到很远很远的天边有一点点的胭红,那里是太阳出生的地方。杜鹃觉得,每天的太阳都像是大地和星辰经过一夜的癫狂与爱恋,星星的种子于是就留在了大地上,被大地孕育分娩出太阳。

一夜没有合眼的杜鹃悄悄地起来,打点着要带走的东西。其实这些东西她已经是整理无数遍了:一只很旧很旧的发卡,上面的色彩只剩下了点零星的红意。她爱惜地摩挲了很久。很厚很厚的一摞信。他会看到么?他会笑话她么?不管了,本来就是给他的,还是带走吧。让他去处理吧。三件时光已经很久远的衣服:一件是紫红底上面有着碎碎黄花的布衣,一件是蓝色咔叽布的大领子女装,还有一件是曾经很流行的直领白色收腰镶花边的外衣,很漂亮。就像它的女主人,到死都会很漂亮一样。

杜鹃惨然一笑,她漂亮么?

杨木生站在西厢房套间的窗子外面,一直在看着杜鹃的所有动作。忽然他想咳嗽,硬硬忍住,却听到一声:“进来吧。”

杜鹃早已坐在床边,拿着那个很旧的发卡,微微低着头,眼睛看着地上铺着的方砖。

“什么时候去省城看病?”

“九点钟的车。”

“什么时候回来?”

“看吧。”

“我陪你……”

“不用。”

“病不能拖。”

“知道了。”

杨木生看着杜鹃，心里一阵冲动。他想抱抱她，告诉她，别怕，有什么病治什么病好了。但是他不敢。他只能看看她。这么多年来，他只能这样默默地看着她。实在想她了忍不住了，他会说："东厢房里很冷，生火吗？"或者是"好热，东边。"于是她就默默地收拾好被褥，拉熄灯，躺下，什么声音也没有。于是杨木生就赶紧摸着黑脱着衣服。在脱衣的时候，他就在发抖，靠着床边的发抖的腿把铺在方砖上的床晃得很厉害。杜鹃有种从心底泛出的厌恶。

在她铺着被褥的时候，杨木生就开始冲动，太阳穴"砰砰"地蹦，心脏"嗵嗵"地跳，他觉得他马上就要创造出奇迹。可是一抱着杜鹃冰冷僵硬的身体，他立刻就胆怯起来。他从来就没有能力让她的身体柔软过。每次的结果都是杨木生在她身上胡乱折腾一会儿后，留下一摊污渍，又摸着黑走了。三十多年的夫妻，杨木生从来在房事中没有看到过杜鹃的一点表情，听到过杜鹃发出的一丝声响。好在杨木生的巡线站离家 30 多公里，他很少回家。

这次也是一样，杨木生觉得自己很奇怪，50 多岁的人了，见到自己的老婆总是有种冲动，总是像第一次见到她一般地惊如天仙，总是战战兢兢的，不敢碰她，总是要发抖。他痛恨自己的懦弱，可是这怪得他么？她为什么就这么总是静得叫人害怕？在家里，在他面前，在孩子面前，她从来没有高声说过一句话。

一阵静默。杜鹃好像忘记了杨木生的存在。

她在心里默默地大声嘶叫着："大勇，我就要死了。你在哪里？你知道吗？大勇大勇大勇……"

三

从工地返回省城，王大勇坐办公室还没来回过神来，办公室主任就通知他，省送变电公司李副总经理找他有事。

没顾上喝茶，王大勇下楼打车直奔省送变电公司。司机刚回来，就去 4S 店做车检了，他不好再招呼司机。

一进门，李副总马上站起身，走前几步，跟他握手："大勇，听说你去查线路了。不好意思，一回来就找你。坐吧。"

刚落座，办公室人员就把茶泡好了。李副总以前跟自己是同一战壕的战友，一起爬过杆子，架过线，所以两人相见，就像在自家客厅说话："这是江南的野茶，含硒，所以又叫富硒茶，长在高山上，现在可金贵呢。你尝尝味道？"

王大勇端起杯子，放鼻子下面闻了闻，一股香气袭来，忍不住舌下生津，但水太烫，他只能先闻香气解馋。放下杯子，大勇笑着问："你不会是专门让我来品茶的吧？"

李副总朗声一笑："是这样，最近省送变电公司要搞大动作，干一条南北大动脉，是咱们省'861'计划中的大建设这一块里的项目。之所以称南北大动脉，就是从省城滨湖市西北面的煤城洛山新电厂到全省最南端的'天下第一奇山'的黟山的输电工程，全程有近 600 公里呢。"

大勇说："过瘾。这么长的线路，翻山越岭，走田跨地，江南江北，平原山区，全都有了。"

"这对我们省电网薄弱又是旅游胜地的黟山市来说，实在太有必要了。大动脉的建设，将会解决多年来因缺电而带来的一系列问题，不仅仅解决了他们'十二五'的用电需求，连'十三五'的用电需求也能顾全到呢。"

"哈，这么大的家伙？"

"是啊，工程大，耗时多，许多意想不到的事。所以，省送变电公司决定让你参与进来。"

王大勇目不转睛看了副总一会儿，哧地笑了："我说，你别拿老同志开涮哪。刚结束的长江大跨工程把我耗干了，我脑瓜快成干核桃了，又皱又硬，不起作用了。正想着找你给我换个地方享清福呢。"

"嚯，这么好的一匹马，就拴槽上光吃草不拉磨了？想得美！"

"老伙计，别开玩笑，我是认真的。"

"我也是认真的。省送变电公司领导已决定了，这个工程成立个专家组，你就是专家组里的总顾问。不过，你这个专家跟别的专家不一样，人家就是走走过场啥的，你可能要紧盯在工程上。今天我们谈话，是先让你思想上有个准备。过几天，我们从洛山出发，到黟山市，沿途看一看，先来个虚拟考察。”

“这事，我得想一想。”

王大勇端起杯子深深喝了一口：“我心里已经把长江大跨当成我的收山工程了，虽说收得猛了些，最后还算功德圆满。我就带着这个收山之作，到一个清闲地方，就行了。你放心，工作上的事，哪里需要我，我一定责无旁贷。”

“你这不矛盾了？现在就推脱，还说什么责无旁贷？”

“不一样的。这大动脉跟长江大跨可不一样，牵涉到整个送变电的形象问题。”

听到这，李副总微微一笑：“就是因为牵涉到整个送变电的形象，才要你督战把关嘛。大勇，你是怕耽误你跟张工谈恋爱吧？放心啊，这个线路上要建三个变电站，张秀玲也跑不掉的。我们送变电的元老级人物，精英式的人物，都要上战场。事情就这么定了。如果怀疑自己能力不够，就多虑了。除非你不想干。”

王大勇嚼着一片茶叶，把手里的纸杯快捏变形了：“扯淡，什么恋爱不恋爱，我们也恋爱了不少年，还耽误工作了？好，接手，你还能吓着我？”

“哈，这才像我们送变电王大宝的做派嘛。”副总阴谋得逞似的大笑一通道：“你把工作安排一下，过几天我们先看路线。这个工程线路长，设计是220千伏的规模，但要有500千伏的承载能力。因此，不需挂到国网上招标，我们只在本省招标就行了。我想，咱们送变电要出动一个猛虎般的项目部，拿下最艰巨的标段，项目部的人员组合你来定，怎么样？”

王大勇挠挠后脑：“最佳组合通过长江大跨的考验，已经出现了。杨奋强那小子就行，成熟了。好钢要用在刀刃上。于我也是熟兵熟将的，用起来方便。”

“行，依你。先期工作是省电力公司打报告，上级审批下来后，省电力设计院介入考察、设计，然后招投标，到我们进场施工，至少得等到明年开春。”

星期六一早，两部小车驶出省送变电公司大门，王大勇跟随省送变电公司的几位主要领导，朝洛山市进发。出了省城滨湖市没多远，就进入郊县地界。

这些年的日子，都是被工程撵着过的，一个工程结束，抬眼一看，日历就翻到最后了。刚刚想歇会儿脚，新的工程又来了，又是打理行装，又是远走他乡。一转眼，小伙子成了白头大爷了。

王大勇心里感慨欷歔着，一基一基的铁塔就从车窗外晃过去了。那一根根银光闪亮的线缆，顺着铁塔忽高忽低地行走着，就像个听话的孩子，又像亲密的爱人，铁塔像勇于承担的父亲和丈夫，伸出臂膀稳稳托着银线。风也罢，雨也好，四季里站得纹丝不动顶天立地。王大勇把眼睛合上一会儿，觉得那一基一基铁塔，咋这么像送变电的人呢？风风雨雨在天地之间挺立着。

再朝北走，油菜花渐少，绿油油的麦苗儿铺天盖地袭来。虽然距离不过200公里，省城滨湖和洛山之间，有着明显南北地域的差距。南边植稻，间种油菜。快近淮河的地段，大部分的田野，种植的是麦子，油菜就是点缀了。

这一天，走的路真不少，先是顺着省道去洛山，又沿着国道绕一个弯，去黟山。渐近长江，两边的风景又发生了变化，山多了起来。到过了长江，进入江南地区，几乎山连山，峰挨峰了。王大勇的思绪渐渐转到要开建的南北大动脉工程上。地域之差别，不用说将会在这项工程里纤毫毕现。那又是一种什么情景呢？

快到黟山市时，两部车进到运检处位于江南的最大的巡检站，在那里喝茶休息。大家下车后，不急着进屋，而是欣赏起附近的山景来。王大勇的手机这时候响了。是张秀玲。

“喂，在哪儿呢，你那闲职可找好了？”

“你电话打得真是时候啊，我在江南呢。恐怕闲职的事得过段时间再说了。一时半会儿闲不下来了。”

秀玲嘿嘿笑了:“怎么,你没有说不?”

“说了,没用的,被人盯上了。”

“听你口气,挺得意,看来你是喜欢被人盯着了?”

大勇没有搭茬,听着秀玲手机里面背景挺吵,就问:“你在工地啊?一切还顺吗?”

秀玲道:“有些小麻烦。不过,都解决了。我们的车外出买菜,路上被拦了,有家办丧事的,拿只大板凳放路中间,要五十块钱才给让路。司机下来想理论,差点挨了打。我心里郁闷哪,你想想,我们来这里做工程,是国家的工程,怎么就都想敲点竹杠呢?”

大勇安慰道:“在送变电做这些年,啥没经历过?啥能想不开?等忙完这阵子,我代表省送变电公司去慰问你,如何?”

“好嘴皮子,你肯来?”

大勇声音放小了说:“真的,过几天我去看你咋样?以后南北大动脉一开工,难得见次面。”

“什么南北大动脉?”秀玲问,“听起来挺大的工程嘛。”

大勇道:“就是咱们江淮省自己的工程。我推荐了杨奋强。我也跑不掉。估计你也跑不掉。晚上再电话细说,他们叫我了。先这样,保重啊!吃好喝好工作才好,拜拜!”

收了电话,见李副总在身旁笑吃吃地看着他,脸一热,笑呵呵道:“这里风景不错。”

副总说:“我看你心情也不错嘛。怎么样,一路赏景,有什么收获?”

大勇想了想说:“南北大动脉,虽说是本省的工程,可不简单。路线太长,事情会很多。”

“那就是说咱们的大宝同志,已经做好准备了?”

“唉,我真怕辜负了省送变电公司的错爱啊。”

“不会的。大宝的招数,谁人不知?出奇制胜的事,你多了去了。再加上杨奋强那员虎将,没问题。哎,你别说,杨奋强那小子干活不要命的劲儿,跟你像爷俩。”

“小子是棵好苗子。他兄弟就文静多了。”

“真是一娘生九子,九子不一样。变电的那个杨明俊是他兄弟吧?”

“电校毕业的两兄弟都进咱们公司了。”

就在大勇和李副总嘀咕杨奋强的时候,杨奋强也在嘀咕这件事儿呢。

自从做了王大勇的徒弟,杨奋强心里就有点不落底儿。倒不是说师傅哪里不好,但是杨奋强就是有些怕他。按当地的方言讲,就是两个人有点说不清的“格涩”。杨奋强总觉得王大勇对自己要求特别严格,两人总有那么点犯戗的地方。

省电校毕业刚进送变电,杨奋强就被分到送电分公司王大勇的手下做徒弟。上班第一天,王大勇就让他爬铁塔。当然,只要他能爬完最下面的一层就行了。就是那一层,杨奋强学爬了三天。他工作半年后,才敢上塔架线。

第一次上塔,在淮河北岸架线。他没跟任何人说过,他是恐高症。刚刚上去,一阵风过来,杨奋强忍不住紧紧抱住塔身,感觉整基铁塔朝一边歪,他实在控制不住自己,大叫道:“塔要倒了!”居然吓得泪流满面。

上塔说塔倒,是最忌讳的事。师傅王大勇一脸不高兴,亲自上到塔上,把他接应下来,只撂给他一句话:“软蛋!”

这句话对杨奋强刺激很大,他没事就上塔,硬是把恐高症克服了。他用实力一步步证明着自己:从普通一兵到施工队长再到项目总工、项目副经理、项目经理,不管是他跟王大勇合作还是他自己单挑,杨奋强都要在师傅眼里做到最好。

看着他的成长,王大勇心里是很欢喜的,但嘴上愣是没句好听的话,直到建设洛东线的那个工程中,发生了一件事,大勇才算真正认可了杨奋强。

1999 年,省内东通道煤城洛山到东市的 220 千伏线路,王大勇是项目经理，也是现场指挥。在立58号西陵山旁边的那基铁塔时，王大勇嘴里一个劲喊着“放，放……”

他哪里知道，就在他集中精力看塔身的时候，连接钢缆的滑轮已经放到极限了。

这时候杨奋强觉着哪儿有些不对劲，他对挂线埋的地锚一看，惊出一身冷汗：地锚眼看就被拽起来了，而张力机还在呜呜地转动着。换个角度再看那杆塔，杨奋强立刻明白了，王大勇是凭老经验，以西陵山为参照物立塔呢。从王大勇站的角度看，西陵山是直的，其实塔身已经歪了半米了。

杨奋强狂喊一声“停！”来不及多想，他马上让人齐齐拽住线，把塔杆朝后拽。自己则扑上前去，一脚踢掉张力机的离合器，让机器停止运转，才避免倒杆事故发生。

杨奋强千钧一发制止了倒杆，事后人人惊出一身冷汗。王大勇脱口说声“好小子！”杨奋强脸上笑开了花儿。

他也不知道自己为什么这么在意师傅一个小小的肯定。可能是因为从小对送变电人的向往吧？

杨奋强高中毕业时候，按照他的成绩，考上大学是没有问题的。但是一直很尊重他意愿的妈妈坚持要他考电校，而且就要考本省的。妈妈的理由很充分：电校毕业出来也能找到好工作，而且电校也不比大学好考。家里负担重，还有个弟弟，早点毕业早点工作。

对妈妈的提议，杨奋强打心眼里赞成。对于农家子弟，那个年头，能够考上中专学校可是比考大学都难。这个建议，满足了杨奋强小小的虚荣心。更重要的是，每次在上学的路上看到一座座高高的铁塔时，他就不禁想起曾经读过的一首诗：

你是一墩耸立的基石
展开高岸险峻的桥架
你用赤裸敦实的身材
穿上了灰色的金属铠甲

你像一位握紧拳头的武士
即将到擂台上进行一场散打
你并没有真正的搏斗
却造型出一个男人健美的骨架
你与你的同伴
是从喧嚣的城镇排列到青山绿水的乡下
你是长廊中的一柱连接着白天黑夜春秋冬夏
你是一棵特殊的大树蔓出了蜿蜒的枝丫
当我走进你的身旁才看清你是一座高高大大的铁塔

这首诗，奠定了杨奋强一生的职业理念。他一看到铁塔就激动，一读到“你并没有真正的搏斗，却造型出一个男人健美的骨架……”就血脉喷张，心中升起一股昂扬之气。没有想到妈妈居然就建议自己去考电校，这就意味着他离他心目中的“男人”形象近了更近了。

更爽的是，比自己小两岁的弟弟杨明俊高中毕业的时候，妈妈还是建议他考电校，理由是弟弟性格弱一些，在哥哥身边，做母亲的放心。

结果弟兄俩毕业后作为优秀毕业生都进了公司，一个在送电，一个在变电。

送变电这个职业绝对是打造真性情男人的地方。长年与大自然零距离地亲密接触，人会变得像山一样豁达，像水一样明朗。远离城市的喧嚣烦琐，人会变得很简单，更多的是山民般的纯朴和厚道。领导一声令下该干则干，没有磨磨叽叽的弯弯绕绕，没有花红柳绿的牵牵绊绊，更多的是大山里汉子的“大江歌罢调头东”的豪迈。

看着弟兄俩的点滴变化，杜鹃心里滋润着，安慰着。每次回家奋强和明俊跟妈妈说叨起单位的事，妈妈千叮咛万嘱咐：“宁学别人寸长，不记别人尺短。”

弟兄俩知道妈妈的用意，妈妈是希望他们成为一个有大胸怀的人。心有多大，天地就会有多大。这些老话杨奋强是明白的。所以，在跟王大勇的几次合作中，在他做项目总工或副经理的时候，他都是仔细看王大勇的操作和处理，学习其中的经验和技巧。慢慢看下来，他真的看见了王大勇的“寸长”。王大勇的“寸长”非常坚实，这里也有，那里也有，排列在一起，杨奋强觉得，那一寸寸接起来的寸长，远远大于自己的尺短。

嗨，锅巴翻不到饭上头，师傅就是师傅啊。

四

王大勇被车窗外的油菜晃花眼了。

油菜熟了。

熟了的油菜是一种漫着一层淡淡灰色的饱经沧桑的绿。它在冬日里抗过寒冷，先曾顽强的亮亮的绿过；它在早春的风中经历过乍暖还寒，在大绿中绽放过灿灿的黄花。它曾经很青春地惹蝶翻飞，也曾很浪漫地招蜂酿蜜，那种蜜的香甜抿一星点儿就让人心醉。这油菜，待日晴，该收割了罢？

大勇打心眼儿里喜爱庄稼，常年一去千万里的架线施工，爱的就是这一片圹埌山野。但是现在的他无心享受车窗外被速度迅疾展开的绿的长卷，而是努力辨识着油菜田上空碧蓝的天宇。他几乎一搭眼就能识别出横空飞架的高压线路，哪条是110千伏的，哪条是220千伏的，哪条是500千伏的。忽然想起那句形容铁塔的句子：“我孤独地矗立于旷野之中，与群山为伴，与百草为家……”

作为一个资深送变电人，王大勇的心和铁塔是相通的。多少年来，别人出门看到的是青山绿水，绚丽美景，他出门看到的是千丝银线里源源不断地送入工厂、矿山及千家万户的电流。那些横走竖跨的一基基线杆，无论它们是铁塔，是水泥杆，还是钢管塔，它们和连接着它们的银线像一张天网，丝丝缕缕都牵动着他所有的情感。尤其是现在，他眼前的每一基铁塔都像他血肉相连的兄弟，微风吹过，便是一阵牵心的悸动——在电流火热的奔涌中，有不足为外人道的孤独。

前不久，江淮省电力公司为刚刚竣工的凤江线建设者和项目部一班人马，举行了庆功会，并邀请了国家电网，西北、南方、西南等几家电网的主要领导到大会现场。担任凤江线项目经理的王大勇在这个工程中创建的“长江大跨越铁塔组立高空作业面电视监控系统、卷扬机拉力测量及过载保护系统、抱杆摇臂自动控位装置”，在这次会议之前被建设部正式确立为国家级工法。

这是何等的荣耀！

简而言之，工法就是行业标准。它是经过工程实践形成的综合配套的施工方法，具有行业指导性；它必须具有先进、适用和保证工程质量与安全、环保、提高施工效率、降低工程成本等特点。能够在一个项目中创造出国家级工法，那谈何容易？

但是王大勇做到了。

凤江线项目刚刚结束，他就被任命为南北大动脉工程项目总顾问，为项目经理杨奋强保驾护航。

这个职务对担任省送电分公司副经理的王大勇来说，有点小小的失落。

在大勇来说，担任公司的高管职位是公司给他的一份承认，一个待遇，但他最看重的还是做项目。因为在他以往的职业生涯中，大都是担任冲在第一线的项目经理人。他曾经做过的每一个项目都是他心爱的孩子，每一个项目都是他忘不掉的情人，项目经理职务是他胸前最值得骄傲的徽章，做项目的每一段岁月都是他一生中最忘情的时刻。

但是他老了，到了做顾问的年龄了。在送变电这个特殊的行业里，五十岁的年龄还在风餐露宿的毕竟不多了。尤其是啃南北大动脉工程这个硬骨头。

这次的工程之大，是省送变电自成立以来所没有过的，也是王大勇一生中所碰到的工程量最大的一个项目，虽然在建设送变电的工地上大勇做过数不清的大小工程，但都无法跟目前接手的这个项目相比。所以尽管在这个项目中只是顾问身份，他的内心深处，也不时渗出一丝丝不安的凉气。

为什么会有这种心态呢？是到了知天命之年，身上的勇猛减少了？还是智商退化了？抑或是真的该急流勇退了？

自从宣布他担当南北大动脉项目总顾问，王大勇总喜欢开车出门看线路，看铁塔。陪同他的一直是他的左右手、负责民事工作的副经理贺立淮。立淮虽然比他小十来岁，但两人在工作中一起摸爬滚打是一家人，配合默契像亲兄弟，贺立淮常常没大没小地直呼“大勇”、“老大”、“大宝哥”，不管叫他什么，只要大勇心情好，咋喊咋应。但是在大勇思考重要问题的时候，贺立淮乖乖把嘴闭上了，“不打勤的，不打懒的，专打那个不长眼的”，瞅着不对劲儿，光着头往那刺棵里钻做甚？

这次，立淮去大动脉项目部了，他一个人驾车巡查。

“嘀嘟……”手机短信响了。

屏上显示一行字：“大勇，预祝生日快乐，平顺安康！知道你在附近，到三棵树来吃生日宴啊？小准备了一下。我们快撤场了。秀玲。”

生日？王大勇闭上眼睛想了片刻，是快到了。难为秀玲记着。他心里暖暖的。真快，50 岁了，几十年的光景，咋就跟做梦一样一晃就过去了呢？

他把着方向盘想了一会儿，回复道：“我再转转，晚饭去你那儿吃吧。弄个银鱼蒸蛋。”

秀玲即刻回道：“好啊，晚上过来，给你提前过生日。”

王大勇嘴角翘翘，女人的心真细啊。也好，晚上就去三棵树看看秀玲。

三棵树变电站位于茨湖边上，茨湖是江淮省最大的淡水湖，在全国也有些名声的，湖里所产的银鱼当年都送到宫中给皇帝吃，现在普通百姓也能吃得到，后来污染严重，茨湖银鱼的味道变了，市场地位也降低了。好在近几年治污在加大力度，茨湖的银鱼又紧俏起来。

张秀玲是三棵树变电站的项目总工，眼下变电站主体工程全部结束了，室内和室外接线也已完工，张秀玲正带着工程师们在做最后的调试，一时还没撤离工作现场。

晚霞铺满了整个西天，映照着广阔田野上的稻田，远处淡淡的大别山余脉，被红霞嵌了边，艳艳地妩媚。王大勇握着方向盘，任风景在车窗外流淌。老远，他就看到了三棵树变电站内直立的构制架。银白的构制架被晚霞映照得仿佛披上了一层银红薄纱，铮铮钢骨显出几分俊俏。大勇听到自己心里“呼隆”响了一下，不仅仅是因为张秀玲在这里，是那些钢直直的构制架在这里。多少年了，他只要见着了铁塔，见着了构制架，心里就会呼隆响，就目光迷离，就神思缥缈，就激情澎湃。

车子停靠在三棵树变电站宿舍区院内，王大勇刚拔下车钥匙，张秀玲就笑眯眯站在板房门口迎他了：“挺快的呀，”秀玲说，“银鱼蒸蛋还没好呢。”

张秀玲的助手、文文气气的杨明俊从食堂捧了一只紫色砂锅出来，看到王大勇说句“王经理好。您来的真巧。银鱼蒸好了。”

“明俊，你妈妈身体好些了吗？”听秀玲说过杨明俊妈妈的身体不是太好，常年病恹恹的，大勇顺口问了句。

“谢谢王经理惦记着，我刚刚从家里回来，妈妈现在是越来越瘦了。”

“明俊，马上撤场了，我放你假，回家多住些日子。”秀玲马上说。

“谢谢张总。”

进到屋里，见秀玲的办公桌收拾干净，摆放着几副餐具，那只紫砂锅四周给几只盘子围拢着，盘子上都又扣着空盘子。大勇一一掀开看，哈，内容不少呢，菜苔炒腊肉、土鸡烧粉皮、干煸萝卜条，砂锅里是杂鱼烩豆腐。只觉香气满屋缭绕，味蕾瞬间绽放，大勇头凑到桌子上一一嗅了一遍，就去找开瓶器开红酒。

看到大勇的馋样子，秀玲抿着嘴笑。大勇边开酒边说："你这御用大厨不错的嘛，速度手艺都比我那个项目部大厨强。等你撤离了，这个大厨给我用怎么样？"

"美的你吧，这大厨可是你花钱也请不到的哩。"

"大厨做得好的一般可都是男人。是哪里人？被你收编了？"

秀玲脸红了一下，对着虚掩的里屋房门望一眼说："这话算不算你在吃醋啊？除了不说就瞎说。算你的脑袋瓜再够用，也绝对想不到会是谁。"

冲门喊一声："出来吧。"

话音刚落，门被推开，一位中年妇女手里捧着一个硕大的碗走出来。妇女身材壮实，赤红面孔，笑容有几分腼腆。

大勇看了眼妇女，又去看秀玲，眼睛有个问号。

秀玲却不看他，只顾把菜摆好，把酒倒上。等大家都落了座，秀玲才说话："喏，大勇，这就是你说的大厨。猜不到她是谁吧？要罚酒的呢，人家可是专门跑过来，带了这些好吃好喝的，又亲自掌勺做了出来。"

大勇哪好意思尽瞅着人家妇女同志，抓了抓耳边的头发，先端起酒杯抿一口，说："我认输，一时真认不得了，请原谅啊。"

妇女说："张工，别难为他了。嗨，王队长，不，王经理，我就是大翠啊，就是那个刘家洼的大翠刘翠萍呀。"

"大翠？大翠！"

就算王大勇能忘掉一些事情，他一生都不可能也绝不会忘了刘家洼。

"真是一点也认不出来了。刘家洼离这可百十里路呢，大翠你怎么跑这儿来了？跃进好吗？"

大翠有点扭捏地笑了笑："五十多岁的人了，当然跟以前没法比了。也难怪你认不出来我。跃进好着呢，他一直念叨你。眼下，大孩工作啦，老二是个闺女，也念大一了。我跟跃进现在跑船了。"

秀玲笑道："现在大翠和卢跃进是茨湖上的船老板了，那条船值百把万呢，帮着运水产品到南京、上海去，也到咱们滨湖市去，赚头还不小呢。”

大翠连忙摆手：“哪敢在王队长面前逞能，就是顾上嘴吃饭而已。跃进说了，等我们有了空闲，就邀请王队长游趟香港。如果没有你，当年我们也成不了一家子，也不会过上这样的好日子。到时候秀玲姐一起去，也算了俺一桩心事。”

秀玲爽快地说：“行，我算沾大勇的光了。”

王大勇说：“真也是忒巧，咋碰到的呢？”

大翠就乐：“这次真是巧，三棵树的厨师去我船上买鱼，一问是变电站的，是张姐负责的。我就向他们打探你，他们说，这条马上要建设的线路就是你负责呢。我就先跑到变电站来了，跟张姐叙上话了。下午听说你来吃饭，我无论如何要过来一趟，给你做几道菜，表示一下我的心意。跃进本来也要来的，但他得跑船，跟到南京去了。过两天俺俩去你的项目部看你，都商定好了。”

大家一起举杯，除了祝贺王大勇生日快乐，也庆祝大翠重逢了当年的大恩人王队长。正吃得热闹，张秀玲跟明俊使了个眼色。不一会儿，明俊捧着一只扎彩带的蛋糕过来。秀玲亲手拆开蛋糕盒，只见蛋糕上面堆着一层淡粉的云彩，中间是一基钢骨铮铮的铁塔，旁边一行褐色小字：铁塔生日快乐。大勇一下笑了：“哈，这创意好，铁塔！”

秀玲道：“这些年，你立了多少基铁塔，谁也数不清了，你的生命，已跟铁塔相融一体了。”说着插上五支蜡烛，点着，明俊把房里的灯拉灭了，叫王大勇许愿。

大勇闭上眼，沉默了一会儿，睁开，对着蜡烛吹口气，五只蜡烛应声而熄。明俊说：“王经理，你许的啥愿？”

秀玲打断道：“不许说出来的，说出来就不灵了。”

大勇说：“要说出来，跟大家分享。我希望这条南北大动脉工程项目，一切顺利，胜利完工！”仰头把一杯红酒喝干。

大翠说，自己不会唱生日歌，就给王队长唱个茨湖采茶小调听。

大勇心里“咯噔”一下，又想起了那个喜欢唱小调的人。

“小小茶棵矮蹬蹬，青枝绿叶爱坏人，姐姐拉起妹妹手，我俩一路山上行。哎嗨嗨哟，我俩一路(呐)山上行。姐姐采茶茶四两，妹妹采茶茶半斤，姐不服气也不行，姐妹二人(呐)上秤称。哎嗨嗨哟，姐妹二人(呐)上秤称……”

随着大翠的歌声，王大勇慢慢地一杯接一杯地把半瓶红酒喝干了。秀玲静静地看着他，一杯接着一杯给他倒酒。大勇感激地看了看秀玲，不好意思地仗着酒盖脸，开起了玩笑：“大翠，当年你是唱的哪个调，就把送电工卢跃进的魂勾去了？再唱一遍听听？”

大翠脸更红了，倒也大方说：“那个歌，是我们家的保留节目呢。只要跃进跟我生气，我扯着嗓子唱上一曲，他就偷偷笑了。”

“唱个听听么。”

大翠放开嗓子唱起来：“心想喊郎难张口，太阳正往西边走，打把金钩勾日头，金钩插到云彩眼，勾不到日头不收钩，找不到情郎俺不回头……”

王大勇分明听到自己的心“刷拉拉”碎了一地。

五

在省送变电公司宿舍门口，一个胡子拉碴、头发盖住两耳的男人，把朵朵吓得尖叫起来：“妈妈，快救我！”

鲁婧婧抱过朵朵，轻言细语安抚着：“朵朵，这是爸爸呀。爸爸你都不认得了？”

回瞪一眼长发男人：“杨奋强，你想把女儿吓傻啊？”又忍不住想笑。

杨奋强摸摸胡子和头发：“我都忘了自己这副妖怪模样了。”

他蹲下身子，去拉女儿的手：“宝贝，让爸爸来亲亲。”

朵朵认出是爸爸后，不躲闪了。摸着杨奋强的头发说：“爸爸，你怎么像个要饭的？”

“瞎说，爸爸是高级工程师，怎么像要饭的?”

“我们幼儿园门口有个要饭的，就跟爸爸的头发一样乱，胡子也是一样长。”

“爸爸这是去装扮圣诞老人了呀。想爸爸不?”

朵朵听说圣诞老人，立刻来了兴趣：“爸爸，你天天都扮圣诞老人吗？累不累？朵朵好久没见到爸爸了，爸爸把好吃的都送给别的小朋友了吗?”

“是啊。爸爸去的那个地方，好多小朋友都还没东西吃呢。不过，爸爸也带了好吃的给朵朵。”

奋强把身后的背包拉到前面，拉开拉链，指着包里说：“瞧瞧这是什么？水晶饼、腊汁牛肉干、柿饼、大红枣、核桃，多不多?”

他把牛肉干递给朵朵，朵朵立刻要拆袋子。鲁婧婧扯了一把朵朵：“乖，回家洗手了再吃啊。”也不看杨奋强，拉过女儿就走。

奋强几步撵上，附在鲁婧婧耳边说：“老婆大人，我还给你带了红枣汁，原汁原味的。还有黄桂稠酒，黄桂稠酒的味道，别具一格啊。”

鲁婧婧狠狠道：“婆婆妈妈真啰嗦。这副模样，也不知路上的检查站咋就让你过来了。有话回家说。”说着，脸上慢慢摊开笑意了。

“遵命，老婆大人。”杨奋强嬉皮笑脸地跟着鲁婧婧往家走，嘴里还没有闲着：“老婆辛苦了，晚上我师傅王大勇犒劳所有同事的老婆，所有的老公跟着沾一小光……”

鲁婧婧柳眉一竖：“杨奋强，贫吧你。”

晚上庐家太太饭馆，王大勇的左膀右臂们带着老婆孩子都来了。奋强带着鲁婧婧，小涛带来了女朋友方诗雨。

这是王大勇第一次见到小涛的女友。尽管张秀玲背后不止一次对儿子说过，诗雨太漂亮了，不一定养得嘎——这是滨湖市的土话，就是说不一定养得住。王大勇一见，觉得方诗雨确实是个美人胚子。不过漂亮女人不一定都惹事。再说小涛的长相、个头、学问，处事为人都是顶尖的男人，也只有诗雨这样的女子才配得上他。大勇心里暗忖着。

立淮是一个人来的。立淮的家,跟别人不太一样。

1964年出生的贺立淮也是送变电二代,爱人大妹身体一直不好,早已不上班,家事都靠老岳母照顾。立淮岳父去世早,岳母带着唯一的女儿过活。岳母是省纺织厂的女工,上世纪七十年代初的一场大水,把纺织厂宿舍区淹掉了,当时大妹还没上小学,站齐腰深的水里哭哑了嗓子,岳母趟着水回到家,才把女儿救起。后来大妹就落下了类风湿关节炎的后遗症。开始还时轻时重,一直到跟立淮结婚,生下女儿娟娟后,就病得不能工作了,只好从第六中学的校医位置上内退回家。家务也不能做,手一沾凉水全身每节骨头都疼。多亏老岳母身子骨结实,所有家务就承担下来了。立淮即便再心疼老人,一年到头在工地上泡着,想照顾家也是心有余而力不足。

更加叫立淮内疚的是,招人怜爱的娟娟刚刚满一周岁时,得了一场怪病,三天两夜高烧不退。那时候的立淮正在江南工地架线。送变电的家属有一个传统,家里即便再有事,能不说就自己扛着。岳母顾大的顾不了小的,送医院迟了,结果造成娟娟左耳失聪。好在娟娟是个要强又懂事的孩子,学习成绩一直很好,以全市第八名的成绩被滨湖市一中录取。那可是省重点中学啊。

"咋不把大妹一块儿带来?"

王大勇说过就后悔了。他明知大妹出门是不太方便的。立淮倒朗声一笑:"人家可忙了,没空出来呢,正在家绣十字绣,知道主题是什么吗?"

"是不是清明上河图?"开始有些扭捏的方诗雨,这会儿也熟络了,就插话道:"现在十字绣可流行了,许多人都在绣名画,很值钱的啊。"

立淮道:"人家绣的主题内容叫大奥运。想象力那叫一个丰富。跟我这个中学水平的人比,可是强多了。图案是自己描出来的,绣了一大半了,赶在奥运会举办前要完工呢。"

三荤四素的几样菜端上来,要喝酒的,自己倒。按王大勇事前宣布的,今天吃喝自由。酒是王大勇从家带的,H市酒厂的"内贡酒",没商标,别处买不到。说起 H 市酒厂的厂长,跟王大勇也是不打不相识,那年架线时就是为着酒厂门前跨越赔偿一事,两人斗狠斗智,最后酒厂厂长甘拜下风,认了王大勇当朋友,年年都送内贡酒。

几杯酒下来,大家各自找对手。大勇给杨奋强满上说:"听说你回来时,长发垂肩,胡子满脸,把朵朵差点吓哭了,可有此事?"

奋强耸耸肩,看一眼一定先前到师傅面前告状的鲁婧婧。

婧婧只顾把青豆朝嘴里送,正眼都不瞅他。

奋强笑道:"可不是咋的?朵朵一见面就吓得叫起来了。好不容易跟她混熟了,她却问我,爸爸,你要在我们家住多久啊?"

婧婧嗔看他一眼:"还说呢,是你自个儿把家当旅馆,怪谁?你算算,你一年在家待过几天哪?哎呀师傅,你跟上级反映反映,叫奋强在公司工作吧,哪怕看大门呢,也算对家有个照顾。我一个人又上班,又带孩子,容易吗?"

大勇道:"说起来,由于咱送变电人的工作特点,就是挺对不住家里人的。婧婧你还是多包涵吧。奋强正年轻,工作经验有了,高级职称也有了,他正是干事业的好时候呢。"

这边正聊着呢,谁也没注意方诗雨黑葡萄样的眼睛,在小涛身上刷来刷去,旁若无人地拉过许小涛的胳膊,去数上面被旱蚂蟥叮咬的伤痕,突然低下头,就咬住了。惊得一旁的几个人放下筷子看着,小涛却满不在乎地任由诗雨咬,还鼓励道:"味道怎么样?像不像五成熟的牛排?"

诗雨松开嘴,看着小涛胳膊上浅浅的牙印笑道:"美的你,还牛排呢。我是想给你留个纪念,省得你走远了忘记我。"

一句话说得男男女女都心酸酸的。

贺立淮赶紧打破沉默:"以前吧,只知道稻田里水塘里有水蚂蟥,哪知道南方的工地上还有旱蚂蟥。树叶上、灌木丛里,到处都是。我先是看到小涛的腿肚上趴了黑黑的一排,还以为是树叶呢。后来感觉痒,才发现自己腿上也是一大排。低头仔细看,才觉得面熟,原来是蚂蟥。大家没经验,七手八脚从腿上朝下摘蚂蟥,拽下蚂蟥的身子，头都留在肉里了，血流个不止。那可是叮得比水蚂蟥结实多了。当地民工让大家一个劲拍打腿，把蚂蟥打出来。一物降一物，当地有一种叫三叉虎的草，叶子揉碎涂在被蚂蟥叮的地方，才算把血止住了。虽说平常小心再小心，哪怕涂上药水，还是不停遭旱蚂蟥叮咬，因为汗水很快就把药效冲掉了。新伤摞旧伤，人人带着一身伤。这伤疤呢，一时半会儿还真消不了呢。我寻思着，我们年纪也大了，没啥事。小涛还没结婚呢，破了相，这可咋办？"

"凉拌呗。"诗雨接过话茬一说，大家齐声笑了。

"大勇，你那个准家属呢？怎么没来啊？"见气氛活泛起来，立淮跟大勇开起了玩笑，也不顾忌小涛在场了。

大勇道："正在搞工程交接，哪有空吃闲饭喝闲酒呢。"

正说着呢，小涛手机响了："妈妈，我不在家里。对，我和师傅他们在外面吃饭呢。诗雨也在。代问大家好？一定。"

正是张秀玲来电。大勇会心地笑笑，发去一条短信："别担心，你儿子媳妇挺好。定下哪天回来吗？"一按，发送。

奋强说："师傅，你这顿饭，不光是给我们接风洗尘吧？是不是又有啥新任务了？"

王大勇把手机盖合上，见大家都安静地看着他，喝了一口大麦茶说："今天呢，就是叫大家拢一起说说话，也顺道说说工程的事。是有个新工程。"

"省内省外的？"在座的两个年轻女人同时问。

话音一落，大家扑哧扑哧笑了起来。

王大勇心里暗自叹息了一下。唉，做送变电人的女人，真的是不容易，最怕的就是男人远离家门。可是，谁叫咱是干这一行的呢，就是本省的工程也不是说回就能回家的啊。

"省内的。叫南北大动脉。就是从煤城洛山到江南的黟山市，全长 600 公里，是个大工程。我干送变电这么多年，像这种纵跨五个市、区间跨度大、时间长的工程，也是第一次听说。"

“乖乖，大家伙。过瘾。定下来谁干了吗？”小涛迫不及待地问道。

方诗雨紧紧抓着他的手，似乎一松手，小涛就跑掉了。

“这次的工程，是省电力公司的，220 千伏的，预留能通电 500 千伏，省内招标。我们要拿下一个大标段。我这个老头子没跑掉，你们也别想跑掉。本来呢，想等你们歇几天再说，既然今天大家拢一块儿了，还是先说说，先给大家打个招呼。这次工程，我做现场总顾问，让凤江线项目的原班人马来做一个重要标段。我想，奋强还是负全责，立淮小涛、左膀右臂，黎明做项目总工。”

大勇话刚落音，奋强就剧烈地咳嗽起来。原来他喝汤把自己呛住了。婧婧在他背上轻抚道：“瞧瞧这人，一说有工程做，咋就激动成这样？”

奋强从婧婧的臂弯里把头抬起道：“师傅，这次工程假如我们能投标成功，恐怕你又得多辛苦了。”

王大勇哈哈一笑：“废话。那是自然。本来大跨结束后，我倒想找个闲职干干，安享晚年。现在是你们年轻人打天下了。谁知省送变电公司不放过我。”

立淮插话道：“那当然，谁让你是咱送变电的大宝呢。”

大勇瞥一眼立淮说：“立淮，这次工程如果接手做，你可比我这个大宝累多喽。有个心理准备吧。”

六

许小涛跟方诗雨的告别模式，每回总是与众不同。这也是诗雨喜欢的。这次，他们选择去必胜客吃比萨饼。物质套餐里还有一道精神大餐：看一场电影《欲望都市》。这部刚上市的新片，在滨湖人民影城放映的首场票，还是方诗雨提前从网上买到，专等许小涛回来一起看的。

餐厅里响着一首外国乡村音乐，带着几许忧伤的男声，用英文反复唱着“爱你，不变，到永远”。方诗雨跟着轻轻哼唱，柔情蜜意地看着许小涛。小涛轻轻握了她的手一下,脸上是那个固定的经典微笑。每回离开方诗雨,他都这样无声地微笑着。这种笑对方诗雨而言,极具杀伤力。她像那位美国乡村歌手一样,长长地叹息了一声:“唉,一去千万里。千万里,我追寻着你,可是你,却并不在意。”

“老婆,这回不远,就在省内,我抽空就回来陪你。”

“拉倒吧。凤江线不也从省内经过?长江大跨就在省内,你回来过几次?连我过生日你都没回。哼!”

可能离别已成习惯,方诗雨摇了摇头,仿佛把不快和埋怨都赶走一般,换了一个笑脸,把头一歪,指着面前剩下的最后半块比萨饼,冲许小涛鬼鬼地一笑:“你吃,我吃不下。”

“老婆,不要减肥,我喜欢胖子。你们这些女人呀,都不知道为谁减肥?还虐待自己。男人不喜欢女人骨瘦如柴的。你看我妈妈多好看。”许小涛态度很诚恳。

“哈哈,你妈妈是到了年龄了,胖点好看。的确哦,你们送变电的人都说秀玲老总还是风韵犹存呢。但是我觉得年轻的女人骨感点好,性感!”

“这是哪个男人传授给你的?老实交代!”许小涛故意虎着脸。

“讨厌啦,吃不吃嘛。”方诗雨灵机一动道:“那好,我们来剪刀锤子布,谁赢了谁吃!”

说罢,伸出手,把拳头捏得小小的,几乎要碰住了许小涛的鼻尖。许小涛握了握方诗雨的小拳头,叹息一声:“阿服了 you。”俩人开始剪刀锤子布起来。三拳两胜算一局,一局定输赢。许小涛输了。方诗雨立刻反悔,说谁输了谁吃。

许小涛今天无条件地由着方诗雨的性子闹,因为明天就是别离,今晚的时间,全部属于诗雨,她要怎的就怎的。小涛立刻显出败者为寇的无奈样,对着比萨饼眨着眼睛,想着如何消灭它。正欢闹着,手机“啾”的一声响了。

“啊?是。马上到。”合上手机,许小涛抓过比萨饼,一口下去出现一个大缺口,三口就吃个精光,抹了抹嘴,看到了方诗雨晴转阴的脸子。

“谁叫你吃的？谁赢了谁吃！你输了，你耍赖，你讨厌！”方诗雨的嗓门越叫越大。

许小涛知道，“马上到”三个字，已经把刚才的喜庆气氛冲散了。他非常心虚地握住方诗雨愤怒的拳头，说：“诗雨，是省公司的电话，明天启程，今晚要开一个班子碰头会，很紧急，请理解一下。”

方诗雨愤怒的眼珠刀子般直逼着许小涛的脸，仿佛要把他的脸削下来一层才解恨：“这样的紧急会议，我听得多了，半夜从被窝爬起来就走，把老婆扔下，我都数不出多少次了。你这才刚进家几天，哪天没有会？明天就走了，说把今晚交给我，任我安排时间，还物质的精神的叫我一块收获，在哪儿呢？你说？”

原本他们计划美美的：先在必胜客吃比萨，再看电影《欲望都市》。这就是许小涛承诺给方诗雨的物质和精神大餐。谁承想，一个电话就搅了这精心设计的温馨浪漫。

尽管方诗雨脾气大得让邻座的人都勾着头在看，她也不注意形象问题了，满脸的怒容都能把整个必胜客燃烧起来。许小涛心疼加上内疚，温柔而略带苦涩地一笑：“诗雨，听话，我打车送你去影城。你先一个人看，等会议结束我去影城找你，我们再一块儿看下一场。好不好？”

方诗雨掏出电影票，嘲弄地看了看，突然伸手撕成两半，朝地上一扔，站起身，抓过挎包，起身就走。

许小涛愣了一秒钟，立刻弯下腰，捡起地上的碎票，揉成一团装进口袋里，撵着方诗雨到门口，见诗雨钻进一辆出租车里。他紧追几步，想撵上，没想到，出租车比他还急，“呼”的一声开得老远。

许小涛愣怔在路边，好一会儿，才回过神来。他拦了一辆出租车，但他没追方诗雨，省公司在相反的方向。

贺立淮在接到开会电话前，正坐在自家客厅里，不时抬头看着墙上的挂钟。当他第四次抬头看时，爱人大妹笑了：“你着的哪门子急，娟娟放学还早呢。”

立淮笑笑:“她不是骑车吗?该快到家了。”

“她呀,不知道你今天会在家等她吃饭,说不定做会儿作业才回来呢。马上高考了,恨不能把一天撕碎了当三天用。”

岳母把一碟虾糊米粉端上来,插话道:“立淮,你和娟娟都爱吃这口儿。娟娟马上就回来了,你先尝尝味道?”

立淮说:“妈,我等娟娟回家一起吃吧。”

大妹白了他一眼道:“娟娟知道你在家等她一起吃晚饭,比太阳从西边出来还让她惊奇呢。这个家,没有你都习惯了。”

立淮低下头,愧疚地说:“明天就出发建设南北大动脉工程了,我们一家得吃个团圆饭。你放心,今年娟娟高考那几天,我一定陪考到底,哪怕请假也要陪。”

这时,手机猛然响了起来,立淮愣了下神,心虚了一小会儿,才接听:“好。知道了,我马上到!”

岳母端着一盘菜站客厅,大妹停下手里的十字绣,都一起看着他。立淮已经站起身,环顾了一下客厅里的两位亲人,不好意思笑笑:“我,我得去开个会,班子成员的碰头会。”

岳母连忙说:“饭菜差不多好了,吃了再去吧。”

立淮说:“你们先吃,我开完会就回来。”说着,拿起勺子,挖了一勺虾糊放嘴里,咂咂品了一会儿,非常舍不得地放下来。拉开门,差点儿跟一个人撞个满怀。

“老爸啊,稀客嘛。”

娟娟调皮地拉拉贺立淮的手,立淮就去接娟娟背上的书包。挺沉的大书包,把立淮的手压得朝下一坠。

“对不起,爸爸得去开会。”立淮声音很大地说。

因为娟娟左耳失聪,全家人说话的嗓门不由自主都加大了。

“没事老爸,认得回家的门吗?”

“认得,会议一结束,我就回来。”

“没问题,虾糊尽可能地多给你留,放心啦。”

父女俩说笑斗嘴,仿佛贺立淮一直就待家里,两人从未分开过一般。

立淮走下一层楼，家门还一直没关上，灯光水一般温暖地铺展在楼道口，岳母的声音随着灯光流出来："明天就出发去工地了，也不能待家吃个安稳饭，这要忙到何年何月啊！"

大妹连笑带嗔："忙一辈子了，随他。"

一去千万里

YIQU QIANWANLI

第二章

杨柳树开花把手摆

东村的哥哥他到俺村来

石榴花摘一朵头上戴

哥是那好小伙妹妹爱……

——左权民歌

一

江淮省送变电公司紧急会议结束不久，就拉开了“十一五电网建设”的序幕。

正月初十，冰雪还严严地覆盖着淮河两岸的田野、山坡和河道。冬天接二连三的几场暴雪，让淮河沿岸的土地变得坚不可摧，人们吃尽了苦头。春节前后的春运，就像一场战争，缓慢而艰巨。

尽管如此，省送变电公司依然在正月初八法定时日上班的当天，就召开了大会，宣布正月初十为南北大动脉的开建日期。

虽然沿淮的冬雪在安睡不醒，但正月初十已是阳历的二月底了。进入三月，春天就会在瞬间苏复，万物生长，大地欢唱，时光如梭，工期可不等人哪。

杨奋强的越野车跟在三辆工程车的后面，浩浩荡荡直奔离洛山 48 公里处的荣河项目部。离荣河还有十几公里时，天空阴沉下来。毕竟是淮河之南，阴冷的天空下，生机淡薄的油菜田里，已经看不见雪花的影踪，植物们都憋足了劲，只待春风的一声号角，一起奋力成长。

关于南北大动脉招标前后的那些惊心动魄的事儿，现在已在杨奋强的脑子里掀过去了。他感慨的是，省内的几家同行业兄弟公司，经过这些年的锻打，个个如猛虎初试小刀，都有跃跃欲试的架势。看来，不仅省外市场竞争激烈，省内的同行，也都摩拳擦掌不甘落后呢。江南电力公司、淮上电力公司、东阳市电力公司和省送变电公司，共四家公司成功中标承建南北大动脉。正如当初王大勇和杨奋强私下里的心愿一样，从煤城洛山变电站到长江之南的黄龙变电站，共 198 公里的难险较集中的标段，被省送变电公司一举中标拿下，这其中包括两基长江大跨。其中洛山变电站由省变电分公司负责承建，立塔架线工程由省送电分公司负责承建。杨奋强和张秀玲分别担任送、变电两个工程的项目经理。王大勇担任项目总顾问。

198公里，的确是个跨度大、线路长的工程。特别是江淮之间西南部的大别山区，环境复杂，山高林密，不容乐观。所以作为南北大动脉工程项目总顾问的王大勇，早早地就沿着大动脉线路细细考察数日，给大动脉绘制出详细地形图，特别是大动脉之198公里的“洛黄”段，那些河流、村庄、山脉，都标注得一清二楚。哪里有矿区，哪里的地质可能出现流沙，哪里的民事较为“刁钻”等，都在小注释里说得明明白白。

被送变电人称之为“咱们的亲大宝”，许小涛的“亲师傅”，这个“双亲”身份的专家，工作起来真叫上心。此刻，杨奋强手里就拿着“亲大宝”绘制的地形图，稳稳当当行进在洛黟标段上，直奔荣河镇而来。

杨奋强不是第一次来荣河镇了。省电力设计院标明项目部的具体位置后，他在荣河周边蹓跶时发现，这个地方盛产板栗和茶叶，只可惜是丘陵地带，海拔低，茶叶没有名气，仅供当地人自产自销，但部分百姓常背着当地产的板栗，到城市的街角和天桥底下，现炒现卖炒板栗换钞票。这是杨奋强第一次来荣河时发现的。他听当地百姓说话时，突然就想到在滨湖市随处可见的炒板栗小贩。

奋强抬头瞥一眼阴冷的天空，低头瞅一下手腕，时间已是下午四点多了。他心里暗忖，如果道路顺畅，天黑前一定能到荣河。项目部在荣河镇西南方，离镇中心还有五六里路光景。

省道穿荣河镇而过，经过荣河镇时，省道就成了镇中心的主街道。街两边的店铺，人迹寥寥，估计是天要黑的原因。还一个原因，不逢集不过节，乡村的人大都外出打工了，集上的人气当然不旺了。

穿镇而过不久，就下了省道，拐上一条砂石铺就的村道。村道的不远处，卧着一座威武的村庄。工程车行驶在村道上，一下把村道轧得逼仄了，雄壮的工程车，个个像不速之客，让软弱的村道地基，似乎变得松软下去。

这其实是杨奋强的感觉。每做一个工程，每次带着工程车挺进工作场地，他就有一种扰民的不安感。

这次的感觉，刚刚在心中升腾，村道上猛不丁闪出的人群和一条条长板凳，让他所有的感觉瞬间夭折。

工程车被潮涌的人群逼停在路上。村道显得更加窄小，路边窄得甚至连一只肥羊都过不去。只有几位瘦弱的上了年纪的村民，可以扁着身子，从路边的树缝里挤着过来过去。这些年老的村民，似乎在打量工程车的装束和数量。其中一位戴顶破线帽、看不出年纪几何的村民，还隔着车窗玻璃，朝杨奋强的车里看。

奋强没有下车，他让立淮先下去。按照以往的经验，负责民事的贺立淮先期探明虚实，杨奋强静待着思索应对办法。

因为内外光线不同，杨奋强很清楚地看到那双贴着车窗玻璃的眼睛。那是一双闪闪放光的眼睛，不是老人。这个戴黑线帽、穿咖啡色太空棉袄的村民，是个不超过四十岁的男人。线帽男看了一会儿车窗玻璃，快步离开了。与此同时，贺立淮从路的另一侧挤了过来。奋强拉开车门，把他拽进去。

"事情非常简单，模式没一点新意。主题是'要打此路过，留下买路财'。村民们的一致要求。"立淮抓过座位后面塞的茶杯，灌下一杯茶说，"我大约数了一下人数，有二三十个，都是老头老太太。这年头，村子里也只有他们在坚守着了。因为天冷路湿，他们倒没有睡在地上，而是坐在长板凳上。"

杨奋强撕开烟盒，揪出两颗烟给立淮和自己，刚刚点上，许小涛从外面朝车子里一钻，没坐稳就说开了："都是老头老太太，碰不得拍不得，这可怎么办？似乎早有预谋，单等着我们的车辆来到。谁是牵头的人呢？"

"线帽男。"奋强道，"这个人我已经见过了。"

"怎么，你们交上手了？"小涛很惊讶，"杨经理真是稳坐中军帐，坐看云起时……"

奋强淡淡一笑道："没你说的那么神奇，他只是扒着车窗朝里看，被我发现了。凭直觉，此人一定是这次拦路要财的军师。凭那些老头老太太，这么冷的天，他们哪有这精气神？这个打扮成老头模样的人，恐怕只有三十多岁。”

立淮挠挠后脑，难为情地说：“你瞧瞧，我们还没进场，开工的仪式还没举办呢，就被绊住了。我还没站住脚，没跟荣河镇上的黑白灰三道喝上酒达成共识，这要到哪里求救呢？”

奋强看着渐渐暗淡下去的天光，说：“我们几个一起上前，跟他们谈判。底线不能超过每辆车多少钱为好呢？”

这次项目部租了三辆平板货车，车上装载着卷扬机、挖掘机、张力机、牵引机、绞磨机等施工机械，还有搭建板房的材料，另外有一辆水泥搅拌车。几个人议了一下，底线放在每辆车一百元的范围之内。

“我看悬。”立淮担心说，“以后咱们的车辆会陆陆续续从这里运货，他们先期开口一定不低。”

奋强道：“我们先试试再说，如果耍蛮使横，一分钱没有！”

拉开车门，奋强先朝后面看看。水泥搅拌车在最后面走，此刻，搅拌车的后头，也立着几条长凳，坐着几个老头老太太。看来，退后的路也没有了，只能往前行。几个人朝前走去。

杨奋强看到有几个没坐凳子的老头，把手笼在袄袖里，面无表情地跟他们对视着。奋强招呼一声道：“大爷大叔，这大冷的天，打搅你们了。”

没人回应他。意料之中。

看来，他们都经过了严格操练，训练有素了。杨奋强寻找着线帽男。果然，他在这堆老头当中，帽子拉了下来，盖住了耳朵，腰更低地弯下去。

奋强看看天色，知道此刻再废话只能自取其辱，就正色道：“这样吧，各位爷爷奶奶，伯伯叔叔，你们派个代表，说个条件给我们，要我们怎样做，才可以给我们的车放行？”

线帽男并没有在第一时间出来，而是另一个真正的老头上场了。

这老头从外貌看，可能有七十多岁了，说话的时候牙齿都有些漏风:“这位老总,你是个当家的吧?那你说说,我们家家兑钱修起来的路,你们说轧就轧坏了,轧坏了也不赔,拍拍屁股就走人了。你叫我们老百姓的日子怎么过?现在,我们拦着你们,就是要你们给个说法的。”

听老人说出“老总”二字,奋强一下想到小时候看过的电影里,老百姓对军人大都称为“老总”。他心里突地跳了一下,笑着说:“老人家,您老先别急,听我说几句哈。这个工程是咱们省的大工程,在确定开工建设前,我们的上级部门已经就各种民事赔偿,与工程沿线的政府部门达成共识,像毁坏路面、工程占地、青苗损毁等等已经按照国家规定的数额理赔了,并且款项都已经到位了。我们这些人,都是一线的建设者。就是说,我们是负责干活的。您老人家听明白了吗?”

老人慌张地眨着眼睛,一时不知如何接话茬,他朝身后老头老太太堆里张望着。恰在此时,线帽男拉拉帽子,朝前迈了一步,站了出来。这跟杨奋强预想的时间差不多。只有线帽男站出来了,好戏才能正式开始。

“我说当家的,你是大当家还是二当家还是末当家还是没当家?听你这一说,好像我们无理取闹似的。你扪心问问,这路,可是我们马大郢人兑钱修出来的?人力物力都是我们的,来轧毁这条路的是你们。你是哄我们老头老太太不识字咋的?赔?赔在哪里?我们马大郢的人,谁见过了?”

对手伶牙俐齿,不好对付。

“你说的也不是完全没有道理。我先前也说了,即便是轧毁了路,我们也是作了赔偿的。至于款项到没有到你们手里,我可以帮助你们问一问好吗?”

“不要废话了。你学过拼音吗?知道路怎么拼的吗?你把路拼给我听听。”对方玩起了花样。

杨奋强硬着头皮说:“嘞屋,嘞屋路,公路的路。”

“错了错了拼错了。你们这些人哪,就是这样糊弄百姓的呀。”

杨奋强看着线帽男道:“那你给我拼个对的?”

“好，你听好了，嘞屋，嘞屋路，道路的道。”

两个玩拼音的对手突然不说话了，旁边的人也不说话，都彼此对看着。奋强做了一个让其解释的手势。

“很简单，小学水平的人都知道。没有天哪有地没有爹哪有娘没有路哪有道没有道哪有路？道就是路路就是道，道可道，非常道也。”

暗淡下来的天光，让杨奋强看不清对方的脸色，仅从说话的语气来判断，线帽男已显出得意之色。

“你我脚下的路，既是路又是道。道中就含着一个理字。这理是什么呢？这理就是，脚下的道里浸染着马大郢全体父老乡亲的血汗，这血汗却被你们无情的车轮碾轧碎裂终至路不成路道不成道，你轧毁了我们的路，就得还我们一个道来。这个道，不是嘴上说说脚边踩踩人前笑笑背后骂骂的道，这个道……”

杨奋强听着对方像说绕口令似的在说路和道的关系，听着听着，升起的怒火渐渐小了下来。他把自己换位到马大郢村那帮老头老太太中间，把脚下踩的这条村路换位成自家门前的路，他心里的火气就没有了。

不错，无论是兴建高速公路还是修火车道，朴素无华的乡村公路，确实被又大又牛的工程车辆和大货车轧得不成样子。虽说有相应的赔偿，但跟毁坏掉的道路比，赔偿只是杯水车薪。那些留在村道上的车辙印，就像留在百姓心中的伤痕那样触目惊心。但是这些事，哪是杨奋强所能解决的呢？就像那些四通八达的高速路让百姓永久性失去自己的土地一样，这种矛盾，是多少个杨奋强也破解不了的难题啊。经济的发展，就是要置换一些东西的。

这种时刻，他实在没有能力摆出大道理，让马大郢的爷爷奶奶叔叔伯伯，在极短的时间内接受他的“再教育”，理解他的苦衷，立刻提高觉悟，让“道”给他，让他走“路”。但他也不能任他们狮子大开口，满足他们提出的所有要求。他只得就事论事地拿出自己的态度来：“阁下别绕了，你这个道值多少钱吧？说白了，不就是钱的事吗？”

“聪明！你看，我们全村四十八口子老老少少，其中百分之八十以上都是离退休年龄的老人，从三天前得到消息，就开始轮番上岗放哨，为保护我们的道路而战，仅务工费这一块就是一笔不菲的数目。请记住，是务工费而非误工费。还有我们的板凳费，一条板凳租金一天5块钱，总共三七二十一条长凳，这又是一笔。连同即将遭轧毁的路面，按平方来算，每平方米整修费105元的话，又是一笔开支。总共加起来，再打个八点五折，是三万二千一百三十九元五角整。老总，你听清楚了？”

杨奋强拇指和食指“啪”地错个响指，朗声道：“好，容我们一起商量片刻。”一抱拳，拉着立淮、小涛、黎明一干人，离开“前线”，直奔车里而来。

上到车上，几个人大眼瞪小眼地互瞄了一番，贺立淮带头笑了起来：“这个线帽男，一定是个资深上访户、碰瓷专家、盗坟偷狗之族制假违规之类，摇唇鼓舌的功夫远远超过我老贺喽！”

小涛说：“他连老子的《道德经》都能引用，一定也读过书上过学有一套专门吃‘道’饭的本领。”

见奋强不说话，大家就一起盯着他问：“怎么样，对策想好了？”

奋强叫司机小帅把车内顶灯关掉，大家一起陷入黑暗之中。在大家眼睛看不到眼睛、牙齿见不到牙齿的黑暗里，奋强掷地有声地说：“我们的大动脉工程还没开张，就让我在马大郢打几万块钱的白条，这一定是马大郢父老乡亲和我自己的错。因此，我不能犯这个错。不能答应他们的‘非常道’的要求。买路钱，我们不能出。”

“那么，我们如何过去呢？他们都挡着道呢。”小涛说。

“我们按兵不动，熬！看谁熬得过谁。”

奋强现场布置任务：“大家听清楚了，等一会儿，悄悄相传到各个班组，大家一起守护我们的车辆和设备，按兵不动，就这样耗着。那群老头老太太夜深风凉后受不住冻，自然会回家休息，单有线帽男一个，身单势薄，成不了气候，最后也会撤退。我们是‘四特’战士，在这里守一夜，怕个啥？就这么定了。”

“没问题，咱就是特别能吃苦、特别能战斗、特别能忍耐、特别能奉献的好同志。”小涛笑说。

“贫吧你，干活。”

几个人走下车，分头小声通知大家各就各位，看护好设备和车辆，又找出带来的白酒和蛋黄派之类，让大家需要时解饿和挡冻。小车里只能坐他们项目部的几个负责人。跟货车过来的人，一直都站在敞篷车厢里的。

奋强对工作做了安排：他们几个领导，轮流到车下跟大家一起站在夜风中守夜。此次先行来项目部的不过三十几个人，人不多，但个个年轻气盛。这样的“守夜战斗”，一下让大家群情激奋，站在夜风里也不觉冷了。

布置完任务后，两边人群突然再次变得很安静。

这边不开车灯，那边因为离村子有段距离，也见不着灯火。黑夜，把大家一起胶冻在了一起，只有稀落的香烟烟头火，诡秘地明明灭灭。

正月初十的夜晚，寒冷像冬眠的蛇，悄悄吐出信子，舔舐着周边够得着的物体，生疼生疼。渐渐，有雨点稀疏地飘落起来，淋在身上，渐渐密了起来，被风一吹，变成硬硬的冰铠甲。

“与兵同守”的杨奋强摸摸快湿透的羽绒服，悄声叫大家把棉大衣全部找出来。棉大衣只有几件，这么多人，哪里够用？奋强命令几个接近中年的工程师披上棉大衣，其余的，仍旧站着，无声地淋着雨。

没多久，对过的老头老太太“板凳军”就响起了嗡嗡的声音，似乎在商量什么。过了一会儿，那边没动静了，奋强抬腕看看夜光表，八点十五。雨不但没有减小，反而加大了，寒冷跟雨掺和在一起，变成冰将大家包裹。

“原地踏步，给身体加热。”奋强命令传下去，便响起了整齐有力的脚步声。坚持跟奋强并肩作战的贺立淮一边踏步，一边小声跟奋强商量：“是不是跟荣河镇派出所联系一下？这样下去，也不是个事。”

“不行！”奋强断然否决道：“派出所一出面，矛盾就升级了。一旦激化矛盾，对我们今后工作不利。要知道，我们得在这马大郢旁边趴不少时日呢，这条路也不知要走多少次呢。咱就跟他们耗，这是民间性质，谁也不欺负谁，按江湖规矩出牌，公正公平。”

立淮想想也对，那就耗着呗。

渐渐的，有老头老太太熬不住离开了，但人数还足以拦得住车辆的前行。奋强摸摸婧婧亲自织的羊毛围巾，虽然湿得能捏出水来，他还是把它牢牢地掖在袄领子里面。万一有零距离的身体接触，老婆大人的礼物，那可是不能弄丢了啊。

再看一眼手表，晚上十点了。又小声传递着命令：“喝白酒，会喝不会喝的，都得喝。”原地踏步的声音乱了一会儿，又整齐起来。一股白酒的香味在四围萦绕着，立淮吸了吸跃跃欲坠的鼻涕说：“平常跟人拼酒拼得几乎不能提酒这个字，今晚咋香起来了？奇怪。”

旁边“哄”地起了一阵笑，气氛立刻活泛起来，大家踏步的声音更大了。

寒冷，就像钻进体内的蚂蚁，悄无声息地咬噬着大家的身体。不大会儿，贴身的衣服都透湿了，又一阵白酒的香味飘过来时，立淮不得不小声告诫大家要节约喝酒，离天亮还早着呢。

在奋强第 N 次看手表时，已是凌晨的三点十三分。果真是线帽男最后一个离开，他哆嗦着喊了一句话：“老总，你够狠！”又用当地方言骂骂咧咧一通。

杨奋强没接他的话茬，他不想再惹怒他，就让他过过嘴瘾吧。毕竟，他输了，他让道了。

所有的车灯打开，一起射向那些整齐排列的长条凳。几个技术工人走过去，把凳子挪开。车子轰的一声，朝项目部所在地开去。

“嘞屋，嘞屋路，道路的道。我又学了一招。”

杨奋强跟车里的几个人说完，打出一个长长的哈欠，把一车人都打得发晕。司机小帅开足暖气，给大家驱寒，也把大家的瞌睡装满了整个车厢。

二

把杨奋强的队伍送走，大勇抽空去了趟洛山幸福村。

他是跟张秀玲一块去的。

随着年龄的增长，大勇觉得自己多了些儿女情长。也许又将是一场大战前的情感补充吧，他就是想回到小时候长大的幸福村，跟张秀玲说说话，说说那些旧事。

日子过得真快，当年的两个娃娃都成了现在年轻人口中的“前辈”，当年的英勇少年青春不再，当年的少女情怀不堪回首。

王大勇和张秀玲青梅竹马，是送变电人的第二代。读书学习成人后又回到了送变电。在工作上两人轰轰烈烈，生活上却各自都捧着满把的辛酸泪。就算不跟外人说，家门口的塘——大家也都知道深浅。

幸福村的人都知道，当年的张秀玲一心要嫁给王大勇。可王大勇明知秀玲的心事，却在江南的山沟里娶了一个村姑。结果一件接着一件事情地发生，到现在，王大勇成了孤家寡人，无儿无女无老伴。张秀玲的日子也是结婚离婚磕磕绊绊的不顺当。

毗邻幸福村的是电厂家属大院，大院里绰号“许大马棒”的许文山打小就看上了张秀玲。追求时“花好朵好”千好万好，死追烂缠终于娶了对大勇死了心的秀玲。结婚后却又“这刺那刺”鸡蛋里都有骨头：因为秀玲的工作性质常年离乡别家，许文山不高兴，对秀玲先是冷嘲热讽，烈性子的秀玲则针锋相对。接着就是许文山对秀玲拳脚相加，煤城洛山的老电厂大院里谁人不知？张秀玲数次被许大马棒打出家门，打出大院门。有一回两人又动起手来，秀玲忍无可忍，拿起绞线的钳子，撵着要跟许文山拼命。

就这么吵吵打打，秀玲最终忍到儿子小涛上了高中，硬是去法院起诉，才把婚离掉。从此工地就成了她的家。

自由了，孩子也大了，然而岁月磨人，韶华不在。

没找司机送，两人就坐那趟绿皮火车回洛山。

这个老铁路线，新中国成立初就有了。绿皮客运火车，运煤的货车，都走这个线。洛山地下到处都是煤，新中国成立前就有矿了。

啥都涨价的当下，火车票也涨了，以前从滨湖回洛山才三块多，后来涨到五块。现在，普通车的普通硬座，八块五，还算是便宜了。在滨湖打个的稍微多绕一点路,就不止这个钱。

两人靠窗坐。从滨湖到洛山,一个小时多点就到了,中间的小站不停。秀玲看着窗外晃动着的铁塔,轻言细语道:“大勇,你记得哪些是你立的塔吗?”

大勇随着秀玲的眼光朝车窗外看了一会儿说:“太多了,都记不清了。洛城的东面西面,过了淮河朝北,我都干过,多了去了。”

秀玲无言。大勇装作没在意,又对窗外看了一会儿说:“现在都是铁塔了,水泥杆子越来越少,木塔算是消失了。真是变化快啊。”

秀玲还是没有吱声。

铁塔是这对男女的骄傲,也是他们心中的隐痛。

绿皮火车风般地疾驶,就像两个人虽然默默无语却风驰电掣般飞过的往事:

那时候真叫单纯啊,真叫少不更事啊。

幸福村大院里是一溜平顶瓦房,家家有个小院,家家院里种柿树。秋天的时候,柿子结得像小灯笼,黄澄澄地挂着,树枝能伸到院子外面来。孩子们蹦个高儿,就能捞个吃食。大院隔壁的是电厂大院,两个大院紧挨着,孩子们总是爱打架。因为电厂的孩子总看不起幸福村送电工的子弟,打起架来,总把他们说成有娘没爹的孩,把幸福村说成“寡妇村”。

就为着这声“寡妇村”,两个大院的孩子不知干了多少次架。电厂的条件好,动不动就叫来电影队,在自家院子里扯起银幕,给职工放电影看。只要说有电影看,幸福村的孩子就把“人穷志不短”这话抛到脑后了,一股脑儿涌到电厂大院里,放条凳,占位置,呼朋唤友。电厂的孩子就吐口水,骂不要脸,说送变电的孩子是有娘生没爹管的,还拿胳膊肘去捣人。经常电影还没有放呢,架就打起来了。

电厂子弟把幸福村叫做寡妇村,这是打架最激烈的导火索。只要碰到这个痛处,送变电的孩子就像下山的猛虎扑上去,把他们摁在地上,打一拳,问一声:“谁是寡妇村?”

“电厂是寡妇村。”

“是谁没爸爸？”

“我们没爸爸。”

被打得认了输，但下次打架，还是因为被叫着“寡妇村”、“没爸爸”而开战。

那时候张秀玲是王大勇的跟屁虫，只要有架打，秀玲就在人堆里钻来钻去，把幸福村的孩子都集合在一起，带到王大勇面前。大勇是幸福村的孩子头，振臂一呼，电厂子弟必败无疑——幸福村的孩子野，有种，会打架也是出了名的。每一家的爸爸都是做工程常年不在家，男孩子就是家里的当家男人，有极强的保护意识。那时候张秀玲才七八岁，男女之事啥也不懂，打完架凯旋幸福村时，王大勇就背着她跑，见后面有人追，秀玲还充当王大勇的后视镜，喊着号子助威。

王大勇先是为着整个幸福村的尊严打架，后来就为着张秀玲打架了——电厂子弟管张秀玲叫做“幸福村村花”，她十一二岁去电厂看电影，就有电厂的男孩子挤到她身边，把其中一个电厂的小孩猛地推到张秀玲身边，差点把张秀玲挤倒在地，常常响起一阵哄笑声。

这时候，王大勇就出来拼命了。人少的时候，王大勇肯定吃亏。被打得头破血流都不认输。有句话说：胆大的怕不怕死的，不怕死的怕不要命的。王大勇只要打架就不要命，所以他一拼命，电厂小孩赶紧作鸟兽散。

往事如烟。

安静地坐在一起时，已是两个半百之人。彼此对看，说不说话，对方心里想啥都一清二楚。心有灵犀对他们而言，已经是炉火纯青。

洛山火车站离幸福村不远，两人在广场上拦个车，十分钟路程就到了。

幸福村的正门对着繁华的马路，中午放学的孩子成群结队，有个十来岁的女生，撵着一个男生追追打打。大勇说：“像不像你小时候？”秀玲抿嘴笑着，不接他话茬。

大勇和秀玲小的时候，还没有省送变电公司，只有一个送电安装队，还是从煤城洛山电厂抽出来的一支队伍，就在那片叫张家圩子的高岗上，圈起一圈围墙，盖起一片平房，取个名字叫幸福村，就成了江淮省送变电公司的前身。送变电公司迁到了省城后，这里也就是省送变电公司的根之所在。从幸福村走出来一茬又一茬送变电人的后代，大家都没把根断掉。幸福村直到现在还居住着一帮老人，走出去的年轻人，逢年过节也都回到幸福村团聚。

王大勇的爸爸是第一代送变电人，是木工师傅。大勇的家不是平房小院，是上世纪八十年代初盖的三层老楼，是以前幸福村的标志性建筑。

那种老楼的楼梯是从一楼直通到三楼，每回从一楼顺着楼梯朝上看，秀玲都会眼晕。王大勇的宿舍就在三楼，二十平方米的一个单间，后来作了改造，配了洗手间和操作餐台，一个人在这里过日子，也算过得去。

一进房，秀玲就把后窗打开，给房间透透气。

大勇拿掉身上的挎包说："现在最要紧的是填饱肚子，你路上不是说好给我做揪面吃吗？"

秀玲道："好，去菜市，看小鱼还有没有？我给你做小杂鱼揪面吃。"

一起下楼，顺着陡直的楼梯朝下走，秀玲眩晕的感觉又来了。大勇上前搀她一把说："你上铁塔都不晕，这楼梯就怕了？"

秀玲嗔道："别提上铁塔了，第一次上，到半道朝下一看，立刻吓哭了，还是老师傅上去，把我半拖半抱救下来的。"

"这都哪年哪月的事啦？"

"二十年了吧？好快啊。"

走到半中间，噔噔噔跑上来一个小伙，定睛一看，是发小丁建成的儿子乐乐。当初跟电厂子弟打架，丁建成外号鲁智深，拳脚了得，电厂子弟没少吃他亏。乐乐是幸福村首个考上大学的孩子，先在省公司工作，现又被"国家电网"当人才挖去北京了。

乐乐一见他俩，忙站住脚："王叔张姨，你们咋有空回来了？"

大勇忙说："我们是工程间隙，你小子咋也回来了？"

乐乐说:“我来看奶奶,她老人家八十大寿呢!”

这才发现乐乐手里拎着蛋糕盒。乐乐奶奶丁大妈住二楼,建成在滨湖市有了新房,老人就是不搬去,说住哪儿根就在哪儿,一搬,根就断了。

大勇秀玲立刻随乐乐去丁大妈房,建成两口子也回来了,一见他俩,四个人高兴地你捣我一下,我捣你一下地乐起来。

在大勇最亲密的几个伙伴中,只有建成还有个妈。其余几个的父母,都不在人世了。大勇乐陶陶地说:“大妈,这来得早不如来得巧,我们一起给你过寿吧。叫秀玲做揪面吃。”又指使乐乐下去买酒,他要跟建成好好喝一杯。

秀玲跟建成老婆去菜市买来杂鱼和面粉,又顺手买了荆芥、茴香、生姜。两个女人在厨下忙,三个男人陪着老人说话。丁奶奶是大嗓门,人老了,耳朵不好,说话的声音全屋人都能听见:“你跟秀玲,这下半生要好好过了,年轻时走了那一大截弯路,多不值啊。都是秀玲她妈,非要找媒人把秀玲说给电厂的小子。”

建成忙解释道:“这不怪管阿姨,是大勇先结的婚,秀玲才嫁给许大马棒的。而且,也是许大马棒照死追秀玲的。”

“怎么还有大马棒?啥名字?”丁奶奶问。

建成说:“是许文山的外号。小时候我们给取的。我还叫鲁智深呢。”

菜端上来,大家齐齐举杯为老人庆寿。吃过蛋糕,丁奶奶去卧室看电视,乐乐陪着,这边四个人接着喝酒。建成敬了大勇一杯说:“人生很短的,好好珍惜啊。刚才老妈不是说了嘛,要你们两口子好好度过下半生。”

当初丁建成跟王大勇在江南的山沟里当架线工,那次秀玲逮着回家探亲的他,问清楚大勇确实在山沟里跟人成亲了,捂着脸哭着跑走的情形,建成一辈子忘不掉。

秀玲也不扭捏,回敬道:“是啊,现在他打也打不走我的。”

“那你们还不赶快办个婚礼,让老家伙们乐和乐和?”

大勇说:“婚不婚礼有啥区别,我们在感情上早是老夫老妻了。秀玲说,等小涛结婚了,我们才办事。大人要让着小孩。”

建成说:“这不矛盾啊。”

秀玲眼神黯淡了一下:“当初跟许文山离婚时,小涛哭着问我可是急着跟王叔叔结婚。我说,妈妈离婚跟王叔叔没关系。所以我想,等小涛结了婚,成了真正意义上的大人了,懂事了,我跟大勇的事,再办也不迟。”

建成说:“也是。办不办事,不影响感情的。”

大勇笑说:“不办事,我可是要担惊受怕的。秀玲是送变电一枝花,现在又是单身贵族,追她的人,排成一大排呢。以前她在广西建双流变电站,当地派出所隔三差五去查暂住证。其实查一次就行了,为什么一星期要去两三次,人家是去看美女呢。都知道变电站工地上来了一个大美女。”

建成笑着喊老婆赶紧上一碟醋给大勇。大勇说:“这可是真的,那个派出所所长,是个未婚老青年,对秀玲都快着魔了。”

秀玲点了大勇鼻子一指头:“这都哪年的老陈醋了,你还拿出来吃?我那会都快累死吓死了,哪里有心想这些无聊事。”

那会儿小涛都出生了,秀玲奉命去广西建变电站,那是省公司第一次承接外省的工程,相当重视,抽去的人,个个是技术骨干。当时小涛才一岁多,秀玲狠狠心扔下他,一去就是十个月。人地生疏,语言又不通。幸好离双流镇不太远,能买到吃的用的。秀玲跟着男技工在室内接线,空闲时,又陪着炊事班的女工去镇上买菜。讲价钱听不懂,用手语。去镇上就被人围着看,秀玲一点没感觉。直到派出所所长一周来几次看她,她心里才有些明白。

其实那个所长人很和善,来了就是陪她说说话,叫有困难找他。其实对秀玲来说,最困难的不是被派出所的人看望,而是晚上上厕所和休息。厕所在围墙外,晚上蛇特别多,变电站只有两个女人,要手拉手互相壮胆才敢走过去。有一回,一条蛇在秀玲脚下滑得她差点倒地,尖叫声吓走了蛇,却并没唤来救她们的人——宿舍离厕所太远了。

从此，秀玲从半下午就开始不喝水，为着晚上不上厕所。

不仅是晚上，白天也被吓过。一次在宿舍坐着穿鞋，突然从房顶掉下一只大黑老鼠，吓得秀玲哇哇直叫，来不及想别的，跳窗就逃命。而老鼠却大摇大摆在屋里走动。晚上睡觉也不踏实，板房的裂缝里，传来男宿舍的呼噜声、磨牙声，还有说梦话的，秀玲好不容易强迫自己睡着了，半夜仍被吵醒，醒来就再也睡不着。

“那种特别的苦，如果你不是送变电的人，你就无法理解。”秀玲给自己的工作做着总结：“而你如果不是送变电的女人，你就更不懂送变电女人的苦。”

提起旧事，话题就打开了。秀玲仗着半盅酒盖脸，一定要建成跟她说说那个叫杜鹃的女子，是不是美若天仙，才把大勇的魂拴住的？

大勇的心“咕咚”沉了一下。杜鹃死了那么多年了，秀玲也在心里扎下了根，但是大勇听到这个名字还是动心动情。

建成灌下一口酒说：“本来，大勇跟你是两小无猜，心是一直在你这里的。是你妈妈管阿姨的话，才堵住了大勇娶你的念想。再说杜鹃那个女子，别说大勇，摊上哪个男人，都会动心的……”

秀玲瞥了王大勇一眼：“我妈到底跟你说了什么？”

大勇摆摆手：“在大妈生日的大喜日子里，翻这些旧账做什么？”

秀玲心里恨恨地想，无论如何，她都要把王大勇的嘴撬开。

送变电的女人都不容易。这本账大勇太清楚了。

王大勇八岁那年，妈妈生病了需要住院。大勇不知道怎么样才能告诉爸爸。因为爸爸一直在工地上干活，工地都是在深山野岭中。当时传递消息只有靠打电报。可是爸爸立杆子架线的地方没有邮局，就是发电报也找不到地儿啊。

大勇抹抹眼泪，借来架子车，和邻居一起，拉妈妈去离得最近的矿区医院。妈妈躺在床上吊着水，看着儿子哭，也眼泪汪汪的。护士长很同情妈妈，骂爸爸不知道照顾人，老婆病成这样还不在身边。妈妈替爸爸辩护，说爸爸是“公家的人”，就要做公家的事。

妈妈为爸爸的辩解，给大勇留下了很深的印象。他知道妈妈是典型的送变电人的好女人。

中学时的一个暑假，大勇去离洛山较近的一个工地看爸爸，跟着幸福村院里的三个子弟一起，坐着拉煤的货车去了。远远看见爸爸骑在杆子的最上端，在那里卡线。

天热得够呛，爸爸还戴着安全帽。等爸爸下来，王大勇才看清，爸爸身上的工装全湿透了，摘下安全帽，看到帽带子勒过的皮肤是白的，脸的其余部分晒得黑红黑红。大勇抱着爸爸就哭了。

爸爸摸着他身上的煤灰说："看看，把衣服弄脏了吧。"

嫁给了送变电的男人，女人们的笑声中就有泪水和苦水。秀玲的妈妈管阿姨也是坚强的女人，她拉扯三个孩子，自己又要到水泥预制厂做工。晚上加班单位发的夜餐肉丝面，舍不得吃，带回家给三个孩子吃。孩子们在梦里就闻到肉丝面的味道了。

张秀玲的爸爸是个不太顾家的男人，大大咧咧的，常年在野外作业，喜欢喝两杯，开出的工资很少给家里，全靠妈妈的微薄工资养活三个孩子。秀玲念初一时，爸爸在大别山区的工地上架线，遇到天气突变下冰雹，一下从四十米高的线杆上掉下来了，头扎进旁边的稻田里，只有两条腿露在外面。被拉上来时，看到后脑勺扁扁的，人早没声息了。

看着被拉回来的丈夫，秀玲妈妈没有哭叫，而是关门睡了三天。再出来时，还是去上工，给三个孩子做饭，做家务，像是没有发生过任何事情一样。

三

这边项目部的板房一搭建好，那边贺立淮就给他的"亲大宝"电话显摆了。刚把"嘞屋、嘞屋路"说叨个开头，王大勇就声音轰轰地响起来了："立淮，这只是个小节目，小菜一碟。我的经验提示我，这个工程，比我们预想的要复杂得多。我这边也碰到了'嘞屋路'的事情了。"

王大勇说这话时，正赶往离煤城洛山市五公里处的"段庄变"。

南北大动脉战斗一打响，无论是变电送电，几个项目部一起动工，各显身手。南北大动脉由洛山市新电厂至黟山市的第一家变电站，建在淮河南岸的段庄附近，因此，就起名叫段庄变电站。其时，王大勇这位专家组的“葱花”，正被承建段庄变土建的项目经理汪江波喊来救场。

青天白日下，一帮青壮年汉子坐在路中间的几张桌子边，安然地打着牌，阻断了承建段庄变土建的项目经理汪江波的路。

说起省送变电公司下属单位浩天建筑有限责任公司的汪江波，也是跟王大勇渊源颇深。

汪江波出生于上世纪六十年代。早年间作为农民工，跟着王大勇的施工队浇基础，做搅拌水泥沙子的小工。当年的小汪话不多，可做事细心，任劳任怨。最难忘的一件事是做东西大通道的工程时，最后一道工序是立好塔后，要把抱杆放下来。这边喊着人跑开，那边抱杆朝下放。明明喊着要朝东跑，一个工人发晕了，反而朝抱杆落下的地方跑。说时迟，那时快，平日里不言不语的汪江波像枚炮弹，直朝那个工人冲去，一下把他撞进铁塔旁边的水塘里，避免了死伤事故的发生。汪江波还不会水，当时差点淹个半死。

王大勇看出来汪江波有勇有谋，胆大心细，就想给他找个发展的机会。这样的人，留在送变电，是大有用处的。正好省送变电公司成立土建分公司，就推荐汪江波去了浩天建筑有限责任公司。他从小组长开始做起，之后是质检员、施工队长、项目副经理，到现如今的项目经理。他的领导才能和实干才能大家也都是很认可的。

没有想到第一次做项目经理，就遇着这样棘手的事。

对王大勇的知遇之恩，汪江波不仅仅是平日真心实意的问候，在大事小事上，也喜欢征求王大勇的意见。这样的关键时刻哪能不去请教大勇？

是关于材料供应的事。

其实这事在工程开建前，早已通过招标的方式确定了供货商。没想到，在段庄变电站永久性占地赔偿结束，建设单位正要进场施工的时候，却被一干打牌的人马拦住去路了。

工程车全部停下来，汪江波从小车里下来，笑模笑样地前去打招呼。那些打牌的人，也笑模笑样地跟他招呼一声："斗地主吗？"

汪江波笑道："请各位老大让个道？车过去了，您接着打？"

其中的一人说："你来做次地主，要赢了我们，让道的事，好说。"

瞧瞧那张不苟言笑的脸，不像是开玩笑。汪江波硬着头皮坐下来了。

做土建这些年，他大小事经历不少了，知道这个路被拦下来，就会有文章做。

当然是打不过人家。汪江波做地主做得很窝囊，被另外三个人打得落花流水。

合上牌，其中的一个笑模笑样地说："既然你这个地主输了，就得接受我们农民的一件事。就一件事。这是段海，这是段胜，我叫段荣。我们哥三个有个公司，专门销售沙子、水泥和石子，考虑着就不叫你们舍近求远了。所以，工地用料由我们来供应。怎么样？"

汪江波看着身上有刺青的段荣骨碌碌的黑眼珠，半天才说："我跟我们几个兄弟商量一下？"

"好，给你时间商量，啥时商量好，啥时让道出来。"说罢，段氏几兄弟哈哈大笑一番，又顾自打起牌来。

汪江波第一个想到的人，自然是大宝王大勇。他沿袭着以前的叫法："王队长，你在哪里？我碰到几个地头蛇，拦着车要供货。怎么处理？"

王大勇叫他慢等一时，就坐着小车过来了。

王大勇就在洛山市。省电力公司专家组成人员昨天就到达洛山市电力公司了。南北大动脉输电工程不仅要获得沿途各地各级政府的大力支持，还要得到下属行业公司的全力配合和支持。这就是专家组成员来洛山的目的。

洛山作为一座老工业城市，移民占原住民的三分之二，又因为是煤城，许多百姓受煤矿之惠多多，头脑灵活，变化多端。因此，专家们前来探个虚实，也好在未来的工程中对症下药。工作还没理出个头绪，段庄变就有了情况。王大勇叫洛山电力公司借他一部车和司机，火速送他到段庄变。洛山市电力公司的经理，跟王大勇熟得像是左手跟右手，就玩笑道："不会是张秀玲喊你吧。她不是段庄变的项目经理吗？这可是咱们省送变电唯一的一位女项目经理呢。有要事请你解决？"

大勇猛喝一声："瞎想啥。土建进场被拦了，我去看看。"

汪江波三言两语说了事情经过。王大勇略一思考，说："这几个人肯定没有什么销售公司。真正做生意的人，会正儿八经地商谈事务，不可能使出在路上打牌的招式。我想，他们这样做，只有一个目的，要在段庄变挣笔钱。可以这样答应他：供货商已签了协议，不能更改，他们可以负责卸货，按车来计算。你听他们如何开价吧。"

果然如王大勇所料，这几个青皮混子只是想要在这个工程上捞一笔不出力的钱。经过讨价还价，最后谈成是一车沙子或水泥按20元收取卸货费。当然，这几个青皮混子可不亲自动手卸货，只在村里找几个老头老奶来帮他们干活。段庄变怎好让老人们干活呢，就让建筑工人自己来做了。这正中这帮家伙的下怀，最后这些青皮混子只在院子外数一数进来的车辆数目就行了，卸货费照拿不误。当然，汪江波也给他们派分了任务：确保平安。这点，青头们很江湖地做到了。这些都是后话了。

达成协议后，几个青皮混子让了道，工程车开进段庄变。当天就拉围墙建板房了。

王大勇正站着和汪江波说话，突然又一辆小车开过来，居然是来找王大勇的。

是洛山皂荚乡的副乡长："我们打电话到省里你的公司，说你到洛山了。又电话找洛山电力部门的领导，说你到段庄了。俺们就找到段庄来了。"

大勇笑道："你们可真会找，我忙得屁股还没找到地方放呢。"

那位年轻的副乡长道出了找王大勇的理由："只是想找你核实一

件事。我们镇政府所在地皂荚村的赵六指你可认识?”

赵六指?那是相当的熟悉。不仅仅因为赵六指有六个指头,还因为在皂荚村放线时,他拍着胸脯承担起了所有的事。王大勇说:“那当然,那是我的老伙计,对我们支持很大。这一忙啊,我好些年没见他了,他出什么事了?”

对方马上解释说:“是这样的,赵六指一直是皂荚村的村长,工作做得也一直不错,深得老百姓信任。但最近就要进行的换届选举中,我们收到了群众举报信,说你们做的一项工程中,赵六指贪污了一大笔群众的赔偿款。我们不得不进行调查。”

王大勇听后,仰天哈哈大笑了一阵,才说:“这年头,好人真的做不得?那我就去给这个好人作证去!说他贪污?刮大风吃炒面,咋张开口了?”

年轻的副乡长笑道:“我们也不信哪,所以,找你调查一下,也算给他正正名。”

大勇手一挥说:“这样,我陪着你们,一块去证明他。顺道也看看这个老伙计。”

大勇打发洛山电力公司的司机回去,自己上了副乡长的车去找赵六指。临走前,朝汪江波打着招呼说:“水来土掩,兵来将挡,你这里有啥情况,随时打电话给我。”

往事漫漫,路上忍不住就和副乡长说开了赵六指。

那是1999年冬季的一个工程,洛山到阜城的一条220千伏的线路。当时还没有项目部一说,叫指挥部。王大勇任指挥长。这个工程是走在改革前列的,省送变电公司制定了一个制度:节约十万块,就奖励给指挥部一万块。王大勇要为指挥部挣一笔钱,结果是八十六公里的线路,一百一十二天做完,为省送变电公司节约了五十万块钱。

那时候节约五十万可不容易啊。一百多天的时间,天气很差,雨下个不停,都是泥巴路,线杆要用拖拉机来拉。大家风里雨里滚,硬是创造了省送变电的最快速度。

可就在工程的节骨眼上,差点把王大勇放倒。

正放线呢，皂荚村的老百姓围着车子不给走，说是拿到赔偿款才可以。

赔偿是按实际占地面积来支付的。因为放线没完工，不知具体多宽多长，要工程结束测量后才能赔付。一个七八十岁的老奶奶，坐自家地头上，手里拉着一根绳子拦住自家的地说："你们这些架线工，说走就拍屁股走了，真不给我们钱，又到哪里找你去？我们不信你。"其他村民也一起喊："我们不信你！"

恰在此时，皂荚村的村长赵六指赶了过来，拍着胸脯子说："你们不信他，总信我吧？万一他们不给钱，找我要好了。"群众这才散去。工程完工的当天，王大勇高兴啊，带着几个弟兄，自己掏腰包，买了一篮鸡蛋两包牛奶，去看赵六指的老娘。赵六指晚上请他们喝酒，没有合适的下酒菜，就把自家的土狗宰掉了。

"这些年，我跟多少村长打交道啊，那些黑白两道通吃的村长，我见得多了。"王大勇跟副乡长欷歔长叹说着旧事，"像赵六指这样的村长，打着灯笼都不好找，还有人说他贪污赔偿款？那是诬告，昧着良心说话。我当时也就是买了点鸡蛋和牛奶去看了他老娘，还害他赔上一条狗的性命。你们可要调查清楚了。"

副乡长说："没问题，到时你们写个证明便是。"

"我们不但写证明，还要把当年的账本复印给你们，那上面都有老百姓的签名和手印，总计赔付多少钱，清清楚楚的，一分钱也没流到赵六指的腰包里。"

副乡长想了想说："现在农村工作也很复杂，派系斗争激烈，这封匿名信，说不定是别有用心之人所为，我们会谨慎处理。"

副乡长和王大勇来到了皂荚村，赵六指几乎不敢相信自己的眼睛："哎呀，王指挥，这是谁把你指挥来的呀？"

老友相见，分外亲热，小字辈的副乡长在旁含笑不语。赵六指不由分说，就朝家拉着去喝酒。"我给你煮狗肉吃，还有自酿的小烧，包你满意。"

四

杜鹃坐上农公班车，又转上长途车，一路驶向她魂牵梦萦的滨湖市。

这是第几次来滨湖市了？杜鹃问自己。是第三次吧？每次来都是悄悄地来静静地离开。这一次自己来做手术，是凶是吉，不管它了。生命于杜鹃，已是索然无趣。

车行田野，渐行渐快。困顿也随着有节奏的车行声愈发起劲地袭来，恹恹地提不起神。身边嘈嘈嘤嘤的人声却叫人难以入眠。

窗外，细细小小的雨无声无息地飘了下来。远处的雨像淡色的雾缠缠绵绵地浮着，近处的雨却随着疾行的车带起的风干脆利落地洒着。窗开着，杜鹃没有觉得冷，反而一阵清爽。

满世界似乎被绿色充盈着挨挤着鼓胀着。只是绿色中间隔着或大或小的镜儿般的水面，还跳跃些明亮，像是一支滔滔奔泻的进行曲中的间隔符号。

麦穗灌浆了。灌了浆的麦穗芒尖上渐露出隐隐的轻黄。麦秆儿是一带深色的绿。这深绿在演绎着它一生的华彩篇章；它用大力吮着土地的乳，给穗儿最丰润的滋养。穗儿该是它亲亲的女儿罢；俗话说："闺女打扮娘"，在孕着自己孩子的时候，麦秆的深绿显得那样沉稳雍容端正。这样的绿，只有仪态万方的母亲才会有。

小块小块育秧田中是二八少女轻轻碰去便会滴落的娇绿。这绿中带有鹅黄，使它一下子便从连绵着的绿色中跳出。这种若有若无的淡黄色怎么也叫做绿呢？可它确是绿，是这春日诗中另起一行的新绿。因为密密地被撒下种子，这嫩黄嫩黄的绿便密密地相拥着，如丝如绸如绫如缎。雨中，农人小心地分开她们姐妹，一小簇一小簇地抛向已平整灌水的稻田中，像小朵小朵的花，依次散开在镜似的水面，秧们在泛着盈盈波光的田中细细审视着自己独处的寂静和美丽。

池塘中的浮萍绿了，那是一种轻盈的绿，随风激起的涟漪飘摇着，想必触上去便是丝一样柔滑，那种绿如婴儿皮肤般；山坡的草儿绿了，那是在间杂着去冬的枯黄挣扎出的油油的绿，在死去的母亲躯体上，它们顽强地用自己初萌的生命为枯瘦的母亲遮挡着风雨，遮挡着日晒，它们的母亲心甘情愿匍匐在渐长渐壮的儿女们脚下，在积存的雨水中沤着自己，滋养着孩子。

槐树绿了，风铃般的槐花从叶片中悬着，映着槐绿风情万种；梧桐绿了，肥厚的叶上一层茸茸的纤毫；香椿绿了，没来得及被馋嘴的人们掐尽的它们在一场场春雨中迅速长大，绿叶周边镶着一抹嫣红；柏树的绿是沉沉的墨绿，在冬日也不曾凋零的叶中，新生的柏芽儿藏在墨绿里像浴着的新蕾；泡桐花的浅紫与粉白在萌着绿意的枝条上挂着；向着水边斜斜伸出的柳，更是绿得柔媚，一条不宽的河被两边的柳云染得绿莹莹的幽深，雨顺着如秀眉般的柳叶滴入河水……

兀地，一个头戴竹笠的钓者在一片深深浅浅的绿里格外抢眼地跳进我的眼帘。唐人张志和“西塞山前白鹭飞，桃花流水鳜鱼肥，青箬笠，绿蓑衣，斜风细雨不须归”的词句轻划入心。杜鹃先前的倦恹被雨涤得了无痕迹，先前的困顿也被满眼满心的绿洗得一片清新。

浴着细雨的绿，原来还是一帖疗心的良药呵。

“大勇，你知道么？二十多年了，我一时一刻一分一秒都没有忘记你。我醒着的时候是你，梦着的时候是你，想着是你，念着也是你。常常，如丝般的思念像张黑色的网刚刚罩住了我无月无星无思想的天空，痛入骨髓，你的名字便几欲冲口而出。可突然的警醒，我紧紧地咬住下唇，生怕会失去理智。此时，我的双唇便是一道紧紧的屏障，锁住的是胸中翻腾的岩浆。细细琢磨着呵，这岩浆中的热分子点点滴滴全是你，你是我今生命定的克星。大勇，我欠你的，来生再还。”

来到省城的时候，天已经黑了。杜鹃刚走下车，就碰到一个票贩子：“看戏么？新戏。《徽州女人》。好看。快开演了。便宜了。”

杜鹃想了想，掏出钱买下了票。

杜鹃是很喜欢看戏的。从小和爸爸来过省城，最喜欢看戏的爸爸每次来一定要抽时间看场戏或者话剧。她和爸爸一起去看戏的情景是小时候最美好的记忆之一，只要来到剧院，她似乎就能握住爸爸那只温暖的大手。

她喜欢戏剧漂亮的行头，水袖飘舞的悠然，时空转换的自由，夸张的感情表现以及字正腔圆的唱腔与道白。现在很多人都不喜欢戏剧的节奏，但杜鹃喜欢。

坐在剧院里，杜鹃轻轻舒口气，静静地等待着。

“几排？几排？”戏刚刚开演，一对男女急匆匆赶到。

“不急，我来看看。”

一听到这个声音，杜鹃浑身的血液一下子像凝固起来了。

她到死都不会忘记这个声音，天哪，是他！

就在她的右前方，王大勇和张秀玲坐了下来。

台上的光线忽明忽暗，侧光打出了杜鹃心中描画了无数遍的英俊少年。他已经见老了。他身边的女人看起来也真的是不年轻了，但是他们紧紧相贴着的身子让杜鹃那么心痛：她一定是大勇的女人，大勇和他的女人是那么相爱啊。

一晚上的戏，杜鹃不知道看了些啥，但是有一句话她是听进去了。剧中老秀才对那个苦命的徽州女人说：等吧，等吧，等就是在笑字头下有座寺，等也是笑着，哪怕是苦笑，也得笑着啊……

杜鹃的心一下子沉到了十八层地狱。

自从采药跌下了那座悬崖，杜鹃的身和心就陷入了深渊。失忆了三年的她醒过来后，她就一直在等待，等待死亡把她带走，带到另一个世界。在另外一个世界里，她的等待才有价值。她就在那里等她的心上人，下一辈子再娶她。剧中人这句话也惊醒了她。她也觉得“等待”这两个字真是有味道：等与待两个字中都有一个“寺”字。“等”字上面有一个“竹”字头，“待”字旁边有两个人。在竹影深深下的寺庙中是心如古井般地“等”，即便是“待”也是在寺中“待”，身边无人，不代表心中无人。反正只要是“等待”，一定是静夜无声，一定是长伴孤灯，一定是心如止水，一定是晨钟暮鼓，才是等待啊。

何等的苦？

咽口唾沫，杜鹃像吞了口黄连。

“今天真是个幸福的日子，和你在一起。给丁大妈过了个生日。建成给我们两张戏票。简直是完美的一天。”

“也是，明天我又出差了，你也要准备出发了吧？”

“我休整一段时间。但是你走了，我们又各奔东西了。”

大勇点点头，没有说话。

大勇一直都明白，秀玲的妈妈管阿姨反对秀玲嫁给他，就是因为送变电人照顾不到自己的女人自己的孩子。管阿姨的反对是一个母亲正常的心理。大勇心里很难过，但是一点都不气她。

做送变电的女人，实在是太痛苦了。在送变电人中传了几代人的那个顺口溜，到现在也还是改变不了的现实：“好女不嫁送电郎，一年四季守空房。盼来盼去回家来，带回一身脏衣裳。”就算现在送变电人在野外施工的居住条件和工作条件比祖辈父辈好多了，但是照顾不到家庭，年轻夫妻分居两地，孩子得不到父亲的教养等，也还是暂时改变不了的现实。因为得不到父亲的有效的教养和监督，一些送变电人的子女得不到良好的教育资源，也失去了良好的继续教育机会。在送变电人中，“献了青春献终身，献了终身献子孙”的事儿还少吗？

王大勇还记得那是个黄昏，他刚刚从淮河北的工地上回家来，幸福村的人家都在小平房里烧饭了，一阵木材烟香弥散在幸福村的上空。仿佛一直等着他似的，管阿姨从一株大槐树后面闪出来，小声而威严地说：“大勇，你到我家来，我跟你谈谈。”

大勇没进自己家，就先跟管阿姨到她家了。当时家里没别人，估计秀玲和两个弟弟被支使走了。秀玲那时候刚刚 16 岁，中学毕业，正在家待业。

管阿姨深深盯着王大勇看了一会儿，看着看着泪流满面：“孩子，我知道你对秀玲好，秀玲也喜欢你。但无论如何，我是不会让秀玲吃我吃过的苦，过我这样的日子，成为送变电人的女人的。你要真疼她，就要像我一样，为她着想，让她嫁个好人家。”

大勇一下子给打懵了。没想到，他跟秀玲少男少女那种朦胧的情感,被管阿姨直通通给说了出来。

他脸涨得通红,呼吸也急促起来。他不知该如何回答管阿姨,因为他心里一点这方面的准备都没有。

仿佛看穿了他的心思,管阿姨接着说:“许文山的爸爸是电厂工会的领导。文山喜欢秀玲。文山妈说,只要秀玲跟文山谈恋爱,她就叫文山爸给秀玲在电厂找个正式工作。”

王大勇心里“咕咚”响了一下。许大马棒追秀玲,一起玩的伙伴都知道,其中的许多次打架,都是跟许文山有关的。这么说,电厂子弟不但要打败他这个人,还要打败他的爱情?

见王大勇还不吭声,管阿姨从床头柜里拿出一只瓶子,朝大勇扬了扬说:“这个是我为自己准备的。如果你听不进去,依旧跟秀玲好,我就死给你看。你们就一起从我尸体上跨过去。”

大勇看清楚了,那只瓶子上画着一个人头骷髅,还打着一个叉叉,一定是剧毒农药。管阿姨把农药瓶朝他举了举:“秀玲爸爸已经走了,他走时的样子,你也看到过了。我现在活着的意义,就是为着几个子女。秀玲是家里唯一的女孩,我希望她幸福。这个幸福我是给不了啦,要你来给!”

大勇被管阿姨那决绝的口气和神情惊吓住了,他连连摇头:“你放心,我不会连累秀玲。我一定要保证她的幸福!”

“你发誓!”管阿姨步步紧逼。

“我发誓,我不再跟秀玲来往,一定不!”

“好,我信你。我希望咱俩的谈话,你永远不要叫秀玲知道,不要叫她误解我。这个,你也得答应。”

“我全部答应。管阿姨,你还有啥话说,都说出来,我全部答应。”

面对王大勇清亮的目光,管阿姨突然抽泣起来,她把脸埋在手心里,肩头一抽一抽强压着悲痛:“大勇啊,你不要怪我,也不要恨我。我是为我的孩子好啊。今后我要不在了,你能帮衬到秀玲,还是要帮衬她啊。谁让她投生到我们这样的家,连个可心的男人都嫁不了。”

大勇的眼泪一下子涌了出来。他咬紧下唇说:“管阿姨放心,不管咋样，我都会帮村秀玲。”

管阿姨抱着大勇低低地哭泣着。

从那天起，大勇从男孩变成了男人，有担当的男人。

后来大勇才知道，当时的管阿姨乳癌已经非常严重，她只是没有告诉任何人。值得欣慰的是她看着秀玲出嫁，看着秀玲生子。小涛半岁时，管阿姨去世了。走的时候，她是那么安详。她以为她为秀玲安排了一个幸福生活。

为了一份承诺，王大勇看见秀玲像陌生人一样，不再和她有任何来往，而且时间不长，就在工地所在的山沟里和一个山村女子就是杜鹃结婚了。

“嗨，怎么不说话？”秀玲不知道她的一句话引起了大勇澎湃的心涛。

隔着窗棂偷眼望哎，
细雨濛濛遮青山也，
青山脚下一把伞哪，
伞下书生握书卷哎，
高高的身材，宽宽的肩啊，
乌黑的长辫垂腰间呀……

台上，十五岁的徽州女孩怀着甜蜜的憧憬出嫁了。台下，五十岁的秀玲把头轻轻地靠在大勇的肩头，她也随着剧中的情节回到了过去：

大勇在山里结婚的消息传到幸福村，大家都很吃惊，因为谁都知道大勇和秀玲好。但是对大勇娶山里女子，大家倒见怪不怪，因为当年娶一个农村姑娘对送变电的工人来说是太正常了。

张秀玲懵了，受了刺激，坚决不要再继续读书。17 岁就做了送变电的接线工。她不死心，大着胆子向人打听王大勇的情况。一次，她终于逮着了回家探亲的丁建成。

建成跟大勇是一个队的送电工。说起王大勇，建成羡慕地说：“大勇他忙啊，工作忙，还要抽空回家陪老婆。哪有时间回幸福村看望父老乡亲哪。”

秀玲搡了建成一拳：“说话正经点。”

“秀玲，你死了心吧。大勇娶的老婆叫杜鹃，是个大美女，别看她是农村女子，可是文静呢。唱歌又好听，啥歌都会唱，啧啧。我要骗你被雷劈。”

见秀玲傻了一样看自己，建成马上逃回家，临别时还加重语气说：“秀玲，忘了大勇吧，过好自己的生活。”

正巧，送变电接了本省最南端跟外省交界的山沟里去建清溪变电站。秀玲坚决要求去。她要离开，远远离开这个伤心地。变电站工地十几名接线工里就她一个女的。那时候接线全靠人工操作，别人接线戴手套，她就光着手。把线缆一点点朝外拽，有些线缆还要用特制的刀具剥开来。刀具倒没有把她手划伤，就是那些线缆，天天咬她的手，指头上伤痕累累，终于发炎，高烧不退。她咬着牙不吭声，直至当场晕倒，被人送回幸福村。

在洛山住院的日子里，许文山天天去看望她，罐头买了一大堆。妈妈只能对着她哭。那时候，许文山中师毕业在洛城中学教书，身上一点没有许大马棒的匪气了，倒显得文文静静。秀玲住院一个月，他就看护了一个月。秀玲后来去淮东变电站接线，他就利用休息天去看她，不言不语的，就拿眼光罩着她。

三年后，秀玲心彻底死了。嫁给了穷追不放的许文山。她唯一能坚持的，是不去电厂工作，坚决留在送变电。

在秀玲的心中，她只要不离开送变电，就没有离开她的大勇哥。秀玲把这个心思压在心底，任谁都不说一个字。

不是因为成了夫妻，性格就得到了改变。婚后，秀玲和许文山常为着芝麻点儿大的事争得面红耳赤。特别有了小涛后，她成了接线班的班长，常常离家做重大工程，分居的日子越来越多，夫妻俩的沟通更少了。每次秀玲回家，不但没有久别胜新婚的感觉，两句话一说，两人就吵上了。后来发展到动手。谁也没有想到，文化人许文山打人下手那么狠。看来，小时候喊他许大马棒，还是喊对了。秀玲也不示弱，握钳子的手还击起来，也够许文山受用。

打架的原因大多数居然是猜忌。张秀玲长得漂亮并不是错，到哪儿也没招谁惹谁，在广西就算被人家隔三差五的查暂住证，也没惹下什么故事来。至于跟王大勇，两人一个送电，一个变电，除了开会见过面，平常相见的机会少之又少。秀玲不想惹事端，有时在省公司远远见着王大勇，都先躲起来。但是架不住许文山的心里有病啊。

猜忌和打架的日子从洛山电厂的老宿舍，持续到省城滨湖市的送变电宿舍。到小涛上高中时，分居多年的两人才算正式分手。许小涛跟谁由他自己决定，小涛说两边都住，结果张秀玲总是外出做工程，当了项目总工更是哪里需要哪里去，难险处离不了，小涛更多的时间是跟许文山住。许文山有一样功不可没，他是教师，全心全力地培养着许小涛，这是唯一能让张秀玲原谅许文山的地方。

刚开始许小涛对爸妈的分手有些想不通，特别是觉得妈妈一个女人家，跑得不归家。跟爸分手，妈妈一定有责任。

高二下学期秋季学农时，小涛无意中在滨湖市郊区的一座新建变电站里，看到妈妈居然上到变电站的构制架上工作。这似乎是一个棘手的事，别人处理不了，妈妈解决了。铁塔下站着一群戴安全帽的男人，一起给妈妈鼓掌。小涛心里猛然一紧，重新认识了妈妈。

小涛没有惊动妈妈，悄悄离开了。晚上回到家跟爸爸谈起妈妈时说："作为一个女人，工作做得这样出色。妈妈是了不起的，是个强女人。"

爸爸神色黯然一下说："强女人，可不一定适合做妻子。"

小涛反驳："爸爸，我觉得你应该包容妈妈，她当过省劳模，先进工作者，是个了不起的人哪。"

许文山叹口气，没有再说什么。

后来小涛考大学，一定要填报三峡大学的输电专业。许文山奈何不得。

三峡大学毕业后，小涛被分配到省送变电公司送电分公司工作，按照师带徒的老规矩，王大勇就成了许小涛的开门师傅。

“这夜啊，长夜，夜长；这梦啊，梦绝，绝梦！小儿啼哭伴无眠，何时熬到明天？天明，明天，也是一个奈何天，啊，从今后，莫非真是无人盼，无事想，无事干。无依无靠无牵挂，无着无落无忧烦。无喜无悲，无梦无醒，无日无月，无生无死。天哪！这熬不到头的日日夜夜啊，我可怎么办……”

看台下一对人儿深情相依，听台上徽州女人水一般地如泣如诉，杜鹃悄然离去。

五

大勇刚刚仰起头看一眼白花花太阳下徐徐上升的塔材，突然汗粒如豆，感到太阳发黑，小腹那里像猛地楔进去了一只铁钉，直疼得他浑身发冷，思维迷蒙一片，来不及多想什么，晃荡着就倒下了。

工地上“嗡”地响成一片，有人大声喊着“王经理倒下了，快叫救护车”。许小涛拉开监控室的门，炮弹样冲出来，一把抱住王大勇，连喊：“打‘120’了吗？快打！”有人说，打过了。

经过一个多小时的急诊抢救，王大勇苏醒了，住进了中医院普通病房吊水。

正在休整期间还没有上工地的秀玲闻讯赶来，跑前跑后，在各种单子上签下自己的大名。一切安排停当，张秀玲坐在王大勇的病床前，目不转睛地看着他，眼睛突然潮湿了：“你把自己搞这么紧张做什么？日夜看守，以为自己是毛头小伙，经得起这样熬啊？”

王大勇疲惫地一笑道：“这是老毛病了，好几年不犯了，以为好了呢。谁知，它又来相扰了。”

直到这一刻，张秀玲才知道王大勇有这个如影随形的前列腺炎的老毛病。

许小涛一身一脸的汗，从病房跑出跑进的，找到当医生的中学同学过来，让她无论如何得想办法，给王大勇腾出个单人病房来。

王大勇摆手说：“吊吊水就出院，用不着换病房了，老毛病，没啥了不起的，你赶紧去工地吧。”

许小涛一改往日俯首帖耳的乖顺样，不理王大勇的茬，只顾跟女同学说事。然后就把王大勇的治疗方案安排妥当了。

原来，省中医院引进了腔内场效消融治疗前列腺的先进治疗方法，可利用高能聚焦电场产生的强大能量，穿透王大勇的前列腺包膜，直达病变部位进行杀灭病菌，并对受损伤的病变组织进行修复治疗。这种最有效的前列腺炎治疗方法，前前后后要花费王大勇半个月的时间。

王大勇一听就急了。

他病不起啊，土建刚刚进场，奋强的摊子也才铺开，工程上的事情接踵而来，他在病床上咋躺得住？他忘记在吊水，抬手一挥，刚想说“那哪行？”针头就扎破血管朝外回血了。

许小涛的女同学马上一脸严肃说：“你这位老同志，怎么这么任性啊？你这是治病知道不？没见过这样不要命的。知道为什么会犯病吗？你喝水太少了。你那个老病灶，如果没有充足的水分培着，不发作才怪呢。现在呀，得及时治疗，不然，别说你去当指挥官了，就是保命都难说呢。”

护士重新给王大勇扎上针，许小涛的女同学又小嘴不停数落了一会儿，坚持一个主题不动摇，那就是王大勇必须继续治疗，必须听从她的安排。

张秀玲看见女医生给小涛递了个眼色。估计小涛背后已和女同学达成一致了。

等小涛走后，大勇笑对秀玲说：“你听到刚才小涛女同学咋叫我的？老同志？我有那么老吗？”

秀玲也笑：“你还满在乎的嘛。电视新闻里不经常报道：一个年近半百的老人怎么怎么的，你都年到半百了，不是老同志是什么？老就是老了。不老我还留不住你呢。”

王大勇用另一只没扎针的手摸了摸下巴，说：“看来人得服老，我总觉得自己像年轻小伙一样充满斗志。没想到，一晃就成老同志了。哎对了，叫小涛把我刮胡刀带来，就算躺这里吊水，也得把头脸收拾干净了。否则，就不是老同志而是老妖怪了。”

秀玲骂了句：“臭美！”说，“你这老毛病啥时得的，我咋不知道？”

大勇说：“你还送变电人呢，连这都不知道？很多送变电男人都有这毛病。早先走深山老林架线，带着干粮，一天光啃干馍，没水喝，就落下这病根了呗。”

秀玲脸红一下：“我怎么一定要知道，我又不是男人。是不是大家说的那种烂裆病啊？没想到，你得的也是这病。”

王大勇深深叹口气道：“是啊，咱们送变电公司的送电这一块，一说烂裆病，谁心里不清楚啊，那可是送电工的流行病呢。不过，你一个女人家，当然不大懂是咋回事。”

大勇得上烂裆病的时候是做大别山里的一个工程。每天天不亮，大家分小组从驻地出发，每小组不过七八个人，一基塔去三个，一个小组负责三四基塔架线。每个人都背着干粮，山深林密，干一天才能回窝。除了早上吃一顿带汤水的饭，中晚饭就是凑合，吃带的馒头和咸菜疙瘩。干起活来顾不得喝水，想喝也没水喝。人站在线杆上，迎着风，一站就是半天，渴了饿了都是忍着。那时候没有机械，全靠人工。绞磨机、张力机、拉力机，都要靠人推。一个工程线路长的话，能做两三年。做那个大别山里 93 公里的架线工程，一个架线工进山时，老婆还大着肚子。工程结束回到家，孩子都会满地跑了。

忍饥受渴两年多，王大勇撤回公司稍作休整时，就觉得身体不对劲。好些个送电工的身体都不对劲。开始大家都不好意思说，但往往干着活，就突然朝厕所跑，一天跑无数趟。一批人都这样，也就说开了。看了医生才明白，那个总要往厕所跑的病，叫前列腺炎，属于男人的病。

虽然不是多要紧的病，但带在身上，非常麻烦。碰巧那段时间，工程接的比较多，一伙人忙了江北忙江南，淮河边上从东做到西，大家咬牙坚持，站杆子上作业有时也控制不住。久之，人人都湿着裤裆，湿得人人又得了另一种病——烂裆病。就是湿疹，又疼又痒，严重的还出现局部溃烂、渗液，既苦不堪言，又惨不忍睹。好在工地上都是男人，也无所谓，但罪得受着。

大家都病着，战斗力就下降了。这种病激素类药还用不得，王大勇就琢磨着给大家采草药治疗。长年在外架线，他跟山里的百姓也算交道不少，特别是年轻时在江南的山里待过，知道一些草药对治疗烂裆病特有效。就是那种叫马齿苋的草药，这对在野外施工的王大勇来说一点也不难，他抽空采了回来，让食堂的厨师用吊罐煮了，冷凉后分发给大家晚上洗身子，非常见效。因为前列腺的病治不好，草药只能治标不治本。后来条件好了，机械化了，但工程也做大了，忙碌仍旧继续，王大勇的前列腺炎也仍旧继续。他想了许多办法，常常随身带着医用滑石粉，还有黄连素，解决了自己的问题，也帮了战友们的忙。同时，他行李里总要带着一堆内裤，在遇到的大事小事里，总不能让他湿着裤裆跟人家谈判吧？

这几年省送变电公司发展得好，施工条件有所改善，大家进工作场架线都是车接车送，一日三餐基本正常，加之他在医院治疗了一段时间，前列腺算是正常了，烂裆病也告别了他。哪里想到，如今的这个南北大动脉，又把他的老毛病引发出来了。

张秀玲说：“你还懂草药，是不是杜鹃教会你的？”

大勇“咦”了一声道：“咋又翻出那堆老事来了。是杜鹃教我认识草药的。我还知道哪种草药能治蛇毒呢。这都是历史了，秀玲，还提这些干啥？”

秀玲把眼光挪过来，盯着王大勇：“老人不翻老事翻什么？如果不是你跑到深山老林跟人家结婚，我们的生活一定是另一种样子。你当时只想着自己吧。”

王大勇回盯着秀玲，眼睛闪闪烁烁一堆笑意，看得秀玲成了大红脸，不知往下怎么说。大勇慨叹道："送变电的女人说话就是直，就像当年你妈管阿姨找我谈话一样，直来直去的。是你妈妈把我的心说死了。当时只想在深山老林里陪杜鹃终老一生。"

"可惜杜鹃和你都没有这个命啊。我妈跟你到底说了什么？今天你要说出来，不然不侍候你了。"

王大勇的眼睛还是一推笑意："你不侍候我，我跟小涛投诉你。你虐待他的开门师傅，他不会袖手旁观。"

顿了顿又说："秀玲，管阿姨说的话，我一定会告诉你。等我们洞房花烛了，我会告诉你。当然前提是你得同意那个什么洞房花烛。"

秀玲扑哧笑了："你总是没正经，我们不是商量好了吗？等着小涛成家了再考虑咱们的事。"

"行，听你的。我们送变电人都说，听老婆的有饭吃。"

"好，那你告诉我，如果不是我妈找你谈了话，你可会喜欢上那个杜鹃？"

王大勇半晌才说："杜鹃是个好姑娘……不说这个了，好吗？人都不在了，你还较什么真？"

"我只是想弄明白，我在你心里的位置……"

杨奋强一听到消息，马上就从项目部火烧火燎地往医院赶，却扑了个空。

杨奋强想了想，直奔铁塔厂而来。果然在试验基地的铁塔下面，正站着王大勇。他正戴着安全帽，仰头看着塔吊，手还挥舞着，干起了现场指挥。

杨奋强从工人手里接过安全帽，朝头上一扣，几步赶上前，叫道："师傅，张工，你们都在啊？你不是在住院吗？怎么又到工地了？"

"没事的，我来回坐车，不用走路。有个节点要试验一下，正好在中医院住着，离试验基地近，闲着也是闲着，来做个动力试验。"

旁边的张秀玲无奈地摇摇头，一副欲言又止的样。王大勇马上把话题转到试验上了："马上开始的跨江立塔，数据也都能出来了。"

杨奋强看到一粒黄豆样大的汗珠，顺着王大勇安全帽带子边的花白鬓角直朝下滚。他心里呼隆响了一声,眼睛猛地一酸。一下子想到了自己的父亲,一个在巡线站干了一辈子的巡线工,一年也回不了几次家的巡线工。

他咳了一声,算是把情绪调稳妥了,主动汇报着荣河项目的事:“师傅,线路上一切正常,浇基础工程接近尾声了,架线工作也即将开始。师傅就放心吧。”

王大勇伸手拍了拍杨奋强:“我知道,这个工程有你指挥,没问题的,总公司不会用错人。”王大勇的巴掌很沉,手背上被吊针扎过的地方,一片青紫。

杨奋强扭头看一眼,就掉过眼珠了,他怕多看了会失态。喉头哽了一下,他说:“我回头叫立淮过来看看你。这段时间民事上的事都很繁杂,他几乎每天都得到现场。”

“我正要跟你说这事。我这点小病,千万不要让立淮知道,以免分心。民事上本来事就多,还是让他安心跑工地吧。再过个把星期,我就跟医院说拜拜了。”

杨奋强坚持用自己的车把王大勇送到中医院,晚饭就在病房里陪着王大勇吃。临走时说:“我跟我妈常说叨你。她说,我们老家山里有种草药,常年泡水喝,可以防止前列腺炎复发。当然,你以后不能太累了,身体要放在首位啊。”

“你妈身体怎么样啦,听明俊说一直不太好。”

说到妈妈,杨奋强的声音都低沉了很多:“一直不是很好呢。最近明俊休假在陪妈妈。”

“是的,你们送电分公司的人一忙,我们变电分公司的人就可以暂时休整了。我让明俊在家多过些日子。”秀玲也说。

王大勇在医院、试验基地两头跑了半个月,把自己身上的病跑好了,也把立塔实验跑得鼻子是鼻子眼睛是眼睛了。

一去千万里

YIQU QIANWANLI

第三章

太阳出来一点点红啊

出门的人儿谁心疼。

月芽出来一点点明哪

出门的人儿谁照应……

——陕北民歌

一

刘翠萍一大早就把电话打给了张秀玲："张工，你给评评，有这个理没？我明明前不久还在那里掌过勺、抄过刀、切过肉、剁过馅，他们现在硬是不让进了。真不讲理！"

秀玲听着声音嘈杂，忙说："大翠，别急，慢点说，你这是在哪里？"

大翠气鼓鼓道："我在三棵树啊，就是你刚刚建的变电站。我说找张工。他们说张工是谁？我说就是建这个变电站的当家人哪，他们说不认识。我说让我进去找找，他们说不准进。我说这是张工建的变电站，为啥不准进？他们说不准进就是不准进，叫我走开！"

秀玲电话那头扑哧笑了："我以为是咋着了呢，原来你去三棵树啦。是不给进呀，现在连我也进不去了呢。"

"这就怪了，是你建的站，连你也不给进？这不是过河拆桥卸磨杀驴吗？"

秀玲被大翠的比喻逗笑了："大翠你真会说，估计你把变电站的人闹得不轻吧。送变电人建了多少变电站啊，建好了，就交给地方电力部门管理使用了，跟我们没关系了。人家有人家的规矩，有人家的安全条例，当然不是随便什么人都能进的。"

"那不跟代孕妈妈一样吗？孩子生下来，妈妈就得走人？变电站建好，就不再是你们的了？"

张秀玲觉得自己都要笑岔气了。这个大翠，说小品似的："大翠，你太有才了，赵本山应当收你做徒弟。变电站是国家的，不是哪个部门的。我们都是国家的人呢。哎，你怎么跑三棵树去了？"

"我跟跃进一块来了,听说你们又上了新工程,越走越远了。我们就想来看看你们呢。不知道王经理在哪块,这不就找你来了嘛。谁知你也不在三棵树了。"

秀玲呵呵笑了一阵说:"我跟你说过,变电站建好通电后,我们就撤了呀。"

"你在哪里?我跟跃进去接你,也不远,我们带着车了。"也不管秀玲阻拦,两口子驶离三棵树直奔滨湖,接上张秀玲,又一块到了已经竣工的凤江线项目部,大勇正巡视到这里。

当最后一根电缆锚好,当凤江线全线架线结束,国家电网公司进行了严格的检查验收后,已经择日通电了。

竣工后的凤江线项目部,宛若一场盛宴的结束,人员撤空的大院变得静悄悄的。那些即将撤离的坚硬的机械,无声地张望着曾经繁闹的天空。

王大勇正在项目部院子里出神,跟这个工程作无声的告别。

每一次工程结束,大勇都像放飞一个成年的儿郎,万分地舍不得却又充满着欣喜和期望,期望自己千辛万苦养育的孩子会在未来的日子里鹏程万里献身国家。在养育儿郎的日日夜夜里,那些难过的坎都过去了,那些惊心动魄的场面,都掀到前一页了。

王大勇的目光顺着线路的走向朝前延伸着,那银光闪闪横空飞架的电缆线,走沟越田,穿河跨水,直逼江边而来。风扫荡着江水,浑黄一片,行进的船只,偶尔鸣叫的汽笛,就像一只巨大的手,掀翻了遮蔽旧岁月的绒毯,叫人一下洞察到那过往的一切,不由人心动而伤感。

五十岁的王大勇突然有一种慨叹,他一下想到初次当送电工爬杆时踏板掉落的情景:快上到水泥杆顶部时,起着安全保护作用的踏板一下滑落了,他有种强烈的失控感,紧紧抱住杆子,闭上了眼睛。那时候确有天摇地动的感觉,不敢朝下看,双臂痉挛,浑身颤抖。这时候,他的开门师傅石虎一边在下面安慰他,一边拴上踏板朝杆上爬,腰间挂着他掉落的踏板。

踏板送上去后，师傅给他拴好，要领着他下来，换别人上来作业。他低头看着师傅慈祥的笑脸，心中一热，坚决要再次上杆，把卡线的活全部做完，才下到地面。他下杆时发现，自己原来身手很轻快。他于是明白了，成功做好一件事，是能给自己带来勇气和胆识的。

“王队长，你在这里看啥呢！”

汽车进了项目部大院，大翠大声地打着招呼。

王大勇一回头，见大翠、秀玲站在身边，不觉哈哈笑了：“真是好日子啊，你们都赶来了？”

见大翠边上有个汉子搓着手直傻笑：“卢跃进？”

卢跃进猛地走上前，一把握住王大勇的手，摇晃着：“大翠说看看你可能认出我来，怎么样，我说你还记得我吧？”

王大勇抓着卢跃进的手，上上下下仔细看了一阵。发觉卢跃进跟大翠一样，胖了，头上也有了星星点点的白发。日子过得都不容易啊，脸上也有了些粗硬的“车辙印”。如果路上乍一见，还真的会认不出来呢。

握手，拍肩，这些年的事，一时不知从何说起。招呼他们两口子进屋，王大勇忙着找茶叶泡茶给他们喝。大翠快言快语道：“王队长，这次来就是想请你到湖里吃顿饭，可行？”

王大勇看看手腕：“去湖里吃饭？好啊。还早，先说说话喝点茶再走路。”

大翠一把夺过他手里的茶叶盒：“冬天天黑得早，也冷。咱去船上喝茶。到那里想说啥说啥。”

这是个晴日。太阳朝西趔着身子，温和地照射着万物，照射着山川河流。不大会儿，在高速公路上，就远远看到了三棵树变电站银亮的构制架。凤江线上一基基铁塔，跟变电站一链接上，就像一个个独行的人，突然路遇一帮乡亲，一个招呼一个地大家结伴行走，手拉着手，肩并着肩，快乐而自足。

张秀玲每次做完一个变电站工程，就有这种真实的感觉。她摇下半扇车窗，看着三棵树，嘴角挂着笑意。王大勇问道：“又开始骄傲了吧?”

秀玲道:“那是。我总觉得,变电站里都有着一双温暖的大手,伸出来,把那些线杆挽住,永不分开,永远紧紧相连相握。”

大勇道:“哈哈!我倒是感觉,变电站就是这些线路的家。线路走累了,来家歇歇,又走。再到一个家歇歇又出发。就这么歇歇走走,出出进进,也不觉得苦,不觉得累了。就像我们送变电人。”

听见后座的两人说话,一直不大言语、握着方向盘的卢跃进插话道:“王队长,我没想到,这些年你一直没改行,还在送变电一线干。听说你得过省里和全国的劳模,以你的资历,换个岗位做,也不算难事啊。在一线太辛苦了。”

王大勇朗声一笑道:“还别说,我干一线过瘾。我真喜欢送变电这个行业,三天不爬杆子,我就浑身不舒坦,几天不摸线缆,我心里就没着没落的。人和人是不一样的,我这种人啊,生在送变电人的炕头上,从十几岁就当送电工,又带了一批又一批的徒弟,对送变电人的事知道得越多,对送变电工作了解得越详细,我就越喜欢这个行当。这个活儿给千家万户送光明,谁离了我们都过不好日子。都不干累活儿谁干?除非我实在干不动了,我还没打算换个活儿呢。”

“累命。”秀玲嗔道。

“王队长是好人。”

卢跃进感慨一声:“您别说,在送变电的那几年里,我也苦也累也灰心过,但是和弟兄们在一起的日子真的忘不了。就觉得一日是送变电人,一生都是送变电的人。”

“后悔了?”大翠嗔道。

“嘿嘿。”

说着笑着,不觉到了茨湖边。

进湖区的路非常漂亮,光滑有弹性的柏油路,黑油油的。错落有致的冬青和柏树,生得满坡满岸,使湖岸生机勃勃,一派春意。

泊好车,他们开始步行走向码头。湖边建了许多游乐设施,可以想见,在旅游旺季,这里会人声如潮,热闹非凡。其中的一顶彩色大帐篷下，正表演着彩扇舞的节目。这是茨湖边的地方戏，被列入非物质文化遗产了。绿色坐椅和橙色茶几边，坐着不多的听众，正听得有滋有味。王大勇“咯噔”站住脚，看着表演者舞动着彩绸彩扇，敲击着腰间挂着的腰鼓。所不同的是，这个非遗地方戏，男的敲鼓，女的舞扇，非常漂亮。那些演员，一看就不年轻了，其中的一位奶奶级人物，把长长的彩绸舞得满场跑，从敲鼓者的头顶飘过，功夫好生了得。

王大勇站着看了许久，才跟着大家一起朝前走。卢跃进边走边介绍说，表演彩扇舞的演员，都是附近村子的人，年纪都不小了，打小就跟老师傅学过的，功夫很深，也喜欢这个传统戏，所以，他们自愿组织到这里表演给大家看，图的是热闹和自得。

一行人来到湖边的一座码头，见许多快艇在水边泊着，湖面显得辽远而寂静。卢跃进冲码头边的一小伙一挥手，小伙走过来说：“卢老板，你这是要进湖啊。”

卢跃进说：“对呀，今天我有贵客到，麻烦你走一趟，送我们到船上去。找个好艇啊。”

“没问题!”小伙走到旁边的房子里，抱出一堆救生衣，让大家一一穿上，就跳上快艇，搭好板子，让大家走上去。

湖面风很大，快艇开起来，风更大。大翠帮张秀玲系着背后的救生衣带子，又把自己的大围脖硬给秀玲系上，说：“城里的女人娇贵，吹不惯湖里的风。”

秀玲啧道：“我在城外待的时间，比城里多多了。你说的风呀霜呀，我也没少吹呢，没那么娇贵的。”话是这么说，围脖没有摘下来，她不能拂了大翠的一片好意。

开快艇的小伙，见大家伙儿说说笑笑，就跟卢跃进商量道：“卢老板，我加点速度怎么样?”

跃进说：“没问题，让我的老领导见识见识，他虽然走南闯北，可没跟快艇交过手。”

小伙一声“大家坐稳了”，就加了速度，快艇像一只大鱼，“噌”地往前冲去，湖浪扬起来，被风裹挟着直朝人脸上扑。一忽儿，快艇侧了身子，左冲右转，犁得湖浪一层层翻涌着，非常刺激。王大勇觉得前所未有的爽，忍不住大叫道："好啊，再快些！"张秀玲已觉出害怕了，强忍着不尖叫，手牢牢抓着前面的坐椅背，纹丝不动。还是大翠粗中有细，立刻叫停，快艇又回复到以往状态，不侧不转，匀速前行了。大家才松了一口气。

远远见湖中间泊着一只大船，快艇慢了下来。到了船边，靠上去，大家走到大船上。跃进邀请开快艇的小伙上船一起吃饭，小伙笑着说他还得接别的客人到湖里吃饭呢，就跳上快艇发动了马达。跃进嘱咐道："等我电话啊，吃了饭来接我们。"

船上有一对夫妇，热情地招呼着他们。几个人围着方桌坐下来，一壶仙寓山野茶泡上了。大家喝着茶，听跃进说这船上的事。

这是他自己的船，船周边的水面也是他承包的，网箱养着鱼，都是自然繁殖的野鱼。从湖里逮到后，又放网箱里养着，长到一定时间，再送到城里去。平常他们夫妇住岸上的时间多，有时也到船上住几天。看船的是大翠的姨表弟夫妻俩，做得一手好菜。大翠的做菜手艺就是跟表弟学的。表弟以前在省城的稻香楼当过厨师呢。

"师傅，今天我现逮野鱼给你下酒。你说，除了银鱼，你还想吃哪样鱼？"卢跃进专注地看着王大勇。

大勇笑道："你看着办，哪样逮到就吃哪样。"

大翠插话道："王队长，你可知这银鱼冬天逮着了，才叫好吃，比春、秋两季的捕鱼期逮的银鱼，味道更鲜美呢。"转头喊表弟："庆田，你驾小船别怕走远，给王队长逮最好的鱼吃。"

那个叫庆田的中年汉子，笑眯眯地从船后解下一条小船，驾着远走了。大勇站舱门口看着小船渐渐驶远，被湖上的雾笼罩住了，忍不住叹道："我的晚年，能有一条小船，一间草屋就行了。白天捕鱼，晚上织网，跟神仙的日子差不多呢。"

大翠睃一眼秀玲道："王队长，你跟张工退休后，城里有房子住，又有退休工资，全国各地好玩的地方，想上哪玩到哪玩，比住草房、摇小船快活啊。”

大勇笑说：“那些好玩的地方，就给别人去玩好了。我可是喜欢乡下的日子，抬眼就能看到我架的线路，就能想到以往的日子，比城里好多了。”

大翠说：“好啊王队长，你要不嫌弃，就在我老家那里盖屋住，我跟跃进帮你盖。”

说笑间，庆田摇小船回来了，鱼篓里装着一条大黑鱼，一斤多银鱼，还有一堆杂鱼。庆田把鱼拎到桌边给他们看，秀玲道：“做个杂鱼锅仔，再贴一溜面饼。”大勇连忙说：“这个建议好，白面里掺些杂面，更好吃。”

庆田夫妇手脚真是快，一会儿就端上来鲫鱼烧萝卜、泥鳅挂面、茨湖双黄盐鸭蛋，然后是黑血豆腐汤、杂鱼锅仔。跃进开了一瓶本省有名的白酒，给自己和王大勇满上，也给张秀玲和大翠倒上半杯。等银鱼蒸蛋端上来时，秀玲介绍说：“大家可知道，银鱼还有另外的名字，还有一个传说？”

大勇说：“别卖关子，说说看。”

秀玲说：“银鱼还叫白小、冰鱼，是孟姜女的眼泪变成的。孟姜女千里寻夫不到，非常难过，忍不住大哭起来，不但哭倒了长城，她的一串串眼泪掉进了河里，就变成了晶莹剔透的银鱼。银鱼顺着江河游走，最后就在咱这茨湖安了家。”说罢白了王大勇一眼。

大勇挖了一勺子银鱼蒸蛋，在嘴里品咂着：“从此吃银鱼蒸蛋，心里就多了一层眼泪了。还别说，这真有些我们送变电人的特点，想想送变电人的妻儿老小，哪个没有流过眼泪盼着亲人早日归来呢？”

跃进说：“可不是咋的，那时候一个工程，一年半载不回家是正常现象。现在交通方便，通信也发达了，比以前要好些了吧？”

大勇道：“好不到哪里去。以前都是省内的工程，现在送变电接活多了，省外的工程远比省内多。多远的都有，戈壁沙漠，北国南国，西南边陲东南沿海，哪里没有啊。虽说交通方便，手机到哪儿都能打，但照样远离妻儿老小照顾不到家啊。”

跃进说：“王队长是不是因为这个一直不结婚？”

大勇喝下半杯酒说：“这是原因之一。还有别的，不说了。都过了大半辈子了。也不是都跟我一样的。咱送变电人不一样结婚成家养孩子？就是女人辛苦些了。”

大翠直耿耿地说：“王队长，我听说你跟张工是青梅竹马一起长大的。以前她肯定为你流过泪的。干吗你们还不结婚呢？……”

秀玲打了大翠一掌：“别瞎说，哪跟哪啊。”

大勇正色道：“大翠说的是，等稍微闲下来，我是得考虑着结个婚啥的。可是，人家也有人家的安排，要儿子成家后，才考虑自己的事。我得等。来，跃进，咱们先干一杯！”

跃进也不笨，马上站起身说：“王队长，你要结婚，就到我船上来结。我给你们张灯结彩，在湖上大操大办，弄得热热闹闹，别具一格，可行张工？”一仰脖把酒干掉了。

秀玲的脸比喝酒还要红，端起酒杯道声谢，立刻转移话题道：“别听大勇瞎说，他能闲下来？三天不爬杆子就脚心手心发痒呢。”

“你也比我好不到哪里去，我们撤了，你们就进驻了。忙起来你看人的时候眼都是红的。”

“哈哈哈哈哈……”

透过船上的玻璃窗，能看到通红的落日渐渐沉到湖水里，天光和湖水成了同一个颜色，灰蒙蒙一片，分不清哪里是湖水，哪里是天空了。

二

和卢跃进结缘，还是大勇在施工六队当队长的时候。

这个六队，是送变电有名的尖刀队，早先叫尖刀排。

1979 年，王大勇第一次做施工队队长时，省送变电公司从各个队抽出人员组成一个新的第六施工队，交到王大勇的手上。

说白了，那些被抽的人员，都是各个队不想要的愣茬，难管，不合群，工作吊儿郎当，比王大勇年纪大资历老的多的是。

王大勇没有挑剔分给他的这个队，他只提一个要求，要他的师傅石虎过来，做施工队副队长，负责地面的组装工作。这可关乎杆塔的质量啊。他自己呢，除了负责全面工作，上杆卡线、浇基础、测量都在行，这些工作他能充分负责到位。

上工第一天，就有流言在队里传开了，说石虎是个老师傅了，居然让徒子徒孙领导着，像什么话。

大勇心里没底，就去了石虎师傅的工棚里。一进去，啥话都没有说，给师傅点上一根烟，自己也点上一根，闷头抽了起来。

石虎是送变电第一代工人，也是他的入门师傅，手把手交给他许多技术。论感情，亲似父子，对他的为人也心知肚明。

一支烟抽罢，石师傅开口说话了："不就是徒子徒孙的那点事吗？师傅心里明镜似的。你只管忙别的，不用花心思在师傅身上。"

说得王大勇当场泪就下来了。

王大勇心里有了数，以不变应万变地接受找茬的工人"找他谈话"。

第一个找他谈话的，是以前四队的老油条，技术好，就是喜欢喝两盅小酒，仗着酒盖脸，说些风凉话，吹个牛，没人敢管他。他是架子工，被抽到六队，自然仍是架子工。架子工，就得上杆子架线。他不想轻轻松松地顺从王大勇的安排，只想找茬压压他。这晚，王大勇刚从石虎师傅的工棚里出来，前脚进屋，那位叫付彪的架子工就后脚进来了。

"你分配我工作前，得找我谈话，不然，你就对我不负责任。"他嘴里喷出一股酒气，虎视眈眈地盯着王大勇。

关于付彪，虽没在一个队干过，王大勇可不陌生。付彪三十岁出头了，一直光棍着，性格吃软不吃硬，仗着是送变电的老人，从不把任何人放在眼里。不过，他杆子上活路不错，真要发挥他特长，那就是一名干将。

王大勇拉过条凳请付彪坐下，散了颗烟过去："公司只规定早晨上班前开站班会，没规定在安排工作时找人谈话的。你是老师傅了，这点比我清楚。不过，我确实想过要找你请教一下的。"

付彪把一只脚踏在条凳上晃悠着，听了王大勇最后一句话，停住不晃了，使劲抽一口烟，盯着王大勇的眼睛。

王大勇吹掉烟灰，把烟头在鞋底摁灭了说："真的，我想征求你的意见。咱们目前人手不够。社会上刚招聘的这批工人，我想请你做师傅怎么样？师带徒可是咱们这里的老规矩。"

付彪从来没想过要当师傅。师傅可不是人人能当的，不仅活路好，人品比活路更重要。他的脾气，能当谁的师傅？谁又愿意认他当师傅？

付彪吃吃地干笑两声："王大勇你开玩笑吧，你想让人当场给我难看？我跟你说，我倒贴钱也没人当我徒弟，谁当我徒弟谁跑！"

"话不能说得这么绝对。你脾气是不太好，但有活就有性格。没听说过吗？一分脾气一分活，黏黏糊糊没性格。我放你手里俩徒弟，你把他们给我料理好。"

本来付彪是来找事的，没想到把自己找成了师傅。吃软不吃硬算是给王大勇抓了个正着，当晚就定下新招的工人跟他后面学。其中就有一个叫卢跃进的。

付彪走出屋时，门口围着看热闹的送变电"老人"一哄而散了。大家都没想到，王大勇用"招安"的手法，先把难缠户付彪招至马下了。

当然，王大勇也用不同的方法，先后"招安"了一大批别人不敢招惹的硬茬茬。正是有了这些个有活有性的硬茬茬，六队才成为了尖刀队——用得好，他们就是尖刀，是好汉。用不好，那就是刀把子朝外——捅到自己了。

第二天，付彪兴高采烈地上杆了，还手把手教卢跃进怎么用踏板，怎么练上杆。说起来，卢跃进算是付彪带的开门徒弟。付彪倒是没惹事，偏偏这个开门徒弟给整个六队带来了麻烦。

自然就是跟刘家洼的大翠刘翠萍的事了。

刘翠萍的家人都叫她大翠。大翠家道殷实，虽说是没娘的孩，可生得娇生惯养的，算是当地有势力的富户。大翠爷爷是老村长，爸爸是新村长，有一大片宅子，六队的不少工人都借住在她家里。这其中就有卢跃进。

卢跃进是个孤儿，家在煤城洛山旁边的乡下。这次正好招工进了送电队当外线工。做付彪的徒弟，卢跃进可没少受委屈。但是付彪有技术，卢跃进跟着付彪学得用心，也不怕挨付彪熊。时间长了，付彪渐渐偏爱起他这个开门徒弟了。

卢跃进吃百家饭长大的，天生的嘴甜，讨人喜欢。住在大翠家，低门进高门出的，就跟大翠之间有了那层意思。要说起来卢跃进长得也不赖，五大三粗的个头，赤红面子，心眼也实在。大翠脾气爽，敢爱敢恨的性格，回回跟在跃进后面到工地，找个安全帽一戴，就在线杆下递个工具扳手啥的。六队人人都明白这女子相中跃进了。

王大勇看在眼里，怕出啥事，找卢跃进谈过话。卢跃进承认，他确实在跟大翠谈恋爱，正正经经地恋爱，是奔婚姻去的。再干几年，手里有了活钱，就跟大翠结婚。大勇说，你得跟人家大翠的家里打个招呼才是个正理儿。卢跃进“嗯”了一声就没有下文了。

这话没说三天呢，卢跃进就和大翠不声不响地离家出走了。

王大勇正担忧着，大翠的爷爷带着家族的几个男人找到六队驻地王大勇的工棚来了。

老头气得胡子直翘，进门就摔烂一只暖瓶：“看那小子就不是个好眉眼。我可先把话撂这里，跟你王队长提个醒，你的人拐走了我孙女，我马上报警抓他，抓回来是送大牢还是蹲班房，咱让公家的人来断。”

王大勇道：“你老放心，我也是公家的人，我们六队都是公家的。你给我三天时间，我去处理这件事，如果是我的人拐走了你孙女，我把他送给你处置。如果是他们自觉自愿谈恋爱，我也一样送交你面前，悉听你老来安排。”

说了一大堆赔不是的话，才把大翠的爷爷叔伯们送走。

那边人刚离开，这边王大勇跟着公司那辆客货两用车去洛山了。

果真是卢跃进带走了大翠，正在老家的叔叔家显摆呢。

见到王大勇的面，卢跃进一下软了。一旁的大翠倒显得很英勇。

原来，大翠把跟卢跃进谈恋爱的事和家人说了，没想到遭到全家人的一致反对，特别是爷爷。一气之下，他老人家立刻张罗媒婆来家说媒。

大翠没别的招，策反卢跃进带她私奔，给家人造成生米煮成熟饭的后果，让家人接纳他们的婚姻。他们更怕王大勇反对，就先瞒着，偷偷跑到卢跃进的老家来，静待事态发展。

王大勇一听这些都是大翠的主意，心里有了数，说："我不反对你们恋爱。但突然走人，事情有些麻烦。现在，刘家的人已找到施工队，我答应找到你们，送交他们处置。你们马上跟我回去，有事商量着来。"

大翠倔倔地说："王队长，我不能回家，回了家我跟跃进非散不可。"

大勇说："刘翠萍你透给我一句实话，无论发生什么事，你都铁了心地跟跃进？"

"这还用说？"大翠扭捏了一下，"我跟跃进是真心的，家里再反对也反对不散我们，我先在这里待着再说。"

大勇道："我知道你的决心就行了。你待在这里事情只会越来越糟，我得给你的家人有个交代。这事听我来安排，我保证你们美美满满地结婚，也给你家人一个说法。"

就这样，王大勇把大翠亲自送到家。

这边大翠刚进家门，那边王大勇就带着队里的领导班子成员，浩浩荡荡开赴大翠家，以送电队的名义，上门提亲。同去的十几个人中，石虎师傅和付彪位列其中。付彪是卢跃进的开门师傅，当然责无旁贷。

为了显得正式和隆重，王大勇特意换上新洗的衣服，给皮鞋上足了油，也让同去的一帮人都穿得体体面面，还掏出自己口袋里全部的

360 块钱。

工友们见队长带头了，也纷纷解囊。就用六队全体人员兑的这笔钱置办了提亲的礼品，从刘家洼街上借了礼盒，让几个工人抬着，吆吆喝喝走过大街小巷，显显摆摆来到大翠家大门口。路上遇着人问是做什么的？王大勇回答：“给送电工求亲的。”给足了大翠家人面子。

常言说，伸手不打笑脸人，既然施工队长王大勇带着全体班子成员，亲临门下求亲，老村长虽然心里别扭，但也只得起身相迎。

关于那场谈判，王大勇终生难忘，以至于过去若干年，谈过无数次的工程，都没能超出那场谈判给王大勇带来的紧张和压力。他告诫大家，就当是两军谈判，一定要让刘家洼的当家人看得起送电工，看得起送电施工队。

大翠的家人一脸庄严肃穆，老村长高高坐在太师椅上摆着谱，大勇一一介绍各位来宾。在介绍付彪时，特意强调他是卢跃进的师傅。“跃进虽说没父没母，但送电队就是他的家。师傅就是他的家长，我们都是他的亲人。”

为了促成这门亲事，在私下征得卢跃进同意后，王大勇表态道：“我们送变电有个后花园，在煤城洛山的东市区，叫幸福村。那里住着送变电老老少少几代人，我就是在那个大院长大的。虽说卢跃进是孤儿，但我们会把他的家安在那里，刘翠萍也会成为幸福村的村民。我们那里有制件厂，是专为家属就业兴办的。所以刘翠萍结婚后，如果愿意上班，就能成为水泥制件厂的全民工人。”

王大勇说这些时心里是有些悬乎的。因为，作为合同工的卢跃进，跟正式工的待遇不一样，不但没有居住在幸福村的权利，家属的工作更不可能得到照顾。但事在人为，只要他王大勇努力，找领导争取，给刘翠萍找个工作还是没问题的。至于住房问题，他自己在幸福村还有一套平房，先给他们住了再说。

或许王大勇认真负责的一番话，打动了老谋深算的老村长，他松口了，居然开口称呼了一声王大勇“亲家……”

这一声，差点把王大勇喊趴下。如果说“亲家”在这一刻是官称的话，那么被爷爷辈的人喊出来，除了肯定之外，更有一层重重的责任。

更让王大勇没有想到的是，大翠的爷爷同意了这门亲事，但是并没有把大翠嫁到幸福村。而是直接在刘家洼集的东北角，盖了三间结结实实的砖瓦房，送给孙女做新房。他捎话给王大勇说，他同意这门亲事，完全是看中了王大勇的义气。非亲非故的，给手下的合同工担保做媒求亲。除了证明公家人的实力，也证明王大勇是个不折不扣的好人，有担当的汉子。

至于不把孙女远嫁洛山的幸福村，还因为刘家在刘家洼是个有势力的大家族，而卢跃进小门独户的，他不放心孙女在外地生活。谁都知道送电工四海为家，顾不了老婆孩子。把大翠的小家安在刘家洼，就算卢跃进外出工作了，家人都能照顾到大翠。再者，刘家洼是个大集镇，让大翠做点小生意，比当个水泥制件厂的工人也不差哪里。

这种安排王大勇自然无话可说。

不久，卢跃进和大翠结婚了，婚礼的场面更是办得红红火火。六队放假一天，工人们全体出动，仿佛是整个六队在结婚。那时，送电外线工找老婆，不容易啊，跟中彩票差不多难度。多少外线工都还在打光棍呢。王大勇亲自迎亲，又请来刘家洼的副乡长当证婚人。结婚的家当，除了女方陪送的，其余都是六队工友踊跃捐钱购置的。

当然，后来的变化也由不得王大勇了。

卢跃进在做了三年送电工后，不得不辞去工作，离开施工队。因为家里的一儿一女，包括大翠家人和大翠自己，都不愿意让他过风餐露宿两地分居的外线工生活了。

离开施工队时，卢跃进抱着一基铁塔放声大哭，又分别给王大勇和付彪磕了一个响头，给全体队友磕了一个响头，答应大家自己以后在社会上要好好混。因为混得孬好都牵涉到送变电的名声。所以他一定往好里混，一定像在送变电一样，每早都给自己开个站班会，审视自己的言行举止。卢跃进发誓：他一日是送变电的兵，一生都是送变电的人。

三

在段庄变电站,秀玲发现了问题:主变压器保护接线的某个接口光洁度有瑕疵。

这是绝对不能容忍的。

虽然张秀玲手下有一帮技术过硬的工人,有负责质量的项目总工,有每天她亲自召开的交底会、站班会,但她对工程的质量,仍是不敢一刻松懈。每天一早起床做的第一件事,就是在变电站的围墙内走一圈,锻炼在其次,查看工程质量是首要。

她当下叫停,让技术工返工。

看到这个工人紧张得脸色发红,她当场又开了个站班会:“质量是工程的生命,这话我们天天说。因此,我们说的和做的,要毫无出入的一模一样!”

这位在送变电工作了三十余个年头的老送变电人,虽然年近五十,仍像个指挥作战的将军一样,一丝不苟,冷峻得令人紧张。

刚刚处理完接线口的事情,就听到司务长的大嗓门从厨房那里传了过来:“这猪肉是给人吃的吗?”

张秀玲连忙走过去。

原来又是段家三兄弟惹事。

负责土建的项目经理汪江波在段庄变电站土建施工时,被段氏三兄弟盯上,拦住工程车不给进场,为了尽快完成工程,为后面的变电施工腾出时间,汪江波不得不妥协,让他们以卸料为名赚取费用。那段时间工程还算顺利,朝围墙里丢砖块的人没有了,跳进围墙强行拾破烂的人也消失了。

这种妥协带来的弊端是在张秀玲进场后,段氏兄弟要顺延他们的威风和好处。张秀玲只得答应给进场时那条位于段庄村南的村路铺上了石子。当然,那条路确实承受了大型机械车辆的重压而显出一些坑坑洼洼。

石子是经段氏三兄弟的手买来的，费用是项目部的。国家建设要对地头蛇忍气吞声，就是希望工程顺利，少些拦路虎。张秀玲容忍了。不过，在设备进场的问题上，张秀玲寸步不让，绝对不允许外人插手。设备不是水泥石子，设备是高科技，所以就没有给谁卸货一说，更加不会有什么卸货费。

在和段氏三兄弟的代表人物段老三谈判时，张秀玲说明原因不怒自威："见好就收吧兄弟。咱互不为难为上策。否则，你们会输得很难看。"

这个满身征尘味的彪悍美女把段氏三兄弟震住了。他们支支吾吾当时也没有多说什么。

设备进场时，张秀玲前去迎接。她戴着安全帽，穿着工装，英姿飒爽地出现在段庄村前的那条石子路上，把一段路走得风风火火。遇见村民会连说带笑主动打招呼，道声"打搅了"。没人敢领头，大爷大娘们也就嗯嗯啊啊点着头，设备平安无事进场了。

虽然段氏三兄弟背后给她张秀玲取个外号叫"铁扇公主"，但兄弟三个还是不想消停，不放过一点占便宜的机会，就打起米、面、菜这样的厨房食材主意，就有了猪肉的事。

张秀玲听完司务长的叙说，低下头，仔细看着案板上的那一整扇猪肉，又趴上面闻了闻，便伸手抓过墙上挂着的切菜刀，对着猪肉"啪"地剁下一块，扔给司务长说："中午红烧肉，我请客。"转脸看着站一旁的送肉人说，"你回个话给段老大，中午到段庄变来吃饭，我请客。只要段氏兄弟把这块红烧肉吃了，别说这扇猪肉，整头猪我都买下来！"

送肉人也不是省油的灯，刚刚跟司务长吵过架的脸还涨得通红，一听张秀玲的话，立刻把脚跳起来，骂道："肉你都剁下来了，还想怎样？送上门的货，价钱比市面上便宜，这也是段哥看着大家交情不错才是这个价。别不识好歹啊。这肉，你要也得要，不要也得要，想想后果吧！"

张秀玲"啪"地又剁了一下猪肉，吼道："怎么着？想赖我买你家的猪肉？打听一下我张秀玲怕过啥？我不惹事，更不怕事，还怕你这扇猪肉？有本事你留下来吃肉，你敢把打了青霉素的猪肉吃下去，我就买下这扇猪！”她拎着刀，虎视眈眈看着送肉的汉子，只把汉子看得心里嘣嘣直跳，逞强地瞪着眼睛，反击道：“没见过你这样的女人，不讲理。”

“你没见过的多啦！”张秀玲冷笑道：“人心都是人肉长的，不是猪肉长的。你为啥不把病猪肉留下来自己吃呢？偏偏送给我们食堂？知道我们的人是多么辛苦吗？你们怎么忍心？你瞧这上面的针眼子，你再闻闻药味！告诉你，猪肉放这里也行，我马上给防疫站和‘110’打电话，让他们看着处理。知道我这个工程花多少钱吗？我怕说出来吓着你！你掂量一下，段老大的经济实力跟我能比？我这里有手机，要不要跟你家老大汇报汇报？”一边说着，一边就递过手机。

送肉的汉子气得鼻歪眼斜，扔下一句“不跟女人一般见识”，赶紧把猪肉抱到门口的电瓶三轮车上，骑上就走。张秀玲拎着刀送到门口，朝电瓶车里扔过去被她剁下来的那块肉：“慢走，这里还有一块呢，一起带走吧，不然，留下来可是罪证啊！”

司务长见送肉人走没影了，就接过张秀玲手里的刀，说：“张经理，你真行啊！我快被这无赖缠得要崩溃了。你这几句话一说，就把他吓跑了。”

张秀玲苦笑道：“要懂政策，他们做的是违法的事情。我们都小心点，这里的工程结束还有许多天，不知他们会使出什么招数来找麻烦。我得给他们提个醒。记住，凡事不要屈服他们，小涛同学的哥在段庄派出所，我让小涛打个电话招呼一下，你放心，没事的。”

说着就要去打电话，没想到，手机先响了起来。张秀玲接听后，朝司务长摆摆手，先回自己房间去了。

“我真搞不懂，你们一家人都喜欢过不归家的日子，都喜欢四海为家是不是？我不要这种日子！告诉你许小涛，你再不回来，我们玩完！”对方啪地挂了电话，把张秀玲弄得愣了半天神。

是小涛对象方诗雨的声音。平日里这方诗雨的声音和她的名字一样，很是优雅，没想到，咋呼起来，也这么母老虎。

张秀玲翻看着手机屏上已接电话显示的方诗雨的名字，一时不知是方诗雨打错电话给她，还是真的就打给她让她明白小涛的爱情处境？张秀玲立刻拨打许小涛电话，居然不在服务区。

这孩子，现在哪里？难道不在项目部？不好直接电话问杨奋强，就打了王大勇的手机。

王大勇的手机来电提示音很别致："我是大宝，有事您吩咐。"电话一接通，张秀玲道："你还大宝呢，这么老了，做谁家的大宝。"

王大勇说："怎么，我不是你的大宝？我不但是你的大宝，更是送变电的大宝哩。工作顺利吗？"

张秀玲叹道："马马虎虎，工程上出点小纰漏，已经处理好。刚刚跟段氏三兄弟为猪肉的事吵过架，这会儿又接到小涛对象电话。你知道小涛现在哪里？他手机接不通。我得找到他，有事跟他说。"

"好，我帮你找找，一会给你电话。"不一会儿电话回过来了："听奋强说，小涛在大别山区的C标段，那里信号不太好，晚上小涛回到住处，才联系得上。怎么着，有事？"

秀玲语调急促道："小涛对象方诗雨在电话里哭，估计也找不着小涛，才电话给我的。好像两人之间有事了，诗雨从来没有给我打过这样的电话。"

"正好有事要小涛回滨湖一趟，顺便让他去看看诗雨。我准备去段庄变。我现在正在洛山市电力公司，明天还得会会洛山市委市政府的人。洛黄段荣河境内B标段全部停工了，事情相当复杂，奋强电话给我时，我正跟着省公司的专家们研究一个新的工程招标的事情，可能要跑到呼伦贝尔呢。我们晚上见！"

王大勇饭后才来到段庄变电站。一进门就抱歉说，本来要赶到段庄吃晚饭，但谈到停工的洛黄段，不知不觉天就晚了，就被洛山电力公司的人留下吃饭了。见张秀玲桌上放着一碗银鱼蒸蛋，像一只怨怼的眼珠，直戳戳地看着他。王大勇端过来深深嗅了一会儿，放下说："可惜啊，晚上吃太饱，要不然我就消灭它了。"

秀玲把蒸蛋朝一边放放说:“别多情,不是给你蒸的。我又打了几遍小涛电话,怎么还是不在服务区?”

大勇道:“C 标段我去过,山高林密,估计他还没回住处。”

两人说了一会洛黄线 B 标段的民事,张秀玲说:“我觉得整个南北大动脉都挺复杂的。就说段庄变这一块,围着它做文章的,一直没消停过。”就把段氏三兄弟派人送病猪肉的事说了一下。

王大勇欷歔道:“现在的人,能人太多了。现在不入流的人,头脑太聪明了。只有我们想不到的,没有他们办不到的。”就把荣河遍地楼房平地起,现在工程无从下手的事,说个大概。又表扬一通张秀玲为猪肉的事跟段氏三兄弟作斗争时的孙二娘风格。秀玲嗔道:“这都是被逼的。送变电的女人,不流行温柔。再说,江湖这玩意儿,你弱他就强,所以不能弱。”

大勇道:“如果项目经理都是女的,估计民事工作会好做些。”

“算了吧,你就别有性别自卑感吧,女人更不容易。刚才方诗雨的电话让我想了许久。她埋怨、责问小涛,是不是我们一家人都喜欢过不归家的日子,都喜欢四海为家。谁不愿意过一份安安待待的日子?可是这一份工作总是要有人干的不是?送变电的人,就是四处立杆架线的人,要不,城市的动力从哪里来?能源就是城市的心脏,没有电,城市就死了。可是诗雨的埋怨也没错,她也是正当要求,我真担心小涛和她的关系。”

“是咱的跑不了,不是咱的求不到……”

正说着,秀玲手机响了。正是许小涛打过来的。“妈妈,听我师傅说你在找我?”

秀玲对着话筒哇啦啦说了一通:“哪是我找你,是诗雨电话找你呀。她哭了,说了一些我听不懂的话。你们这是怎么啦?”

小涛说:“今天她生日,她喝酒了。刚才我打她电话了。她叫我回去陪她,连夜回去。妈妈你说说,我怎么能做到呢?现在工地上事情超忙,我陪她过生日,现实吗?她这不是为难我吗?”

“那你也得好好跟她说啊,总是关机,她找不见你,也没个电话给她，她不生气吗？”

“不是信号不好吗？电话一接就没声音，不如关起来。我每晚都电话给她的，以前谈恋爱时变着法子哄她，又不是没过过生日，现在老夫老妻了，她得理解我啊。”

“小涛我跟你说，她一天没嫁给你，就不能算你媳妇，我看今年元旦就把事情办了算了。”

“妈，你说得简单，哪里做得到啊。就是结了婚，我不还得出来做工程？我想，既然是我千挑万挑选中的老婆，她要是因为我不在家就变节，那还是好老婆吗？又不是不知道我这工作特性。”可能听到旁边有咳嗽声，小涛问：“妈，你那里工作可顺？工程完成得咋样了？是不是我那亲师傅又去看你了？”

“什么你亲师傅？瞎说。”

王大勇抓过张秀玲的手机说：“小涛你蒙对了，我刚刚到段庄变，这不是有人强卖病猪肉给你妈吗？我来看看。”

“哈，还真是我亲师傅。我妈怎么碰到这种事啊。强卖水泥石子沙子的还好理解，强卖猪肉算哪门子事啊。师傅我跟你说啊，我这里碰到的事，也不少呢。其中一件事特奇怪，还在处理当中。贺经理也来了，明天我们一起去村民家谈判。”

“嚯，小涛你能耐了呀。怎么回事？”

“赔偿的事呗。铁塔的四只脚呀，长在两家村民的田里。这两户村民是两个省的人，两个省的永久性占地赔偿标准不一样，我们是按各省规定的标准来赔偿的，这也是上级文件规定的。奇怪的是这两户村民是亲戚，亲戚一碰面，不知怎的就谈到赔偿的事。这下不得了了，另一个省的觉得赔少了，吃亏了。这不正立塔呢，他们就睡塔底下，不让我们施工了。这一段线路就这一基塔我们就功德圆满了。现在遇到障碍了，我头发都急白了。”

“小涛不要急，等我处理了这边的事，就去C标段看看。这里的B标段，更缠手，都是千奇百怪的事。”

“是啊，我听贺经理说了，真叫人目瞪口呆。”

小涛把线收了，王大勇还过手机给秀玲说："南北大动脉估计还有新故事发生。不止眼前这些，我们要做好准备才对。"

张秀玲沮丧地坐在椅子上，显得那么无奈："大勇，我刚才一直在想诗雨的话。她虽然说的是酒话，但也不无道理。我们送变电的人，你可算过，一生的日子有多少天都是离乡别井的啊。高空作业，风餐露宿，就算现在条件好了，跟家人离多聚少是永远不能改变的啊。这或许就是命定的现实。我惯了，早没这感慨了。可是，现代人跟我们那一代不一样。诗雨还年轻，恐怕她往后对小涛更加埋怨呢。"

一下就想到当年妈妈反对她嫁给王大勇的事。两人彼此对看了一会儿，意味深长地苦笑了起来。

四

这次南北大动脉的建设有一段是从落雁坪东边斜着身子走过，穿山越岭而去。三十多年前，王大勇刚当架线工时，曾在这里施工建设了一条省内110千伏的输电工程。

那时候的落雁坪，是个不大的山村，那时候的王大勇，是个青头小伙的学徒工。当年的学徒工要满三年，才能算得上正经八百的工人，才能有从一级工到二级、三级、四级工的级别上熬的资格。

在落雁坪架线时，送变电工人租住在农户家。那时候王大勇学徒才一年多，还没有成为真正的工人，不过，上杆子架线的功夫，已不可让人小觑了。所以，在送电队（那时候的称谓），他是出类拔萃的，加之勤快，为人大大咧咧，直来直去，手脚总是比别人灵巧，也落得个好人缘。师傅级别的人特宠他，他的师傅石虎就拿他当亲儿子一样待。知道他学徒工工资少，发薪水的时候，天若下雨出不了工，师傅就喜欢到落雁坪的小吃店炒两个菜，喝两盅小酒，也把大勇叫上，陪他一起吃喝。

架线出身的人，大多数的日子都是在人烟稀少风餐露宿的地方度过的。离村镇近的，还能听听大喇叭唱样板戏，深山老林荒郊湖地之所，连只兽都遇不见。干起活来还好，啥都顾不上想。可是一到晚上，年轻的送电工就不知道干啥好了。加之送变电一直的规矩，无事不得擅自外出，更不能赌牌。唯一允许的就是可以自己掏钱喝两盅小酒。因此，那些年月的送电工，工资交家里的少，大部分都这样被自己消费掉了。王大勇酒量好，就是那时学的。石虎师傅不仅教会他架线，也带他学会了喝酒。

“杜鹃，来帮我纫个针！”

随着房东大娘的招呼声，一个姑娘走了进来。王大勇正从披厦的灶间走出来，和杜鹃走个面顶面。虽然只是惊鸿一瞥，王大勇的眼睛也为之一亮。

在钻山走林的架线日子里，山村小姑娘倒是见过几个，但粗朴的模样，彼此的擦肩而过，并不能让他的心有丝毫的跳荡，为什么这个杜鹃会叫他觉得与众不同呢？王大勇想朝后再回望一眼，又怕被人看到笑话，就直接回到厢房的住处了。

杜鹃在房东大娘家待了一会，笑声撒了半屋子才离去。王大勇借故出来晾衣，远远看她走路的背影，觉得轻盈，有一种超凡脱俗的姿态，竟呆了半晌。还是房东大娘的一声笑，把王大勇的魂拽回来。

“瞧你这小伙，看傻眼了吧？杜鹃可是我们落雁坪的俊姑娘，聪明伶俐，识文断字，可惜是个苦命的孩子。”房东大娘叹息着，走回屋了。

虽然山里人的话不好懂，但大娘跟送电工交往时间长了，也能说几句半通不通的疑似普通话，王大勇听多了，就懂了。

架线工的日子，是天不亮出发，天黑透了才回归。因此王大勇再见到杜鹃的机会，几乎就没有。如果不是那次碰巧在山里遇见，他恐怕连跟她讲话的可能都没有。

那次遇见杜鹃，是因为一场山火。

清明前后，满山都是映山红，粉的紫的花朵，在枝头绽放着，仿佛整个山坡被云霞笼罩。那天收工很早，下午往回赶时，天还大亮着。因为另一基线杆在山的另一端，翻过山头，天就黑了，就没法干活儿了。因此山这边的电线架好卡好，就收工回住处了。

王大勇跟着队友们在山道上走着，几名队友边走边采映山红。洛山是淮河边的城市，没有江南这样灿烂如霞的映山红，几名年轻的送电工格外兴奋，一人采了一抱花，吹着口哨，走得神采飞扬。

王大勇没有采花，他喜欢看花。渐渐落在后面，想一个人到山坡的花海里走一走，想一想心事。

其实王大勇的心事，就是那点跟张秀玲有关的事。秀玲的妈妈管阿姨找他谈过话后，他心里的事显得沉重了些，正慢慢调整着自己，慢慢少去想张秀玲，慢慢找寻到属于自己的工作之外的生活。

一片平坦的山坡上，长着松树林。在树林后面，有一片坟场，石碑上还飘扬着清明旗，烧得残缺不全的黄表纸被山风吹动着，在地上滚动；一些红红的爆竹皮，星星点点散布四周，一看就是刚上坟不久。

王大勇快步走过去，想到前面的崖畔那里看看。房东大娘教他识别山里人都认识的几种草药，专治被蛇咬、腹泻、中暑的草药，叫什么虎杖、仙鹤草啥的。他想自己寻寻看，采到了，就拿回去让房东大娘辨别，看可采对了。

在崖畔那里沿着石径走了半个时辰，觉得走得远了些，手里采了几枝草，总感觉不像是草药。正准备下山去，猛然间闻到一股烟味，就吸了几次鼻子，是草烧焦的烟味。然后看到前面的山坳里有烟升起来，立刻朝烟升起的地方跑去了。

眼前是片坟场，火一定是从那里烧起来的，顺着一条长在山脊的小径，火朝上蔓延着，小径两边是去年干掉的枯草，还有一些枯枝，正剥剥烧得起劲。

让王大勇吃惊的不是这山火，而是小径上端的崖畔上呆站着一个姑娘，正被渐起的山火堵住了下山的路。见到王大勇，姑娘用山里话惊恐地呼喊了一句，马上又改成普通话："烧山火了，快救我！"

对于救火，王大勇虽然没有实施过，但跟着师傅当学徒工的时候，遇到火灾如何救线路和救自己，师傅是反复叮嘱过的。他立刻对崖畔上的姑娘喊："不要急，我来救你！你先朝上跑！"

王大勇四下一看，见坟地旁边有片小水洼，马上飞奔过去，脱下小袄就朝水洼里摁，又用手舀着水，把全身都弄湿。然后抱着湿透的棉袄，穿过正着火的山径，朝崖畔跑。等跑到姑娘身边，把湿棉袄上的水拧到姑娘的衣服上，又用袄包在姑娘头上，大声说："我背着你下去。你一定不要睁眼。"驮着姑娘立刻就走。

毕竟是平原上长大的孩子，走山道经验不足，仅凭一股猛劲，连蹦带跳地走过呼呼作响的火舌阵。快走出山火阵时，脚下一绊，人猛地朝前一冲，就摔了下去。即便是这样的时候，王大勇也牢牢记着背上有人。所以他在摔倒的瞬间有意平着身朝前倒，把脸和嘴狠狠摔在泥地里。

姑娘从他身上爬起来时，大勇哼了半天，才把脸从泥地里抬出来，嘴和鼻子都出血了。趔趄着走到水洼边，先简单洗把脸，再把湿棉袄又浸了水，吃力地扑打起山径上的火来。把那段二十多米长的火龙阵扑打一遍。回头一看，姑娘模仿他的样子，也浸湿了棉袄跟着扑火呢。

有惊有险的救火结束了，两人又把坟地四周检查一遍，见再无明火，才放下心来，也才有空各自打量起对方。

"我叫杜鹃，是落雁坪的。"姑娘笑吟吟说，"真的谢谢你，不然，我可就被烧成一截炭了。"

"我叫王大勇，在这里架线的。"王大勇介绍完自己，又补充一句："我就住在落雁坪，在房东家见过你的。"

"我也见过你。"杜鹃拭着脸上的灰泥，"我还听你们唱过曲。好像是一种戏。"

"是，我们那一片人都喜欢唱的，叫拉魂腔。"

"我也喜欢唱歌，是我们这里的山歌。"

"唱一个呗。"

深深地看了王大勇一眼，杜鹃扬声唱了起来："蓝天哟白云映小河，羊群哟挂在青草坡。河湾里飘来一阵歌，妹妹哟洗衣坡下过。妹是初开花一朵，好比东山出阳婆。哥在山坡坡一声唤，笑脸脸就像海红子果……"

王大勇听得入了神，眼前的杜鹃像天上的仙女般美丽。杜鹃唱了一首又一首，他们忘记了时间，忘记了回家。

天渐渐晚了，突然王大勇打了个寒战，杜鹃马上说："赶紧往家走，不然，山风一吹，要着凉生病的。"

还没有走几步，喊王大勇等等她，杜鹃顺着刚才着火的山径朝上跑，下来时，手里拿了几株草药。

原来，杜鹃是到这里采草药被山火困住的："我听说这一片有野山姜，就是药书上说的野白术，就来这里碰碰运气。野山姜没找到，只采了几棵虎杖和猫爪草。没想到回来时，发现这里着火了，一定是今天谁家烧清明纸，带火的爆竹皮飞到山径上引起的。也没别的下山路，我差点急死了。正好你过来，真是谢谢啊。"

"不用客气，我也是来采草药的，觉着这边的林子密，人烟少，一定有好草药，但我又不认识，房东大娘教过我，我记不住。"想把刚才自己采的草药给杜鹃看，但经过刚才的忙乱，不知丢哪去了。

杜鹃坚持陪王大勇到房东家，等他换了衣服，她好帮他去洗。

房东大娘见两人一起回来，又都是一副狼狈相，一时愣住了。杜鹃笑着用方言说了一大通，房东大娘笑眯眯地看着王大勇，也用方言跟杜鹃说了一阵子，王大勇一句也听不懂，但杜鹃的俏脸上通红一片，他倒是看得真真切切的。

在落雁坪住在百姓家的那段日子，特别是王大勇救了杜鹃，两人有了来往后，第一个看出名堂的是石虎。他心里暗暗欢喜。

那会儿，送电工架线施工到哪里，相中了当地的女子，只要媒人出面正式求亲，娶妻生子是很正常的。干送电工虽说苦，但在农民的眼中，他们毕竟是国家的工人，拿工资，吃商品粮，虽说不容易娶上有正式工作的城里人，但是要娶个农家女，那都是方圆百里出名的漂亮姑娘。

石虎见王大勇动了心思，在准备开拔到山那边施工，要离开落雁坪前，跟房东大娘谈了一次话，要房东大娘做大媒，跟杜鹃的大伯提亲。房东一口答应，事情就成了。半年后，王大勇就娶杜鹃为妻了。家就安在落雁坪。

在娶杜鹃的时候，大勇回了一趟城里，为杜鹃买了一件紫红底上面有着碎碎黄花的布衣，一件蓝色咔叽布的大领子女装，还有一件当时很流行的直领白色收腰镶花边的外衣。为杜鹃的礼物买好以后，又悄悄回来一次幸福村，静静地向秀玲、向少年时的梦想作了告别。

怕没爹娘的杜鹃委屈，也是为杜鹃寻了个这么好的归宿，大伯当家，把婚礼办得热热闹闹的，连当时很少用的响器班子都用上了。

那时候的杨木生就是响器班子里吹着唢呐把杜鹃迎进村的人。

那是杨木生第一次看到杜鹃。

这一看不要紧，杨木生的眼一下子就直了。

杜鹃如意嫁给了心爱的人，那天笑盈盈的新娘子格外美丽。杨木生看见她的时候，看到她正在和那个送嫁的女子说着什么，眼儿像黑葡萄似的杜鹃抿嘴儿一笑，那挑起的嘴角儿一下子就勾走了杨木生的魂，那忽闪着扬起埋下的眼睫毛一下子就把杨木生淹没在她的眼仁儿里了："我的娘，真有画一般的俊女子哩。"

回到自己离落雁坪几座大山头的家以后，杨木生就对自己的父亲杨允良说："爹，我也要娶杜鹃那样的女子。"

杨允良说："杜鹃哪里是一般的女子？咱家没有这么大的'笼'，不蒸这么大的'馍'，行吗？"

"除了杜鹃，我啥人都不娶。"

"你是个农村人……"

"我也要当工人，不当农村人。"

看着自己唯一的执拗的儿子，杨允良深深叹了口气。

杜鹃真的不是山村的一般女子。

杜鹃的父母是新中国成立前杭州某大学的学生，因为参加反战罢课游行，被国民党政府追查，两人无路可去，先是在杭州杜鹃大伯家躲着，后跟大伯商量，就回到江南的老家落雁坪，做起了本分的山民，渐渐爱上了这片宁静的山谷。新中国成立后，两人一直在落雁坪生活，日落而息，日出而作，渐成超然脱俗之人，倒也自在安然。1955 年，杜鹃的出世，给这个小家带来生机。因为山区闭塞，四周没有小学校，上学的地方，要翻过两座山头，杜鹃就没入学堂，父母就当起了她的老师，教她识字作诗。

日子原本可以这样朝前过的，但“文革”来了。在杭州工作的大伯，被造反派挖了出来，不但是新中国成立前的资本家，还是乡下地主出身，顺藤摸瓜，把生活在落雁坪的杜鹃父母也一并批斗起来。两人当年原是进步学生，没想到蜗居山乡数年，却以坏人面目被揪被批，根子当然是出身问题。杜鹃母亲是资本家小姐，战乱时与家人失散，不知所终，但受丈夫牵连，也跟着一起戴高帽游行示众。终归身上书生气尚在，两人受不了挨打和朝身上泼大粪的折磨，竟在一个月夜，跳下坪后的深潭自沉而去。临去前，把杜鹃托付给贫农成分的远房叔伯哥哥家。自此杜鹃跟远房伯伯过活，直到嫁给王大勇。

静静地依偎在大勇的怀里，杜鹃感觉到自己的脸被抚摸着，头发被抚摸着，眼睛被抚摸着，嘴唇被抚摸着。渐渐地，姑娘心底原始的欲望被大勇温暖的大手轻轻撩起，渐渐地，一根少女的心弦被这双手拨动。那双架子工的手如高妙的琴师，轻轻地点拨着，渐渐消除了少女的紧张，慢慢地激起杜鹃心底高亢的回响。杜鹃闭上了眼睛，任凭一个一个的热吻吻遍了她的全身……

洛山市城里长大的王大勇，勇猛刚强又不失温柔体贴的个性，是杜鹃心目中的汉子。两人的爱情，就像山涧的清流，透明而甘甜，涧底的白亮石子，就是彼此看得到的心。

王大勇当年架设的那条线路，那时候就算本省第一条难度大、线路长的高压输电线，起点是长江边上的中流电厂，终点在省内西南边陲的一座工业城市望岩市，穿过数百里的大山，给无数城市和山乡带来了光明。那条线路，直做了三年时间。

大勇和杜鹃的爱情渐渐抚平了他被迫离开秀玲的痛楚。在离落雁坪不远的山里架线时，王大勇下班后都尽量请假回到杜鹃的身边。这当然有师傅的偏袒。按规定，架线工要群居一处，不能远离。但念及大勇新婚,杜鹃又一人在家孤寂。连一块儿架线的兄弟们,也都支持王大勇的“工作”。后来离得越来越远了,王大勇不能时常照顾杜鹃,心里的滋味非常不好受。这让他想到母亲对父亲多年的守候,也想到管阿姨为何要严力阻止张秀玲跟他谈朋友。女子嫁给了架线工,就意味着独守空房,就是选择了“守活寡”。在好容易才跟杜鹃相聚时,他说出了这种愧疚。杜鹃倒是劝他:“人走得再远,只要心在一起,就永远是在一起的。”

大勇说:“你说得真好,妹子,你那么会唱歌,给我们这些一天到晚在外面跑的人唱支歌怎么样?”

有现成的大别山区的山歌调调,杜鹃张嘴就来:

“哥哥啊
此一去千万里远离家乡,
此一去千万里山高水长。
谁为你清晨洒扫轻推窗?
谁迎你卸下工具晚铺床?
谁为你早煮稀粥晚斟酒?
谁迎你走进家门添衣裳?”

王大勇心底最柔软的那一块被深深触动,他也扬声唱到:

“妹妹啊,
电流奔涌一去千万里,
豪情澎湃一去千万里。
千里万里我惦记着你,
千里万里我温暖着你。
白天你在我的心上,
晚上我就是那抱着你入睡的灯光……”

小夫妻俩紧紧地拥抱在一起，久久不愿分开。

那年端午节的时候，王大勇请了几天假，回到落雁坪。那是最有诗意的一个节日。山风凉爽，两人爬到崖畔，去采草药。这时候的王大勇，不仅认识了猫爪草、杜仲、茵陈，连野生山姜、野生虎杖也采到了一些。在星光下，两人临风而坐，吃着桃子，杜鹃含笑唱山歌给她的大勇哥听：一把扇子两面红，送给妹妹打蠓虫。送我哥哥出远门，妹妹摇扇心里疼。亲亲哥哥要出门，妹妹在家不着急。三月五月就回程，我和哥哥不离分……

临离家时，杜鹃把平常采下的草药，晒干切碎，让大勇带着。哪种治蛇咬，哪种治拉肚子，写得清清楚楚，分别装在缝制的小布袋里。

却没想，那一次，竟是永诀！

五

做南北大动脉工程顾问的王大勇，其实是做着最辛苦的“葱花”，哪里需要，他就要撒向哪里，哪里有事，他就要扑向哪里。

和秀玲分手后，大勇刚刚赶到荣河境内B标段，突然“叮叮叮、叮叮叮”，一阵急促的铃声骤然响起，刚回到工区还没来得及喝一口水的大勇又迅速跑向值班室。

“485公里500米处线路右侧发生山火，火势正向线路蔓延，立即赶赴现场灭火。”还没等大伙儿回过神来，值班员大声说道。

十分钟后，一场与山火赛跑的较量开始了。大家迅速冲向大火，不停地用手中的灭火器、铁锹等工具朝火源猛喷猛打。离失火现场只有几里地的秀玲和她手下的工友也都赶过来投入灭火。

火点到处都是，刚被扑灭的火源，风一吹又重新燃烧起来。看到这种情况，大勇厉声吼道：“拿铁锹和锄头的跟我一起挖设隔离带，其他的继续扑打火源，必须快速控制住火势！”

挖设隔离带、扑打火源……

送变电人不停地穿梭在火海中，顾不上满脸的汗水，更顾不上早已咕咕作响的肚子。此刻他们只有一个念头:扑灭山火,保证线路设备安全。

随着六条隔离带挖设完毕,火势得到了有效控制。看着个个成了“黑脸包公”,再看看安然无恙的设备和变电房,大家都乐了起来。

山火虽然不大,却给王大勇一个警醒。看来,并不是清明前后要防火灾,就算平常日子,也要警惕不可预知的火灾。

这场小火灾,就是一个乡民送刚去世的母亲上山进祖坟引起的。王大勇立即安排通告大动脉各线路工程负责人:凡线路下面有墓地的山林之所,一定加强巡视。必要时,在线路下面安营扎寨,严防死守。

一行人从山火现场往回撤,走过一段草密林稠的山径,看着亲徒弟许小涛一头一脸的灰汗,王大勇心疼地劝他先回住地,洗个澡,换身衣服,再出来巡线不迟。

慢慢的,大勇和秀玲心照不宣地落在了后面。见旁边有个小径可以朝半山腰上走,王大勇走过去,张秀玲跟在他身后。

山风阵阵吹来,凉意习习。两人身上的汗慢慢干了。

这里地势较高,能看到山下面的村庄。

两人朝前走了不到半小时,就见着散落在山坳里的落雁坪了。那是一个不大的小村庄,都是粉墙青瓦的徽派建筑。因为离得不远,还可以看见有个扎围裙的老妇,正在屋前的菜地里忙活着。一阵鸡啼传过来,人间烟火的浓烈和田园山水的诗意,把两人刚才救火时怦怦狂跳的心平复得安安静静。

虽说江南的山乡,许多地方因为保留着明清建筑,成了世人游玩参观的场所,但落雁坪不是,她闭塞着,虽然也有几座老屋,但没人来看,保留了一份古朴和安详。不似现在已经开发的山村,因为游人太多,商品意识太浓,人人眼里看到的都是钱,似乎山山水水都变得不那么厚道了。因此,她还是个平凡安静的山村。

落雁坪散发着一股古朴拙雅的气息,张秀玲很是喜欢。

王大勇一只手放在张秀玲的肩上,用手微微抚了抚她的头发,轻轻一叹道:“这场小火灾,我的感觉好像回到了从前。很远很远的那段岁月,一下走过来了。”

张秀玲知道大勇想到了什么。她微笑着看着远方起起伏伏的黛色的山峦,只想做个安静的听众。她已准备了好些年,她知道,王大勇有一天会跟她说,说说那些日子里的那些事。

王大勇跟张秀玲说着三十多年前发生在落雁坪的旧事。

“当年,我就是从这一片地方开始架线的。当时的山似乎比这大,林子也比这密。然后我就架到了落雁坪。那个山村很美,但我并没打算在那里安家,我只要不回洛山市,只要不被你见着面,就守住了对你妈妈管阿姨的承诺。后来是遇见了杜鹃,让我产生了在落雁坪安家的念头。”

“我跟杜鹃的相识是传奇的,如果不是那场小小的山火,我们可能就没有结识的理由。这或许就是大家常说的缘分吧。”

王大勇看着山下的村落,语气淡淡,眼睛里却有一层雾状的东西。张秀玲递了一片纸巾给他,王大勇用手折叠着纸巾,折成一个小方块,放在手心里,陷入沉思……

再过两个月,架线工程就要全部完工了。在新工程没接到时,王大勇打算好好在落雁坪待段时日,帮杜鹃做做家里的事,田里的事。

这一天,刚刚收工,大家伙儿回到租住的地方,正要吃晚饭,杜鹃的远房伯伯神色异样地走了过来。

“伯伯怎么来了?”王大勇感到很奇怪,忙上前打招呼。

“我顺着线路就找来了。”伯伯坐下来,接过王大勇递过去的水,猛喝了一阵子,四下看了看,说:“这地方不错,条件比山里好。”

大勇从伯伯眼睛里看出来,他一定不是来参观他们住的地方的,一定是有别的事:“是呀伯伯,这里离望岩近了,是丘陵地带了,我们住镇上了。伯伯,你肯定有事吧?”

“没,我看个远房老表,正好顺便来看看你。”

王大勇笑了笑,想问一问杜鹃的情况,又不好意思当着那么多人的面问。就让伯伯在堂食吃饭,然后找地方休息。伯伯说:“好,我就是到这里吃一吃你们的饭菜呢。”

伯伯吃得并不多，王大勇也没像以前那样狼吞虎咽。伯伯劝道：“你这个伢，吃多点，别跟我学，我是老人家了，吃不多。你架了一天的线，够累的，吃。”

王大勇又去盛了半碗饭。

两人吃饭时，师傅石虎一直陪着。这时候就插话说：“他伯，别不是杜鹃有什么事吧？你跑了这老远山路来，一定有事。”

见王大勇放下了碗，伯伯问了一声：“伢，你可吃饱了？”

王大勇说：“吃饱了，伯伯。你说吧。”

“好，你吃饱了我再说。你架了一天的线，一定要吃饱了饭。”伯伯就倚着板凳蹲下了身子，双手抱住了头：“杜鹃没了。”

“伯，你说啥呢？”王大勇以为自己听错了，“什么没了？”

“杜鹃没了。伢，你别怪伯伯，是伯伯没帮你照看好她。”

“伯，你说错话了吧，杜鹃好好的，怎么会没了？”王大勇根本不相信。

“杜鹃去崖上采药，掉进崖下的涧里了。她从小就喜欢一个人上山，谁知这次……你伯母心窝疼，我就一直待家里，这一阵子也没去看过杜鹃。前几天你伯母说，把家里的鸡蛋送点过去，给杜鹃补身子，她怀娃娃了。我就去你家里看。这孩子不在家。然后听人说，后山的涧里漂个人，我跑过去一看，就是……杜鹃这伢……”

王大勇一把拉过伯伯，泪流满面，说话泣不成声了：“伯伯你搞错了吧，不会是杜鹃，一定是别人。我跟你回去，我们找杜鹃去。”

“是鹃伢。她挎的篮子还挂在崖畔的树枝上，我认得的……她变得不成样子了，涧里有大黑鱼……天热，放不住，也不知你在哪，就……先葬了，跟她父母在一起……我走了三天，今天才算找到你了……”

回到落雁坪，杵在王大勇面前的是座新坟。他呆呆地看着，不敢相信地傻傻地看着，耳边似乎又传来杜鹃最喜欢唱的那首歌儿：“心想喊郎难张口，太阳正往西边走，打把金钩勾日头，金钩插到云彩眼，勾不到日头不收钩，找不到情郎俺不回头……”

像是走进了一个梦境里，王大勇没有掉一滴眼泪，就是坐在杜鹃的坟前，想坐到梦醒。梦一直就醒不过来，他就开始抽烟。那是王大勇第一次抽烟，一下抽了五包，直到把自己抽晕过去，倒在杜鹃的坟前……

“杜鹃是上苍给你的补偿，就像你也是上苍给我的补偿一样。”秀玲把头枕在王大勇肩膀上，跟他一起看着山村：“岁月跑得很快，现在，我们更要彼此珍惜。”

“杜鹃是个好女人。”王大勇停顿了片刻，叹道：“她不是普通的山里女人。只是命运对她太残酷罢了。她识字，会写诗词，还懂中医和中草药。是命运把她丢在那个山坳里了。”

一片白云悠悠地走到对面的山头上，停住了脚步，静静地与他们面对着，似乎在倾听他们的谈话。王大勇摸出一颗烟，放嘴边一会，并没有点火，又拿下来。

“没了杜鹃后，我就选择了一个人过活，就是不想再害女人了。我不爱的女人我不能害，爱的女人更不能害。女人跟了我，只能是等待，只能是一个人过活。我照顾不了自己的女人。唉，一晃，就这些年过去了。”

王大勇的口气很淡，张秀玲不动声色地听着。虽说她的心里一直装着王大勇跟杜鹃的故事，但听王大勇这样细致地讲述，还是第一次。

“在落雁坪的那段时光，是我人生最美好的时光，跟在洛山的生活比，完全是另一种模样。我真的很感谢杜鹃，感谢她答应嫁给我。如果没有她，我不知道怎样打发日子呢。你知道，那会儿我对人生是没有方向的。你妈妈管阿姨的话，让我对人生有着深深的自卑。是杜鹃的走近，让我明白，我的生活可以有另外的方式，而且，同样美好。”

王大勇的讲述，就像落雁坪前面的那条山溪，静静地流着，映着山影树影，映着天上飘动的浮云。

一直聆听的张秀玲，从王大勇的衣兜里摸出打火机，给他点上烟。

王大勇深吸了一口，看着山峦起伏间的线缆和铁塔："其实我的生命，后来就是拴在这些铁塔上了，这些线路上了，不是吗？"

"是我们的生命。"张秀玲喃喃道，"每个人都有对人生选择的权利，我们选择我们喜欢的人，喜欢做的事，这一生就无怨无悔了。"

一去千万里

YIQU QIANWANLI

第四章

高山上盖庙还嫌低

面对面坐下还想着你

想亲亲想得我手腕腕软

拿起那筷子端不起碗……

——晋北民歌

一

就在王大勇在落雁坪救火的时候，站在时寨村村道上的贺立淮，也准备要“救火”了，他出手的方式是应邀去和时村长抓牌。

这个叫时寨的村子，一村的人都姓时，没一个杂姓。

一方水土养一方人。淮河在时寨拐了一个弯，因此时寨的人说话都带着弯，让贺立淮听得莫名其妙：“没事来抓牌啊！”这是时村长每次跟他告别时喜欢说的话。

时村的人管打牌叫做抓牌。现在抓牌最流行的是“斗地主”。

这是一种友好的邀请？不是。

在同伴们的印象中，立淮从来不会打牌。作为野外工作的他，对家人充满歉疚，只要有一点点休息的时间，立淮肯定是在家里陪大妹，做家务。贺立淮觉得不能来抓牌。他一抓牌，时村长就笑了，就赢了。这个当，他不能上。

这是贺立淮第三次来时寨，谈判没有任何进展。看来躲是躲不掉了。牌，还是要抓了。

下了决心的第二天，贺立淮就不见了。他去了洛山城街边的一个牌场，转了一圈，他盯着一个最背时的赌徒看了半小时。等这个老赌徒输掉五十块钱，正气得两眼冒火时，立淮递过去一个纸包，包里有五十块钱还有一句话：师傅，我请你喝酒。

老赌徒扔下牌局跟着他走了。

这是个城市贫民，虽然没有赢钱，但看得出牌技不错，只是手气不好。

两人来到一个小饭馆，立淮点上几个菜，要了一瓶花雕。酒是老赌徒点着要的。

吃过喝过，老赌徒教他斗地主。整整教了一下午：斗地主的难点和诀窍，如何记牌，等等。看在立淮诚心的分上，顺便也把打八十分和炒地皮的技术教给了他。

贺立淮还是有悟性的，一个下午就出师了。他并没有急着去时寨找时村长抓牌，而是在洛山城的街上转，去街边的牌场上"试水"。这个新人的加入，使街边那些固定的赌徒们兴奋无比，战斗更加激烈。当然，这种玩法贺立淮是要付出成本的。玩了两天后，他开始朝里扳成本了。等他把投入成本差不多都扳回来了，他觉得能去见时村长了。

贺立淮去时寨村抓牌是无奈的。因为时寨村村民的一亩地里，一夜之间就长出了一万五千棵树苗。

长出这种树苗的地一共有两亩，这两亩地是两块地方，分别承担着南北大动脉两基铁塔的地脚基础。再往细里说，这一共两亩地三万棵的小树苗要挪开，给两基塔的八个塔腿让路。

根据规定，建造每基塔的四个塔腿占地面积总计有三分，两基塔就是六分地。这六分地是可以按照永久性失地的性质赔付的，文件上写得清清楚楚。对树木的赔偿，按文件上的规定，行距超过 2 米的一株成年树，根据树的大小，赔付额在 100 至 200 元之间，而行距小于 2 米的树，则按每亩地 2000 元的育苗费来赔付了。因为小树苗是可以移栽的。而这两亩密不透风的小树苗，赔偿标准是树苗的主人自己出台的：每棵按 10 块钱赔偿。

当贺立淮被负责浇基础的技术工人喊过去，惊讶地站在之前一棵树没有现在树苗密密匝匝的地边观看时，土地的主人不慌不忙地告诉了他树苗赔付的标准。说罢这番话，主人就在地边侍弄着苗木，旁若无人。

看着工人和挖掘机委屈地站在这片土地边开不了工，作为分管民事的项目副经理，贺立淮责无旁贷地去了时寨村时村长的家。

时村长正跟几个村民抓牌，看贺立淮进来，当自家人一样地招呼他一声“坐吧”，仍不放下手里的牌。

贺立淮扔过去几支烟给村长和他的牌友抽，自己也点燃了一支，找个凳子坐下。一支烟抽完，村长还在牌桌边没有起身的意思。立淮只好走过去说：“时村长，你歇歇手，我们谈谈？”

村长终于开口“歇会儿。”才离开牌局，淡淡地问：“有空闲串门了？”

立淮说：“这不是有事向你汇报嘛。两个基础正要浇筑呢，地里冒出树来了，开不了工了。”

村长说：“噢，这样啊。土地都承包了，他要种啥，不用村里批准。”

“这两块地前天还长着油菜呢，昨天栽上的树。”

“可不敢瞎说。之前种的啥，你知道？”

贺立淮轻轻一笑：“时村长，浇基础的两块地我们看了量了赔偿了。现在突然有了树，你心里比谁都清楚，是吧？刚才我轻轻用手一拔，树就出土了，是新插上的树枝呀。”

村长眼睛一瞪道：“你什么意思？你是要我帮你拔树呢，还是以为树是我栽上去的？”说罢起身走到牌桌边，招呼了一声“接着来——”又抓起牌来。见立淮悻悻而去，还不忘扬手招呼：“没事来抓牌啊！”

贺立淮跑了几趟没结果，他算明白了，只要村长不出面，这树的事，还真不好处理。一株树苗要价 10 块钱，听起来不高，一亩地的树苗加起来，就是一大笔了。虽然明知荒唐，但立淮只能窝在心里。奋强和小涛他们几个正忙着去 B、C、D 三个标段查看浇基础情况，临走前安排让他照应离洛山最近的 A 标段，他要是叫苦说树苗一夜长出来了，一棵要赔 10 块钱？那不是立淮做事的风格。

他得跟时村长来抓牌说事了。

立淮是晚上过来的。这段时间他没住项目部，直接住在 A 标段。那是杨寨村里空闲下来的小学校舍，被项目部用很便宜的价格租下来了。村小学合并到别的村了。虽然简陋，但跟以前刚当送电工时比，不知好到哪里去了。杨寨离时寨不远，三四里路就到了。所以到时寨找村长晚上打牌，一点不费劲。

立淮是和项目总工宋黎明一块儿去应战的。路上黎明才知道他是去跟时村长抓牌："你去抓牌？你抓过牌吗？那不是去送钱给他吗？"

"你坐等收钱就是。"

村长实在很有经济头脑，他家的大门边是两间厢房，一间过道，一间开着日杂店。立淮他们到的时候，时村长正在过道里支着桌子跟人打牌。

"时村长，今天我们抓几牌咋样？以口袋的钱为底，打完就散？"贺立淮笑呵呵地打着招呼。

"欢迎欢迎！贵客贵客。你说咋的就咋的。"

时村长比哪一次都热情，叫老婆从柜台后面抓瓜子，又泡了杯茶。其中的一位牌友自动让座，贺立淮稳稳地坐下了。

牌一上手，贺立淮就成了被大家轮番轰炸的地主。不过，他这个地主来头很大，牌打得财大气粗，一下子就把三个"农民"打输了。

时村长兴奋起来。因为在时寨，真正敢赢时村长的人不多。村长成了牌桌上的常胜将军。打牌的人和习武的人一样，老赢没意思，没有对手的感觉就是独孤求败。所以，被贺立淮敲打一下，村长有了新鲜感。每人面前的10块钱，很快就拢到了宋黎明的手中。

第二轮，是时村长当"地主"。刚刚沦落为"农民"的贺立淮马上发现，他的两位农民兄弟明显不像打他时那么狠辣，他们甚至看着时村长的眼色行事，手下留情，阶级立场一点不坚定。看来，只能他这个农民孤军奋战了。也好，一对一，但地主手里的武器多了几张牌，明显气势大。不用说，到最后，是三个农民给时村长交公粮。

抓牌斗地主斗到一个小时，立淮渐渐看出名堂来了，他也知道各人抓牌的特点了。农民甲沉稳，出手慢而准；农民乙胆小，牌技优良；时村长刁钻，好胜心切。而他贺立淮，这三方面都有。他从洛城街头的那些老赌徒那儿，可不是白拜师傅的。立淮不动声色，抓住时机，出奇不意，稳中带狠，无论是自己做地主，还是斗别人的地主，总能听到贺立淮哗哗进钞票的声音。

时村长已经打红了眼。他没想到,姓贺的找他办事,不是来给他送钱,而是从他口袋里掏钱的。他越打越眼红,看起来要通宵鏖战了。但凌晨两点鸡叫二遍时,时村长口袋里的钱被贺立淮掏得溜干二净。他想起身去柜台抽屉里找钱,立淮拦住说:“讲好就这些钱。日子长的呢,要不咱们明晚再抓?天亮我还要处理树苗的事。”

时村长深深看了他一眼,没再做声。

立淮当着几个人的面数赢来的钞票,整整八百三十元。他把钱装进口袋,跟时村长告别,把一个哈欠从门里直打到门外。

早春的夜气,冰清冰清。黎明紧撵几步,跟上立淮:“我说,你这是演的哪一出?何必不趁机让姓时的赢两把,高兴高兴,明天好谈事?”

“放心吧,明天的事,误不了。”

第二天,贺立淮像往常一样,旁听了A标段施工队队长开的站班会。吃过早饭立刻去时寨。这回是他一个人去的。

时村长还在桌边吃早饭,贺立淮也不客气,抓过桌上的烟,自己抽出一根,点上。然后把一只鼓囊囊的信封放桌上。时村长看了一眼信封,吃饭的速度慢了下来。

“这是昨晚我赢的钱,如数退还。算今天我请你出山的误工补贴。哈,时村长,我等着,你慢慢吃。吃过后,我请你出山,一起处理树苗的事。不急不急,反正你这误工补贴拿到手了。等处理好树苗,我再陪你抓两牌,咋样?”

时村长的喉咙被饼噎了一下,猛然端起稀饭,喝了一口,把饼送下肚里,才慢吞吞地说:“你牌技不错,是个对手。打牌稳当不耍滑。牌品就是人品啊。”

“不敢不敢。在行家面前露怯了。你多担待。”

时村长和贺立淮来到要建造塔基的地里,顺势一拔,一株树枝拔起来了。光秃秃的树枝下面,没长一丝树根。

树苗的主人很委屈地看着村长,眼睛里传递的信息被立淮捉了个正着。

时村长看着光秃秃的树苗说:“三婶啊,这是咱省里的大工程。市里县里镇里几级领导都开过会了,工程所过之地,一律绿灯开放,你可不能给我为难啊。你大侄子我下届还得竞选村长呢。这样吧三婶,你这树苗育地里也不容易,移走了,还能栽活是吧? 费点事,就叫施工方按青苗损失给你补贴100块钱吧。我先给你垫上。永久性占地的赔付款不是已发过了吗?”说着从口袋里掏出那只鼓囊囊的信封,抽出一张票子,递给三婶。

另一个地的主人,村长喊他是“四哥”。

时村长从自己的“误工补贴”里拿出200块钱,平息了让贺立淮头疼的事。立淮暗暗思忖,这个村长做人还是有底线的。

事情处理完了,两人又回到了村长家。村长再没喊着抓牌,而是泡了一壶铁观音招待贺立淮。

“你要是昨晚假装输钱给我好处,我说不定还表现得不这么好呢。”时村长把茶杯递到贺立淮手里,“你是个男人,我服气你。”

贺立淮淡淡一笑:“村长才是有胸怀的男人呢。感谢你的配合啊!”

立淮本来想说自己当然不是孬种。想想算了,别过嘴瘾了。

二

许小涛从C标段返回总公司办事,可是当他兴高采烈回家的时候,却吃了一个闭门羹:诗雨压根不在家。

他的心不由提了起来。

电话终于打通了的时候,诗雨哭着跟他说,她无法原谅小涛的无情,这个生日他连个短信都没有,更别说去陪她了。她的青春和大好时光就像窗外的香樟树,看着是青枝绿叶的,其实每天都有大把的黄叶飘落下来,总也清扫不净……

小涛没有太在意。女孩子么,都有些小脾气。这些话都是方诗雨情绪低落时的过激表现。小涛坚信,他们之间六年的感情,从大学开始培植直至如今的感情，不会因为一个生日、一段距离就那么容易变质的。他对着话筒哄着方诗雨，尽管哄得很累很辛苦很无奈，但他觉得，那是一个男人的责任。心爱的女人，独自守候在家，白天跟男人一样打天下，晚上连个说话的人都没有，也真的是难为她。在滨湖市，他是诗雨唯一的亲人哪。

诗雨的家在上海。她从小学、初中、高中到大学都是一路鲜花，看到的听到的都是她居住在弄堂里左邻右舍“爷叔”、“娘娘”们的笑脸与夸赞，她是那一片棚户区里飞出的凤凰，什么时候受过委屈？什么时候有过拒绝？小涛对她的忽视，是她绝对不可以原谅的。

和小涛相识和深深的相爱，是缘于一次失误。

失误是她考大学失手了。本来成绩不错的她考个上海本地大学是应该没有问题的，但是恰恰在高考前夕，身心疲惫的她累倒了，直到上考场时候还打不起精神。结果成绩出来，她面临的选择是如果在上海读书，只能进一所口碑不好的三本而且学费很高。如果想上一本，就只能够选一个偏远的一本院校——山峡大学。她很纠结，却不再想复读。除了山峡大学出来的学生找到一份好工作的概率是很大的以外，最重要的是这个学校男同学比较多，在这样的范围里，她依然是万众瞩目的人物，她喜欢这种感觉。她毫不犹豫选择了山峡大学。

诗雨是个有品位的女孩子，但是她也牢牢地记住上大学前妈妈的千叮咛万嘱咐：“小雨呀，女人嫁人是再投胎呀。你第一次嘛命不好，投胎到阿拉穷人家。现在你有出息了，可以有机会结识更多的人了，千万把眼睛睁得嘛大一些，选个嘛家里能请得起娘姨的，自己嘛一生享福的噢。女孩子读书嘛好一些差一些是无所谓的呀，读得太好了男人是不敢高攀的。读得好不如嫁得好的呀。小雨啊，你一定记住姆妈的话，只有姆妈是最爱你的呀。”

妈妈说的是大白话，但是很实在。在本身女生就比较少的学校里，诗雨很快就成了美丽的公主，在一次校园活动中，她认识了许小涛。喜眉笑眼阳光开朗的小涛引起了她的注意。小涛有个“总工”的妈妈和一个当教师的父亲，这样的家庭背景诗雨也很满意。在社会底层长大的诗雨是希望跻身于她所不熟悉的阶层的，小涛是她理想的接引者。

远离家乡，从山峡大学毕业后，诗雨跟着小涛来到江淮省滨湖市。对这个选择，诗雨的妈妈是极力反对的："小雨啊，哪能离开上海呀？别人家的孩子挤破脑袋到上海来，你倒好，离开妈妈到乡下去。"祖居上海的妈妈把所有上海之外的地方统称作"乡下"。诗雨很好笑："姆妈，你搞搞清爽好唔啦，滨湖是江淮的省会，而且离上海很近，我想你么就回来了呀。"

诗雨的专业是国际金融与贸易，小涛学的是输电专业。难得的是，诗雨外语超好，到滨湖市就被一家外企相中了。小涛知道，如果不是因为他，诗雨回到上海发展，会有更广阔的空间。唉，爱情，爱情就意味着牺牲吗？诗雨为他牺牲了好前程，现在呢，又得牺牲卿卿我我的青春时光，一个人独守。想到此，他心里酸得不得了。打手机，诗雨不接。发信息，诗雨不回。诗雨是真的伤心了。

小涛不知道到哪里找她，但是也不愿在家里傻等，他踟蹰在街头，希望能够有运气找到诗雨。

已经是大半夜了，又饿又累的小涛来到了一个在背街上的小酒馆，独自喝了半斤酒。颇有些酒量的他喝这些酒原本没有什么，但是酒入愁肠是不是容易醉些？他有些迷糊了。熟悉的老板娘善解人意地什么也不说，只是关切地把酒换作了一杯茶："小涛，又吵架了？"

小涛摇摇头，推开茶杯，裹裹衣服。

"小涛，去舞厅散散心吧，也发发酒劲，省得回家她又不高兴。"

转过一个街口，小涛知道是一个中老年人喜欢去的舞厅。那里的音乐很有些怀旧的东西，节奏也慢一些，以三步四步为主。很多人是为了健身，也有很多的发生在他们中间的故事。爱情在所有的年龄段都不会是空白，相互可以给予的激情和温暖也不是年轻人的专利。短暂的迷离会使自己轻松些么？

小涛往舞厅慢慢地走去。他不想回家，也无处可去，只想去舞厅听听音乐，散散酒气。

舞厅的灯光是朦胧的，所有的人都在舞池中搂抱着。对这个年龄的人们来说，时光是他们点点滴滴从手中漏出的金子，听得到一天一天离去的脚步声，拳头握得再紧，也会在他们因岁月而逐渐凸出的骨节中渐渐地漏完。

有一个例外。

一个单薄的身影。一条很老派但很有品的黑色丝巾缠裹着细而长的脖子，一直蒙住了半张脸，只有一双很深很黑的眼睛安静地散着神，似乎什么都不看，但也似乎什么都看在眼睛里。在所有的女人都打扮得很旖旎的舞厅里，她显得很素净。

灯光下，黑丝巾上面的眼睛水波一般掠过小涛："孩子，你喝酒了，坐下来歇一会儿？"

不知道为什么，小涛觉得自己和这个女人很亲，她比自己的妈妈似乎还像妈妈。在女人的对面，他坐下了。

"孩子，碰到不高兴的事情啦？"

杜鹃轻柔地问道。

眼前的这个女人是那么孱弱，可又是那么美丽而且有力量——有一种力量可以用安静来表现的——小涛像被催眠了似的，在这个温柔的低声细语的女人面前说起了诗雨，说起了工作，说起了大山，说起了妈妈，说起了亲师傅王大勇，说起了自己的思念与委屈……

渐渐地，杜鹃听得入了神，特别是听到亲师傅的妻子在采药时掉进悬崖大伯去报信后，大勇坐在杜鹃的坟前，一直抽烟把自己抽晕倒在杜鹃的坟前时，杜鹃潸然泪下。

"阿姨，你……"小涛惊呆了。

"没什么，孩子，你讲得太感人了。后来你的亲师傅又成家了么？"

"一直到现在都还单身着呢。他和我妈妈青梅竹马，要不是我的外婆怕妈妈过她那样夫妻不能相守的生活，硬是拆开了他们，他们也是很好的一对夫妻呢。"

由妈妈那一代人的命运联想到自己，小涛不由地伤感起来。

"可是孩子，每一种工作都有它的性质啊，你们的这份工作就是这样聚少离多的。其实男人走得再远,他的心都在家里。只要心在家里,女人就不会感到孤单。”

“阿姨,你真是个明理的人,你要是我们送变电人的妻子,一定是最贤良的女人。”天性开心的小涛被杜鹃的理解和安慰引得高兴起来。

杜鹃的心在流血。但是她强忍着悲伤,微笑着慢慢安慰着这个被爱情伤了心的男孩子。

“阿姨,什么时候让我对象跟你说道说道受受教育。你时常来到这里吗?”

“我就在附近,偶尔来这里看看同龄人跳跳舞。”

杜鹃没有说,她知道送变电大院就在这附近,她奢望着最后可以有福看大勇一面。哪里知道年过半百的大勇还在深山老林中忙乎着。

“算了,明天回工地了。她会原谅我的,因为我的心是在她身边的。”小涛咧着嘴笑起来。

他哪里知道,面前的这个女人不但是送变电人的妻子,还有两个在送变电工作的儿子,其中一个还是他的同道兄弟——杨奋强。

三

随着工程的进展和线路的推进,民事的纠纷几乎大大小小不停地产生。贺立淮天天忙得像陀螺一样团团转。

按倒葫芦起了瓢,刚处理完“无根树”,李圩子村西南的一口水塘又来了一群“流产鱼”。

正在热火朝天地给准备浇筑塔脚的水泥沙子兑水搅拌时,从李圩子村里突然跑过来一个人,拿根长竹竿,朝取水塘边一站,拦住了去打水的工人:“谁允许你们舀我鱼塘里水的?这会吓着我的鱼。赔得起吗?”

取水的工人愣怔在那里,一时不知如何是好。

贺立淮正在工作点的临时帐篷里倒水喝,听到河边的叫骂声,连忙跑出来一看,是个面孔粗黄,长着一双三角眼的农民,拿着长竹竿,正吆三喝四地冲着工人耍威风。

立淮走到近前说："对不起老乡，我们就是取点水用用，给你添麻烦了。"

"我叫李小放，不是你老乡。这不是麻烦不麻烦的问题，这是把我鱼吓成什么样的问题。"

贺立淮一听，就知道不是个善茬，这是有备而来找事的。马上抱拳一笑："实在不好意思，等把基础浇好，我带领大家伙站塘边给鱼们赔个不是？"

"得，一听这腔调，就知是经常糊弄百姓的家伙。我可不吃你这一套。什么赔不是，你要把人吓死了，赔个不是，就算了结了？"

这时，塘边渐渐围过来一群李圩子村的村民，都是老头老太，年轻人占少数。似乎大家早就知道李小放会在河边挑一场事。

贺立淮心里的火朝上一冲，又努力往下压了压说："这一片水塘，测量给基础定位时，就知是片野塘，没人承包的，更没听说是养鱼塘。李小放村民，我知道浇基础肯定会干扰你们的正常生活，还请多担待啊。"

李小放三角眼一瞪说："你干啥的？谁告诉你这里是野鱼塘？叫你们当家的出来说话。"

"我负责民事，这事我能做主，你说吧。"

李小放说："你有啥凭据说这是野鱼塘？又凭啥说这塘里没养鱼？以前是以前，现在是现在。现在这里还就养鱼了，我承包了。"

从那闪烁不定骨碌乱转的小眼珠里，立淮明白这是个专门来找事的人。这人是属狗的，只要一撺掇，他就上，专会咬人，不计后果。而他的后面，必定站着个出谋划策静观后果者。相较那些错综复杂的民事而言，这片鱼塘太简单了。他不想把简单的事情弄得复杂，更不能来硬的，但也不能让这人的目的得逞。否则得了吃豆腐牙快的毛病，往后工程怎么做？南北大动脉刚刚开始浇基础，还没架线呢，不定还有多少稀奇古怪的事在后面呢。就笑眯眯地递上一颗烟说："兄弟，抽一口祛祛火气，交个朋友。完工了请你喝两杯，可好？"

李小放一摆手，不耐烦道："少来这一套，先解决鱼的事情。"

贺立淮明白这是遇着了一根筋，不拿出点狠话来，他还不知铁不是木头做的："这位小放兄弟，看你也是经过事的人，一定明白凡事适可而止。这条线路设计时，就已经标清楚哪些在赔偿范围之内，哪些是不存在赔偿的，都白纸黑字写着呢，村里镇里都盖着章呢，不是谁想更改就改得了的。这是国家的工程，得到了各级政府的支持，又不是哪个个体户盖个猪圈啥的，你说对不对？"

"我不要听大道理，我就专说我这鱼，你得赔我的鱼。"

李小放真不傻，把话题直接绕回来。立淮只得就事论事："好，退一万步来说，这是你承包的鱼塘，咱就说你的鱼。如果是基础做在你的水塘里，把鱼搅出来一大片，翻肚皮死了，咱真得赔偿一下你的鱼。问题是这不过就是从塘里取点水用用，碍着鱼啥事了？"

李小放道："说得轻巧，咋不碍事了？我的鱼都怀孕了。现在，你们一舀水，把鱼吓得全部流产了。流产了你懂不懂？我这可都是杂鱼，就靠鱼生鱼来繁殖呢。"

终于露出无赖嘴脸了。贺立淮被气得"扑哧"笑出了声，围观者也爆发出哄堂大笑。

李小放就着"流产"鱼的话题往下淌着说，一条鱼要流掉多少鱼，那些流掉的鱼如果活着，又能产下多少鱼……说到最后，他定下了要赔偿的数目：3 万。还是打了三折的。

趁这工夫，取水的工人下到塘边，想趁乱打水。李小放眼观六路耳听八方似的，一竹竿盖过去，把工人手里的桶打出去好远，工人的头上也挨了一竹棍。

贺立淮脸色发青，双眼冒火，一把抓住李小放手里的竹竿，想把它夺过来。李小放把竹竿抱在怀里，顺势朝地下一躺大喊："要打人了，要打人了！立塔架线的人要把我打死了！"

贺立淮手一松，竹竿整个被李小放抱得结结实实。李小放闭着眼睛撒了一会泼，见贺立淮没做进一步行动，就睁开眼挑衅道："你打呀！"

“我不打，你来打。”立淮说，“你觉得打多少竹竿合适，就打多少竹竿。”

“你来挨竹竿？”

“那当然，我不挨谁挨？别人挨了只能算白挨，我挨了竹竿，那可是有说法的。”

“哈，你倒是有说法了。”

“对，我挨一竹竿，你就得给我找出一条怀孕的鱼出来。你打多少竹竿，就得找出多少鱼来。然后，我们搭个庵子在水塘边，看着鱼哪一天咋样流产。什么鱼子鱼孙鱼外孙，公的母的流产的不流产的大房的小房的三妻的四妾的，统统给你赔上！我可以请电视台的朋友来现场录像。赔偿费你尽管开价好了。但如果你找到的鱼没有流产，你打我多少竹竿，我就还你多少竹竿。”

李小放气咻咻地高举起竹竿，却并没往下落，而是眼睛通红地瞪着贺立淮：“他娘的，你这一套都是从哪儿学的？”

“刚刚跟你这里学的，打呀！”

到A标段才两天的许小涛带着一批工人跑过来，贺立淮喝道：“小涛，叫大家都不要动。公司怎么跟我们说的，打不还手，骂不还口，做好工程是本分！”

工人站下来，小涛上前就去护立淮。几个村民以为要打架，上来拦住许小涛。其中一个老头，死拽着小涛不放，嘴里叫着你不能打我大侄子。一时间场面非常混乱。

这当口，一个穿西装的中年人跑过来了，老远就喊——贺经理，抱着拳连说对不起，朝围着的人群叫道：“看啥哪，浇基础又不在行，帮不上忙还起哄。散了吧，该干啥干啥去。”

贺立淮认出来了，这是李圩子村的村长李铁牛。为着浇基础赔付村民的青苗和永久性占地款的事，没少跟他打交道。没想到，李村长像及时雨一样来救场了。村民并不太理睬李铁牛，没有即刻散去，似乎还在等好戏看。

见村长来了，李小放似乎有些怯，退后几步，想想，又不甘心地站下。

贺立淮跟李铁牛握个手，说："真是不好意思，又扰民了，又给你添麻烦了。"

铁牛说："哪里，是我工作不力。这个小放，他脑子少根筋，一定又被人怂恿了，他净干这没屁眼的事，贺经理别在意啊。"见一位工人的耳朵边被竹竿擦破了皮，在淌血："贺经理，你的人受苦了，真是的，怎么动手打人呢？我打电话叫派出所来人，关他几天。"

立淮知道李铁牛是说给他听的，连忙制止道："群众利益没小事，凡是群众反映出来的事，我们都要问清楚的。先问问鱼塘的性质，该咋咋的。至于李小放村民的竹竿，没咋使上劲。"

"野塘一口。你听小放胡诌吧，"李铁牛骂几句惹事的李小放，就张罗着让人送工人去镇卫生院包扎："药费花多少，都得狗日的李小放出，少一分也不行。"

李小放顿了一下脚说："凭什么，李村长？我屁股还叫石头硌了一下呢，到现在还疼着哩。"

李铁牛回头狠瞪了他一眼道："你就作吧你，还嫌事闹得不够大？老实讲，这件事往大里整，就得关你十天半月的班房，还得罚你钱。你这是扰乱国家重大工程建设知道不？没脑子，又听谁的话搅事了？给多少好处费啊？"

李小放嘟嘟囔囔，慢慢退到人圈外了。李铁牛又做了一番安慰后，才离开工地。临走时他许诺说，鱼塘里的鱼就算怀孕了，也不会流产。叫贺立淮放心地用水。

立淮握住李村长的手，眼角有些湿。他想，世上更多的地方是被阳光照着的。前提是，自己心里要充满阳光。他贺立淮就是满心满怀阳光的人。等工程结束，他一定赶到李圩子，专门请李铁牛喝酒，到那时他一定说出来，如果不是李铁牛来解围，被李小放缠着，他其实真的很心虚，不知道事情如何收场。

工地再次进入正常作业。小涛心有余悸地说："我干工程这些年，还是第一次听到鱼流产的事。"

立淮接道："群众是真正的英雄，这话是绝对真理。鱼流产有些扯淡。不过，我们确实赔偿过猪流产。"

"真的，有猪流产？"

立淮燃起一支烟，眯缝起眼睛，朝北望着："那个工程在淮河北，离现在该有十多年了吧？那时候我当施工队长，架线经过一个村子，村南头一户人家，房子做到地里，离高压线不远。那房子很丑，不像房子。听说以前是瓜庵，后添巴添巴砖头，改成住房了。不知谁给出的主意，房主去找施工队，说高压线离他家太近，要帮他把房子迁走，重新盖。其实距离是规定范围外的，不存在赔钱或重新盖房的事。我们当然不会答应他。他是想讹我们把那座看瓜庵棚换成一座大瓦房，违反政策的事，我们就是想帮忙也不行啊。房主见捞不到油水，再找我们时，就说他家猪流产了，是被我们施工吓流产的，要赔偿。不给，他就站绞磨机那里，抓着电缆不给放线。最后还是给了 30 块钱才算平息。嘿，搞工程，啥人都见过，啥事都碰过。"

说了会话，天黑下来了。大伙收工，去位于杨寨村小学的住地吃饭、安歇。杨奋强的电话打了过来："立淮，你明天回项目部，咱们一起到荣河镇开协调会，荣镇长明天有空。"又问了一些 A 标段的情况。

合上手机盖，立淮瞅着小涛说："给你个智力题，猜一猜哪个标段的民事最难搞？"

小涛说："A 标段虽然事情不断，似乎都有个底线。好处只要到手，事情就能解决。C、D 标段经过革命老区，地形虽然复杂，人单纯些，友好些，民事工作好做得多。我看，B 标段比较缠手。"

立淮说："小涛不愧是高材生，分析得到家。就是荣河镇范围内的事难搞。这个 B 标段，肯定不断有事卡我们手。希望明天的会能解决一些实际问题。"

四

杨奋强、贺立淮、许小涛和司机小帅，四个人在荣河镇政府会议室坐等了一个半小时，才见副镇长荣华西装革履地走进来。

握手，倒茶，递烟，说话，再次落座。走完了见面的程式后，杨奋强看一下手腕，都中午十一点了。要召集线路沿线的村长和村民代表开会，是不可能了。

这是第三次来荣河镇找荣华副镇长了。三次都被直接带到了饭店，而且毫无悬念地都是项目部埋单。

第一次来找，荣华电话中连声抱歉，说一定等他。他在乡下处理一个超生的事，等处理完事的荣华到了镇政府，正是中饭点上。第二次找他时，他说正在派出所呢，一个贩假币的被抓住了，那人说是他亲戚的亲戚，他不得不去过问一下。结果，又是踩着饭点回来。这一次，不知道荣华副镇长又有什么借口呢？

荣华五十来岁，是土生土长的荣河人，长着两只鼓突突的豹子眼，就算大笑的时候，那两只豹子眼都不会眯缝起来。荣副镇长说话大嗓门，走路咚咚响，身材魁梧，气宇轩昂，给人的感觉，是个能打能斗，有勇有谋的领导者。他还有个最大的特点，酒量超强，人送外号“荣一瓶”。在酒场上，他的名言也响当当：有什么样的人品，就有什么样的酒品。

杨奋强绝不能倒下，要坐着陪到底。既能让荣副镇长觉着他人品和酒品一样坚挺，又不能冲在第一线和对方拼酒。小涛虽然年轻，但酒量是天生的，二两下去就发飘，在酒桌上是没有发言权的。因此遇到这种场合，立淮回回都挡奋强前面。按立淮的话说，这叫丢卒保帅。每当立淮喝得捂着胃半夜哼哼时，奋强就气得擂桌子，狂吼要“金猴奋起千钧棒，玉宇澄清万里埃”。

据说，荣副镇长的名言放倒了不少人，也为此跟邻镇的一个同行闹翻了脸。一起在县里开会时，那位滴酒不沾的镇长被荣副镇长几次劝酒后，仍是不端杯子。荣副镇长拿出“酒品如人品”的法宝时，那位镇长动怒了，大叫道：“这么说来，那些酒囊饭袋酒鬼酒疯子酒喝得越多就越是英雄了，酒量大者就是大英雄，不喝酒者就是小瘪三了？我偏不信。我认为，喝烂酒就是一种无耻的浪费！”这不是指着秃子骂和尚嘛？气得荣副镇长当场摔烂一个酒瓶子，幸亏被大家拉住了。

看眼下的阵势，一上午又算白等了，肯定直接去饭店。

果然，荣副镇长接了几个电话又打了几个电话把工作部署好后才解释说，他刚才去镇中心小学了，是关于留守儿童的事。

从每次找的借口看，荣副镇长似乎比镇里的任何一位领导都忙，从种植、计生、教育、城建，好像他全面抓工作。对此荣副镇长解释说，一把手书记家在县城，有机会就往城里跑，好早点把自己跑进城里的机关去；二把手镇长年轻，有升迁的机会，也好往城里的政府部门跑，招商呀开发呀这些能显政绩的大事，都是镇长去抓了。副镇长有三个，像他这种年纪、又是本地人的镇长，就格外的忙，啥事都找他，他又不能不过问，实在是没有办法啊。

几个人进了饭店。还是在镇西头的那家国际·荣河饭庄。

“哎呀，荣镇长来啦，欢迎欢迎！”

花蝴蝶般的饭店老板娘亲热地把大家朝里迎，因为来得次数多了，老板娘也认得这几位“冤大头”了：“杨经理、贺经理、许经理，楼上请。你们都是小店的贵人哪，请！”

这说的倒也是真话。自从到了荣河镇，迎来送往的饭局，特别是跟镇里谈事情的饭局，都摆在国际·荣河饭庄了，项目部消费的账单也有不薄的一叠了。

杨奋强心里明镜一样，知道上级部门规定的“三个十条”里，其中的“十个不准”中，就规定“不准工作时间饮酒”，另一项是“不准接受客户组织的宴请”。那么，他宴请别人算不算违规？这一点暂且放下不说，很明显的是，他确实在工作时间内喝酒了，他甚至把跟荣镇长喝酒，当作一项工作来做了，还是重要的工作。不用说，这是严重有违“三个十条”的。这些年架线施工跟基层打交道，杨奋强更懂得“因地制宜”的潜规则。这是文件上没有的。中国有句老话“强龙也怕地头蛇”，他得在这个潜规则里，把地头蛇摆平，也就是把荣华副镇长摆平。拿什么来摆平？投其所好。荣华喜欢喝酒，他就要给他摆酒场。国家还有“一国两制”的政策呢。虽然给自己找着借口，但杨奋强的心里还是揪揪地疼着，牙缝朝外咝咝地冒着凉气。什么时候，不再玩这样的潜规则啊。

坐下后，老板娘亲自捧上几瓶不同品牌的白酒，叫大家挑选。荣副镇长头一扬说："老牌子的荣河大曲，先上三瓶。"看来，荣副镇长今天又要大开杀戒了。

杨奋强觉得，这位副镇长看起来忙，其实心里可闲了，喝酒应当是他最大的乐事了。今天这顿酒，一定要把他喝好，当然，也得把事情谈好。这酒局也设了几次了，荣副镇长的出场费赚得可以了。

按老规矩，等菜时先抓牌玩"炒地皮"。杨奋强一边摸牌，思绪就飞一边去了。

在他第一次为了工程的事去荣河镇，镇里就把荣副镇长推出来。年轻的书记笑得唇红齿白："我们大力支持国家工程，有困难，找荣副。他可是我们荣河镇的镇守将军哪。"然后就出现了杨奋强们次次对荣副镇长守株待兔，他次次都准确地把时间拖到中午饭点才出现的事情。

杨奋强都一直忍着，这是有原因的。眼下的 B 标段，行走在马大郢、刘老沟两个行政村的二十二座基础已经停工三天了。再不把事情谈出个眉目，工期继续拖延的话，就影响下一步的立杆架线了。

工程其中的难点，还是赔付的问题。相较之前拦工程车的马大郢的线帽男而言，这回出现的人物，个个都是智多星，来无影去无踪，让你干着急不出汗。急得杨奋强每天抓头发，把头发都抓白了。

这二十二座"问题"基础，每个基础都有不同的让你停止施工的理由。

一家是几棵树的赔偿问题，这边浇基础刚刚要施工，那边村民走上来喊："停下。"操作挖掘机的工人只得听话地停下——在每早的站班会和每晚的总结会上，杨奋强每每告诫大家，施工一定要在无障碍情况下进行，任何一个村民，只要他喊停，就得停。这是原则。停下后再做处理。

这位村民喊停后，把原因说出来了："你们赔的树钱，标准太低，钱太少,我吃亏了。全村人就我吃亏大。现在你们得把钱补足了才能施工。”那口吻,就像上级领导视察工作时发表的最高指令。赔偿都是上级规定的,直径多大的树,就赔多少钱,怎么能随便加价呢?

另一个基础的停工原因,是因为另一家的树。本来已经移走的树,又长回来了。移走的是大树,长回来的是小树。村民的理由也很充分:“以前赔的是大树,这些小树还没赔,你们得赔了才能动工。”明明是新插上去的小树苗,又要再得一笔钱,而且价格不菲。

还有一个基础,旁边什么也没长,就坐着一个人。是个六十多岁的老头,一嘴的牙都没了,一笑嘴巴就是个黑洞。老头看着挖掘机开到跟前了,身子想挪又没挪,就张开黑洞嘴笑笑。工人上前打招呼,叫老人家让让,他们好施工。老人又腼腆地笑了笑,说:“我不能动,我的任务是看好这片地。”

“这是你家的地吗?”

“不是,我只负责看管着。”

“那是谁家的地?”

“这个我不能说,我反正就负责看地。”

施工人员没办法,只得汇报给了杨奋强。奋强风风火火跑来,跟老人再三套近乎,老人就是不说出来这是谁家的地,但他说出了看地的理由:“就是要我看着地不叫你们施工,得再赔一笔钱才行。”

奋强怒极反笑:“老人家,就是赔,也要有个道理不是?无论是青苗费还是永久性占地款,我们都赔付到位了。”

老人说:“你们的工程车轮子把地轧板结了,要影响十年不能种庄稼,所以要赔这个钱。”

看到大家都围着自己看,老人把头低下去道:“别看我,光看我没有用。这不是我的地。我没有地。我是个五保户,是受人之托来看地的。村里的人养着我,看守地是应该的。”

杨奋强听罢,一句话也说不出来了。

二十二座塔的浇基础工作,就是被这些花样迭出的理由喊停工了。

做工程这么多年,杨奋强第一次被这么密集的民事所包围。他一时都迷糊了。是自己错了,还是百姓在欺负他?他觉得,他已经走进了一个怪圈。

五

服务员在征求了三次荣副镇长的意见后,终于把酒菜摆上桌:手抓羊肉,红烧羊蹄,地锅鸡,满屋香气扑鼻。刚才扑克牌的稀里哗啦声过渡到了眼下的觥筹交错声。音频变了,人们说话的内容也变了。杨奋强决定这回无论如何不能再让荣副镇长装醉了,不能让他在接下来的"一条龙"活动里呼呼大睡着揉脚捶背不发一言了。

"我先满上,敬荣镇长一杯。常言说,要在荣河混,就得跟着镇长奔!"杨奋强端起喝酒的架势,以请客主人的身份,敬了荣副镇长一个满杯。

荣华已经摸清杨奋强喝酒的套路了,理由多,不容你不喝。这一点,正中他荣华的下怀。他还没对酒说过"不"字,都是别人对他说"不"。最近跟他切磋酒技的这帮送变电人,还算爽气,酒品不错。

"好,遵命,经理大人!"荣华接受了杨奋强的敬酒后,没容奋强吃口菜,就回敬了一个过去。奋强只得喝下。一股热辣辣的东西舔着他的胃底,他觉得自己的胃打了个寒战。

贺立淮也不示弱,倒个满杯敬荣华,大大咧咧地说:"荣镇长啊,这一回,你再不救我们,工程就成胃溃疡肠梗阻了。我先干为敬!"

荣华接受了敬酒,像以往一样,连声说:"喝酒时说喝酒不谈工作。哈哈哈,不谈工作。"

奋强心里骂了一句:"再不谈工作,他娘的这酒都喂狗喝了,老子的酒钱都没得付了。"脸上还是笑得纯纯的说:"镇长啊,今天就真要边吃边谈了。我们三顾贵地,三次扰你,都不好意思了。"

荣华脸上连点泛红意思都没有地说:"我是人民的公仆,为人民服务是应该的。你们从省里到了荣河镇,就是荣河镇的暂住公民。找我做什么都是应该的呀。这样吧，你先陪我喝个七层宝塔咱们再谈怎么样？”

杨奋强内心挣扎了一下，不知何为“七层宝塔”？

荣副镇长进一步解释说：“这是我才跟外地的一个朋友学的。就是把七只杯子放在左手的手指缝里夹着，握成宝塔形状，把酒倒满，七杯酒一口气喝完它。咋样？”他两只鼓突突的豹子眼看着杨奋强，充满着挑战。

杨奋强的胃又打了个寒战，看来不舍弃了胃，是保不住工期了。

“行啊，要在荣河混不倒，就得跟着镇长跑，我喝。”

杨奋强一挥手，叫服务员找来一堆杯子，两人各自倒满，喊一声“干”，就把手里的七杯酒全倒进肚里了。

贺立淮一看这样子，荣副镇长今天针对奋强而来，不能叫杨奋强当场被七层宝塔压倒。他思忖着，一会儿该说的话，还得他说，不能从奋强那里说。他是项目经理，得保留着自己的尊严。

跟随荣镇长来的，是镇里计生办的年轻人，刚刚毕业的大学生，面嫩，哪见过这么激烈的酒场，见二人把七杯酒一下喝光，拍着手喊“好”，喊过后又后怕道：“这样的喝法，酒量小的，一次就被七层宝塔压倒下了。”

立淮抓过八只杯子，慢腾腾地把每个杯子都倒满，站起来，端起一杯喝完，把空杯搂怀里，喝完八杯酒，搂了八个空杯子，才走到荣副镇长面前说：“荣镇长，既然今天大家喝酒痛快，我也把在外地刚学到的喝法亮出来。我敬镇长个八仙过海，服务员，请满上！”把八个空杯放荣华面前了。荣华面不改色道：“好，送变电人，爽！”毫不示弱地喝下了八杯白酒。

看着荣华把酒喝得干干净净后还豹眼闪闪，贺立淮想，加上刚才喝下去的七杯和开场时的酒，荣华的肚子里该有半斤酒了。照这样喝下去，喝到“荣一瓶”满瓶，他们也倒下了。无论如何，得想法子先满了荣镇长的“瓶”，而自己人不能倒下。

贺立淮一门心思都在酒上，想让他知道送变电人在哪一方面都不是孬种。杨奋强想的却是马上谈事。一会儿喝高了，荣华的老习惯就是去镇里的“纽约纽约”捏脚捶背呼呼大睡，今个儿无论如何不能让他睡到天黑不谈事情了。这个游戏，该告一段落了。

想到此，奋强拿过酒瓶摇了摇，顺手倒在旁边的一只空杯里，刚刚一满杯。他又让服务员开了一瓶酒，倒进另一个空杯里，也是一满杯。杨奋强举着杯子说：“荣镇长，这是第四瓶酒了。今天我可是要欠荣镇长你的酒了。我不给你荣一瓶的‘瓶子’灌满了，咱们就喝这面前的两杯酒，我每喝一大口，就得请教你个问题。你呢，也得有问必答，你不愿意回答的，你喝酒，你回答了，我喝酒。怎么样？”

荣华看着留着小平头，眼睛忽闪忽闪诚恳朴实的杨奋强不像是在开玩笑，就说：“好，就这么定了，你问吧。”

杨奋强灌下一大口酒说：“请问荣镇长，一个五保户，坐在地里拦着不让我挖基础，我该怎么办？”

“凉拌！”荣华“哗哧哗哧”笑了一阵说，“这事简单，拖起来接着挖呗。”

杨奋强拿眼睛骨碌碌扫着荣副镇长，荣华也拿眼睛扫着他，两人都蛮认真。

“请问荣镇长，都说百姓的事无小事。那么，百姓在地上随便插下一个小树枝，说是他家的树，要你赔钱。这是小事呢，还是大事？”

“在我眼里，这连小事都算不上，就根本不是事。我还得罚他怎么把树枝插下去的，再怎么拔出来。可搁你这里，就不是小事了，你得听群众的。这叫江湖。”

“哦，”杨奋强道，“看来，我确实陷入江湖当中。只是我不知谁是我的江湖？”

“谁是你的江湖不重要。关键是你是谁的江湖。我这样给你解释，谁盯着你，你就是谁的江湖。”

微微笑着的荣华，笑得一身一脸的江湖味，他紧盯着杨奋强，让奋强想到刚刚从他嘴里吐出的“江湖”二字。谁盯着你，你就是谁的江湖，说得多好！那么，他杨奋强可是荣副镇长的江湖？刚把思绪撒开去，荣华用指头弹着杯子说："我看这样吧，你也不用喝一口说一句了。你把想要解决的问题全部摊桌子上，等你说完了，就把面前的杯子一口干了，另一杯我陪你喝。我们两个放雷子。"

虽说喝了酒，但是杨奋强很清醒。他细细地把在荣河镇境内遇到的工作难点都摊在了桌面上。在两人放了"雷子"后，荣副镇长大着舌头说："我给你找个人，让他在江湖上帮你搭台子。"就去抠手机上的数字。不一会儿，就把一个人抠到了酒桌边来了。

"我来介绍一下，这位是南北大动脉'洛黄'段的杨奋强经理。这位是我给你们找来的谈判专家荣国礼。"

荣国礼四十多岁，平头，瘦削脸，个头中等偏瘦，目光静如止水，传递出的却是处变不惊成竹在胸的信息。

听了介绍后，荣国礼不卑不亢地向在座的打个招呼，坐下来，不喝酒，只让服务员上一杯白开水。

荣副镇长介绍着荣国礼的背景："国礼是镇牛行的牛经纪，为人公平公正，江湖地位牢靠，黑白两道没有不认识他的，没有不买他账的。国礼不贪不喝，不赌不嫖，有头脑有眼光，是个人物。他来做你们的谈判专家，这个工程一定会顺顺当当圆圆满满地如期完成！"

面对这种大肆褒扬的介绍，荣国礼同样波澜不惊，只点个头，说句"荣镇长过奖了"，就沉默下来，拣了一盘青炒豆苗，夹了两筷子。

这时候，杨奋强不能不有所表示了。既然荣副镇长把平定江湖的人物荣国礼请了出来，他这个项目经理得首先表态。他端起一小杯酒，说道："我代表项目部先敬荣专家一杯，今后工程上的事，还有劳荣专家费心。"

荣国礼以白开水代酒跟杨奋强碰了个杯，慢悠悠地说："有什么要我做的，请吩咐。咱们省'861'的大工程，不能在荣河镇出纰漏。无论遇到什么事，我会尽全力做好，请荣镇长和杨经理放心。"

开场白的一通客气话结束后，接下来就步入正题。荣国礼答应下午跟贺立准一道去找那位五保户"谈心"。他说，把五保户强拖起来是不行的，只能靠谈心来解决问题。首先得弄清楚他是帮谁守地？等把背后的那个人找出来，就进入第二个程序谈判了。

荣副镇长在分析了一通有关“你是谁的江湖”并找到了平定江湖的人之后，似乎志得意满情绪浓烈，就没去“纽约纽约”放松自己，而是直接回了镇政府。

杨奋强强忍着胃里的闹腾，直到把荣副镇长目送到镇政府的大门口，他才踉踉跄跄着跑到国际·荣河饭庄的洗手间，大叫一声“你到底是谁的江湖”，把胃里的东西彻彻底底交给了马桶。

一去千万里

YIQU QIANWANLI

第五章

五月的田野站满远眺的庄稼
远方的哥哥啊妹等你回家
过了长江就是黄河
哥哥呀亲亲的妹妹她等你回家……

——河洛民歌

一

事实证明，荣华副镇长找荣国礼出来“平定江湖”，只是他的第一步棋。

荣华派了一员大将给你，当然不能白白给你使用。他的条件合情合理：人给你了，费用不能少，这费用是怎么算的呢？每个基础浇筑完工后，按基础数量给钱。一个基础 4000 块，这钱名正言顺算镇里收取的协调费。

杨奋强暗暗朝牙缝里吸凉气：这个叫荣华的老江湖，真的是很黑啊。

咬咬牙，只好忍，毕竟就这二十二个基础。出了这个钱，关于那些树苗费看护费土地板结费啥的，就得他荣副镇长来负担了。毕竟镇里已拿到一大笔协调费了，协调费的意义就是把该协调的事情协调好。

话一说出，据说荣副镇长似乎对此很生气，杨奋强不怕他生气。杨奋强让荣国礼捎话给他说——自从荣华的影子人物荣国礼出场后，荣华就很少跟杨奋强见面了——你是国家的人，拿着国家的钱，民事协调本来就是你镇长该做的。现在，你还以“协调费”的名义，要国家再出一份钱给你，就是双份工资了。如果嫌少的话，杨奋强只得找能管住这事的人出来了。荣华非常知道这话的分量，因此也就暂时收了手，放过了杨奋强。

在处理了一件件棘手的事情后，杨奋强也明白了，自己就是荣华副镇长的江湖。那些给工程使绊子、插树条要钱的主儿，都跟荣副镇长沾亲带故。好在有荣国礼“专家”在。作为民事协调员、贺立淮的得力助手荣国礼,真的把民事协调得和风细雨。当然这和风细雨里,搀进去了杨奋强亲自审批的看得见摸得着的人民币。至于荣副镇长如何把这些钱分配给他的亲朋故旧,就不是杨奋强过问的范围了。

荣华的代言人荣国礼在做这些民事工作时,说得最多的一句话是,误工费在工程完工后,由镇里统一发放。至于荣副镇长如何给他的亲戚朋友发误工费,把密密实实的小树枝处理掉,就让荣副镇长去处理得了。杨奋强想到那笔多掏出来的叫误工费的钱,就想冷笑。你自己误工搞破坏,还得国家为“江湖”埋单。这都是些什么道理啊?杨奋强心里真堵得慌。

处理完荣河镇境内的事,二十二个停工的基础也浇筑完毕进入养护期。之前浇好的基础,开始立杆架线了。如荣副镇长之前的预言,一切顺顺当当圆圆满满。不过,这顺顺当当圆圆满满或许只是暂时的现象,余下的工程,谁知又会遇到什么呢?

做工程做得久了,不到全部工程结束,线路通电验收合格,心里就不会踏实。以前听王大勇这样讲,杨奋强还觉得夸张。没想到,自己也很快就有了同样的体验。

这一天,立杆到达 33 号基础跟前,大家愣住了。刚刚浇筑的基础被一片水域淹没了。之前记得清清楚楚,这里是一片稻田,什么时候成了水塘了?大家看着水塘,停下脚步。

贺立淮正一边接着王大勇打来的电话,一边看着逼到眼前的水面,说:“亲大宝,我不跟你说了,你在项目部好好喝点水,歇歇脚,我得跟弟兄们合计合计,怎么在水里立塔了。”他顾不得跟沿途考察刚刚在荣河项目部歇脚的王大勇王专家多聊,就急着解决眼前的难题了。

正在这时候,一位当地村民跑了过来。“这是我家的养鱼塘,你们要干吗?”大惊小怪的样子,把大家气笑了。立淮说:“你家什么时候把水稻田改成养鱼塘了?你不知道你家田里要立塔?”

“今春雨水大,我的田又在低洼处。我儿子在省城滨湖给我打电话说,既然水田成鱼塘了,就叫我养点鱼来卖钱,比种稻要划算……你们做的水泥台在那里好好的,我没动。那一片我一点也没动。你们都把钱赔给我了，那是你们的地盘了，这个道理我懂呢。可是，我放的鱼肯定跑得哪儿都是呢，这可咋办？”

又是鱼的事：“你这塘里都放鱼了？”

“是啊，都是大鱼苗，想着中秋的时候，就能卖鱼了。以为你们工程还早着，咋就来立塔了？”

“你要是放了鱼苗进来，这水就不好抽干了。”

“水可不能抽啊，我真放了鱼了。这可咋办？”

贺立淮把这位叫孙茂盛的村民拉到一边，小心翼翼地说：“老孙啊，我们要在你家水田里立塔，这水里你又放了鱼苗，水又不能抽干，我们只得在你的鱼塘里工作，你看咋样啊？”

孙茂盛说：“没问题。只是你们别把我的鱼踩死了。”

贺立淮说：“鱼会跑，哪能等着我们来踩它？就是要打扰鱼的睡眠了。”

“你这位领导真会说话。”孙茂盛憨憨地笑道，听不出立淮言语中的调侃：“就算鱼暂时睡不好觉，等你们走了，它照样会把觉补过来。我听说，鱼长膘要等到端午节以后呢。就是你们别把水抽干就行了。”

获得孙茂盛授权在先前的水田现在的鱼塘里立塔，贺立淮松了一口气。他要抓住时机赶紧把塔组立起来，以免夜长梦多。马上叫过项目总工宋黎明，蹲在水塘边，现场商定起立塔方案。看来最可取的方法就是在基础四周垒个圩子，把水舀出去一些，人在水里作业，难度跟在平地上比加大了，而且现在天气虽然到了立夏季节，可水还是很冰人的。站在水里作业，时间一长，会冷得人腿打战。

贺立淮当场给十五位包括班组长在内的施工人员开个现场会，部署工作。然后登上在旁边静静等候工作的塔吊脚踏上。

被前一段民事搞得焦头烂额，这当儿轻松过关却心意悬悬，生怕有什么新的变故的贺立淮对大家说：“弟兄们，马上要干个辛苦活儿了。这些年，我们送电施工队已经习惯了风里来雨里去的，相比较湖河江海而言，这点小水塘算不了什么。这里我想讲一个小时候亲眼所见的事。在我上小学的时候，我爸爸跟着送电队在淮河北岸架线。那时候，我跟妈妈生活在乡下。寒假时去送电队看爸爸。我先是坐拉煤的火车到了洛山的幸福村，跟着幸福村送变电的几个子弟一起，又坐拉煤的火车去了淮河北的施工现场。当时我看到这样一幕场景：放线放到一片水田边，拉线的人全部停下了。当时都是人工放线，大部分都是由人来拉。那片水田里结着一层薄冰，大腊月的天，从冰碴里走，那种寒冷可想而知。这时候，我爸爸站了出来，他喊道，凡是共产党员的，出列！一下走出五位共产党员。其中一位是阿姨。我忘记讲了，这些帮着拉线的，不全是送电队的人，还有当地的村干部和村民。那位阿姨党员，就是村里的干部。我爸爸带着五位共产党员，拉着线，走到结冰的水田里，把线拉过去了。在我参加工作不久有一次放线，也是冬天。线路要经过一片水塘，那口塘不算深，拉线也不需要从水塘中间过，只要从塘边过，把牵引线拉到塘那边就行了，塘边也结着冰。作为小组长，当时我想都没想，就下到水塘边，准备拉线。一位上了年纪的当地村民，也跳到水塘边，跟着我一起拉。我们踏着冰碴走到水塘的另一边，这位老人欣慰地问道，你也是党员吧？我当时哽咽得一句话说不出来。我那时还不是党员，但这位六十多岁的老人，肯定是共产党员。工程结束后，我就向党组织申请入党了。今天的工程，有部分人员要在水里作业，虽然不是寒冬腊月，但站在水里，还是很冷的，而且还有水蚂蟥。今天我讲这些关于共产党员的故事，没有什么大道理，只是告诉大家，难处险处，还是得共产党员上。”

贺立淮话一落音，立刻有八位汉子举起了手，并站了出来。

“贺经理，我下。我是党员。虽然还没转正。”

另一位叫张来友的党员说话了：“第一条，我是老党员。我下去。第二条，我作业经验丰富。第三条，我是小组长。”说得一脸的骄傲。

精挑细选了一批下水作业的施工人员，其中两位不是党员，也争着下水。而另外有两位党员，贺立淮不让他们下水。因为先期的锚螺丝组装塔材，他们是技术高手，岸上的活更少不了他们。

一切安排就绪，大家正要工作，鱼塘的主人孙茂盛小跑着过来了。

贺立淮心里猛一沉：怎么，老孙改变主意了？那就麻烦了。

孙茂盛怀里抱着一件黑咕隆咚的家伙，边跑边喘边说：“我家里只有一件了,你们看可管用?”原来是一件齐腰长的连脚胶皮水裤。

贺立淮接在手里,感谢的话在嗓子眼里堵着,却没有说出来。

孙茂盛似乎有些难为情,说:“你看,水这么凉,我只这一件。要不,我再去村里借借看?”

立淮一把抓住孙茂盛的手,这位庄稼汉的手粗糙得有些硌人:“老孙,你是党员吗?”

孙茂盛抓抓头,不好意思地说:“我没啥文化,就是个庄稼人。”笑笑,走开了。

不一会儿,孙茂盛又抱来两条水裤。他只借了这两条,许多人不在家,外出打工了,水裤也不知放哪去了。“不然,我会再多借几条。”孙茂盛笑得挺愧疚:“谁让我放水养鱼了呢。要不是我放水,你们也不会在水里干活呀。”

这基铁塔组立速度之快,超过以往。等撤离到下一个基础那里工作前,小组长张来友把贺立淮拉到一边,说他把孙茂盛的鱼踩死了十条。

“没想到,他放的鱼苗那么大,都硌人的脚了。我本来想扔到圩子外面的,怕孙茂盛看到要赔偿。就狠狠心,全部踩到脚下的塘泥里了。这一路上的民事赔偿,都叫我们赔怕了。万一为着几条鱼又停工,咋弄呢?你批评我吧,我心里也挺难受的。”

贺立淮摁了摁张来友的肩说:“理解你老张。”

“你不怪我?”仿佛获得大赦似的,张来友笑得嘎嘎的:“没办法呀,谁让咱做的事又苦又重还如履薄冰呢。”

“就十条?”

张来友咯噔站住脚:“对,就十条。我数着呢。”

“没什么,就是问问。”

立淮笑笑,转身走开了。

站在离工地远一些的地方,感到机器的声音小些了,就给王大勇打起了手机:“抱歉呀亲大宝,你还在项目部吗?让食堂给你加餐没?我晚上回去再跟你聊。对,33 号塔组立成功,现在转向 34 号了。趁天气好,接着干。我晚上再回去跟你聊。”关上手机,贺立淮朝孙大庄走去。

孙茂盛的家在孙大庄的村后头，一看就是老宅子。许多人家都往离大路近的村南边盖房子了，把田地变成了宅基地，孙茂盛却还住在老宅。以贺立淮这些年跟村民打交道的经验来看，凡村里住老宅的，一部分是老人，一部分是穷人。有钱人都把房子往交通方便的地方盖。论年纪，孙茂盛不是老年人，论条件，他也不是穷人之列吧？他说过儿子在省城的。

几经打听，找到了孙茂盛的家。三间砖腿瓦房，两间土坯厢房，一看就盖有十几年了。院子蛮大，被碾得光光滑滑，院里一棵高高大大的刺槐树，正开满一树的白花。一个中年妇女在院里坐着剁猪菜，刀起刀落间，有种扑鼻的清香。

贺立淮敲了敲敞开着的院门，中年妇女回头一看，喊道："茂盛，家里来客啦！"招呼着贺立淮进屋，自己并不站起来迎接。

孙茂盛从厢房里出来，手里还端着半簸箕黄豆。见是贺立淮，立刻放下簸箕说："是不是我家鱼塘又有问题了？"

立淮道："啥问题都没有，塔立好了。我们搬到下一个工作场了。我是来看看你。"

听说没问题，孙茂盛两口子的脸上都挂满笑意。老孙让立淮进屋，院里的女人拄着两只小凳子半弯着腰挪进厨房里。不一会儿，就有柴烟冒了出来。

或许见到贺立淮脸上的疑虑，孙茂盛说："孩他娘前几年帮人拉砖时，拖拉机掉沟里了，把她腿轧废了。都是命吧。"

立淮心里酸得一时无话，他环顾这个家一番，见屋里摆设简陋，只一张方桌两把旧木椅，靠西墙放着一张小木床。这时，孙茂盛的女人喊老孙，孙茂盛连忙跑进厨房，端来一碗溏心鸡蛋："喝茶吧，"孙茂盛客气道，"家里没啥好的，别见怪。"这地方烧溏心鸡蛋茶，是待贵客才有的。

立淮立刻说："怎么这样客气，我只是来坐坐。"

孙茂盛的女人挪进堂屋里，在门口坐下说："听老孙讲你在这里做工程，挺苦的。喝点茶暖暖胃吧。鸡蛋也不是啥金贵东西，客气啥。"

立淮看着碗里的鸡蛋说："我得先跟你们说个事，说完我才喝茶。"

孙茂盛说:“你喝茶归喝茶,说事也误不了喝茶,喝吧。”

立淮并不动筷子,说:“老孙,我今天是来赔你鱼钱的。施工队打圩子时,踩死了你十条鱼。”

孙茂盛说:“这个呀?赔啥赔,不就十条鱼苗吗?喝茶吧,没事的。”他女人说:“就是呀,我当是啥事呢,就是十条鱼苗呀。茶要凉了,你得趁热呀。”一时,弄得贺立淮无话可说,只得把鸡蛋茶喝得呼哧呼哧直响。喝到一半时,他想停下来,孙茂盛说:“喝完呀,别讲究那么多,又不是过去,喝一半留一半,你留下来就糟蹋了,没人喝呢。”

贺立淮好久没见过这样的厚道人了。多少天来,遇到的都是拦着他要钱的人。心里忽地一热,眼睛也热了。很快把茶喝完了,抹了一把嘴说:“老孙,怎么不跟别人学,找我们要赔偿呢?在你鱼塘里施工时不要,鱼苗踩坏了也不要。”

“儿子来电话骂我了。说早知水田里立塔走线,就不要养鱼了嘛。”孙茂盛有些不好意思:“人和人不一样的,我撵着你要赔偿?这样的事,我做不出来。”

“你儿子是干啥的?你说他在省城?”立淮换一个话题。

“我家孙超在省城的建工学院念书。大三了,过年都没回来。知道家里穷,自己打工挣学费,都不叫家里给他花钱了。”老孙说罢,眼睛里亮闪闪的。

“你几个孩子?”立淮问道。

“还有个女伢子,在县里念高中了。不管男伢女伢,只要他愿意念书,我就给她念。我苦一点没关系,将来孩子出息了,啥苦也不算苦了。”

说到孩子的话题,孙茂盛的话多了起来。这个四口之家,除了几亩水田,没别的收入。老婆腿脚不好,只能待家里。城里有打工的场子,可是老孙要照顾老婆和田地,就哪里也不能去了。

立淮看天色不早,要走了。他仍然要赔付孙茂盛的鱼苗钱。照立淮的话说,鱼也不是大风刮到水塘里的,是他老孙花钱买来的,不赔说不过去。孙茂盛吭哧了一会说:“那我先请教领导一个问题。”

“啥领导不领导的,你说吧。”

"我把水田变成水塘,这事是不是很过分?追究起来,罚不罚款?"

立淮想了一下说:"我做工程二十多年了,还没听说过罚老百姓款的,你的田地你做主嘛。老孙,你不要太认真,水田变水塘也不全怪你,本来你那田就洼,会存水的。"

"可是,存了水能放掉呀,"老孙认真地眨着眼睛,"放了鱼苗就不能把水放掉了,我还是给你们工程带来影响了。这样吧,你也别赔我鱼苗钱,你也别罚我影响工程的钱,咱们两清了。"

贺立淮当真无话可说了。临别时,他看似不经意地问:"你上高中的女伢叫什么名字?高几啦?"

孙茂盛脸上又骄傲起来:"我家里的女伢叫孙超凡,比她哥多一个字,下半年就升高二了,成绩好着呢。"

挥手告别孙家,贺立淮走出了孙大庄。他回望了这个丘陵地带树木茂盛的大村庄,把这个村子深深记在脑海里了。

二

现在想来,荣河镇马大郢马三虎的那桩事,跟以后接二连三发生的事相比,真是小菜一碟了。不过,工程停工前的第一桩事情,确是从马三虎身上开始的,因此,杨奋强记得一清二楚。

那个时候,马三虎的地里种着西瓜,西瓜苗刚刚长出来。当施工队把工程车开到马三虎的地边上准备架线时,马三虎虎目睁得能塞只鸡蛋。他不说一句话,就站那里卡着腰。

"赔,赔……"

杨奋强一听就懂了。永久性占用土地款早赔付了,油菜苗的损失费也赔了。这回又要赔的哪门子款?似乎读出了杨奋强脑里所想,有点口吃的马三虎说:"你……低下头看看就知道赔什么了。"

贺立淮看一眼西瓜苗说:"你是说要赔你的西瓜?"

"……聪明。不是西瓜,是苗。论棵赔,一棵……三百块钱。"

贺立淮的眼睛瞪得也能塞鸡蛋了:"三百块?太黑了吧。而且怎么能一直赔下去呢？按季节算，赔了油菜苗钱就行了，我们施工结束，又不耽误你种下一季的庄稼。”

“按季节算？现在……还有反季节的作物呢。你没当过庄稼人，当然不理解庄稼……人的苦。油菜苗你是赔过了，但油菜被你们……踩坏后，地不能空着吧？得种别的吧？我用地膜育了西瓜秧，你又要毁掉。西瓜是经济作物，一棵西瓜能卖多少钱知道吗？我这可是最早上市的改良品种，一棵能产几百斤，能卖……五六百块钱呢。我叫你赔三百块……只是成本价！”一口气讲这么多话，真难为马三虎了。

杨奋强当场差点晕倒。无话可说真是无话可说，人家说得一清二楚的多在理呀，铁塔长在人家地里，一班人要在人家地里动手动脚，毁掉西瓜苗岂有不赔的道理？

“我们回去研究研究。”这是杨奋强给的答复。马三虎不紧不慢地说：“……研究个啥，你们姓电的都有钱，这点……西瓜苗值几个钱？还不就像是从你们身上拔……根汗毛吗？”

这一回，杨奋强、贺立淮都没话说了。

更让他们无话可说的事在后面。

马小寨村的一座村民房屋，离线路太近，属于拆迁房。在赔付款到位后拆迁队前去拆屋时，新的事情出现了。房主开出了一个新的赔偿单子过来，并用粗笔写上一句话：赔偿不到位，房子别想拆！！！

杨奋强一看列出的单子就气笑了。上面写着厕所、猪圈、围墙、鸡栏、屋后屋前的树木和空地、厨房灶台、空调移机、电视天线和电话移机费，等等，像针头线脑一样的细致，把每个赔偿数额都写得清清楚楚，仅猪圈就要价每平方米 1000 元。

有的人实在是太聪明了。之前的赔付已经包括猪圈、厕所等所有跟这户人家有牵连的拆迁费用，只不过没有标明得这么细致。没想到，村民要拿这个做文章。杨奋强亲眼见过这座待拆房屋墙上醒目的红漆大字：围绕工程，做足文章。现在，文章做得真叫足啊！

拿着这张拆迁赔偿明细单，杨奋强撤退了。从镇上找去的拆迁队也撤退了。

然后就是接二连三出现的那些岂止是无话可说，简直让他们瞠目结舌目瞪口呆的事。

先从一座荒草长得半人高的大院说起。这是一个被一圈砖墙围拢着的15亩地的院落，院子门口的平房里，站着一个精瘦精瘦的男人，虽然跟杨奋强热烈地握着手，却抖不去一张愁眉苦脸。民事员荣国礼介绍说这位是天工机械的马经理。

马经理拿出一张图纸出来，上面是尺寸清晰的楼房设计图——一幢十层的商业大厦标画得清清楚楚。马经理朝外倾诉着他的一肚子苦水："花高价买下这块地皮，施工单位都找好了，正要盖幢十层的天工大厦。四层以上做宾馆，下面开商场。没想到你们的高压线路要从这里经过。大厦是盖不成了，我的先期投资不但打了水漂，未来规划也成了泡影。这些年做农机生意攒的一点血汗钱，这回被你们给弄得颗粒无收了。"

杨奋强他们很清楚，这个圈起来的地根本就不是用来盖什么子虚乌有的天工大厦的，就是几间平房，用作收废品的。荣河镇虽不太偏僻，有高速路在不远处经过，省道也骑着街区走过，但在离镇中心一公里的地方建一座集商业住宿于一体的大厦，只是马姓经理人生理想的规划图。可是，人家就把脑子里的设想硬是画在纸上给呈现出来了。

"多了不要，这片地我是花二十万块钱圈起来的，加上其他投资，已花去小百万了。而盖成天工大厦能挣多少钱，想必你们心里也有数。说真的，你们把荣河镇就要崛起的一个企业家、一位首富灭在襁褓之中了。别说我问你们要一百万的赔偿费，就是要一千万，我都不甘心啊！"马经理说得就要声泪俱下了。

一向不动声色的江湖高人荣国礼，腮帮子上的肉扯了扯。那说明，他的江湖经验不足以解决这个问题了。杨奋强知道自己得表态，不能就愣怔着眼听马经理白说了这一通："关于赔偿的事，我们项目部的领导先开个会，然后回省公司汇报。过几天，我们再过来商榷。"心里真想说："不就是一个跨越架线小工程吗？又不是跨江跨海跨山跨梁，就是跨一片破围墙。黑到要一百万？刮大风吃炒面，咋张得开口？"

三个人从天工机械马经理的大院里走出来，顺着省道穿过了荣河镇的主街道，就走到了镇南边的马小寨。快到马小寨时，一辆拖拉机突突突叫着开过去，拖拉机上装着空心砖，一行人就挪到路边走，好给拖拉机让道。刚过去两分钟，又一辆拖拉机过来，车上拉的还是空心砖。看这架势，农村盖屋的还真不少呢。

杨奋强正这样想着，贺立淮猛丁站住了，一指田野间的一溜楼房说："我怎么看着不对劲呀，以前没这些房子吧，好像新盖的。"

两人顺着楼房朝南望，这一望，把两人吓了一大跳：沿着立塔架线的方向，整整齐齐地长了一溜二层小楼，那些新起的楼房，就像田野里的疤痕，粗陋、碍眼。两人看楼房的眼睛疑疑惑惑，就好像看见了海市蜃楼。

杨奋强的脚步加快了，很快走出马小寨的地界。前面不远的村子渐渐近了，荣国礼不紧不慢地说："这个村叫谢楼。"在马小寨和谢楼之间两公里的稻田地里，二层小楼就像整整齐齐的队伍，把两个村子连了起来，楼房之间还夹杂着蔬菜大棚的影子。又一辆拖拉机驶过去，同样拉的空心砖，杨奋强觉得，那些空心砖都变成了飞末，直朝他的脑袋上砸。这会儿，荣国礼也看出了名堂，他欷歔了一声："这牌玩大了。"

在靠近公路的村民房子上，墙体广告涂得花花绿绿，一行红字更加醒目：围绕工程，做足文章。杨奋强被这行字重重击打了一下后，他转头跟荣国礼说："荣专家，你可能借到电瓶车？"

荣国礼看了看他，什么也没说，就走进了谢楼村。不大工夫，推出一辆电瓶三轮车。荣国礼说他会骑，杨奋强贺立淮就坐了上去。

顺着谢楼村边的大路，电瓶三轮车跟着架线的方向走，走了七八里地光景，快走到龙门湖了，田地里才没有了新楼房、蔬菜大棚。中间遇到刚刚开过去的拖拉机，正在一处地方卸砖，杨奋强忍不住说："明天，又会多一座楼喽。"马上又在心里说："马三虎的西瓜苗跟这些比，真的是太小菜了。"

三

贺立淮是在离开特种水产养殖基地后，憋了一肚子火，才决定去打那一架的。

本来他跟杨奋强看过了线路沿线稻田地里稠密的新楼房后心里就腾腾冒火了，紧接着水产特种养殖基地的老谢，又开出了天价的电线跨越水塘费，更像个鼓风机，把他老贺的火气吹旺起来。

老谢和他特种养殖基地位于荣河镇北边两公里，是一片空着的野水塘。水塘面积很大，少说也有几十亩，两边种藕，中间布了两道尼龙网，网出一半的水面做特种养殖。两基铁塔，正好一南一北立着，架线必得跨越水塘。借只小船，半小时就能把线“扶”在船上牵引过去。种藕的水面不好走船，只能走特种养殖的水域。

事情就来了。

养殖基地的老谢人老几辈都住在荣河镇，关于线路过这片特殊水域的费用，他毫不客地来了个漫天要价——一万元。当然，船费免掉，他自家就有。按照他的说法，他承包的水塘里养的是特殊鱼种：生态淡水蟹、生态加州鲈鱼和生态中华鳖。这些生态鱼种生活很讲究，不能被打搅，不能被吵闹，否则，不仅仅是影响生长，可能会死亡。他养的这三种特种鱼，是直销到上海的，跟上海的一家公司订了直销合同，到时就得供货，缺了货，按天赔偿。他是看在国家重大工程的份儿上，才咬咬牙只要了这一点点钱的，算是水过地皮湿意思一下吧。

老谢在他水塘边的小瓦房里说出这番话后，特别是那句“水过地皮湿”，把贺立淮的火气腾地点燃了，他一下想到“雁过拔毛”这个词。想到这个词，就想到了孙大庄的孙茂盛。孙茂盛的鱼被踩死了10条，人家却连要赔偿的想法都没有。跟这个老谢比，那真是天差地别了。

贺立淮摸出一张纸，刷刷写了几笔，就要老谢签字。老谢看了看上面赔付五百元的条款，脖子马上一梗，看都不看贺立淮，就站到门口抽烟了。立淮也抽根烟定睛看着老谢。老谢吞云吐雾好大会儿，用强压怒火的声调说：“你会不会只有五百元的权限？如果这样，你换个人跟我谈。”

立淮朗声一笑：“你把我夸大了，我一分钱权限都没有。不然，我给你批两万。”

“是不是以为我讹你啊?”

“你说呢?我倒是想问问这些特种鱼公民,我们施工到底碍它们什么事了。你告诉我,这些金贵的家伙在哪里躲着呢?”

“你什么意思?怀疑我塘里没鱼?我告诉你,你动不起,你碰着了我的鱼,那可不是几万块钱能说好的事了。哎我说,你既然一分钱权力都没有,在这里跟我玩啥呢?”

“害怕了吧?害怕我朝你塘里找特种鱼?你以为我不敢找啊?我要是找不着特种鱼,那还真得给你扣个破坏国家重大工程的帽子呢。”

“我是中华人民共和国的公民,我的财产是受国家保护的。这塘里的鱼,就是我财产。我财产受损,你出钱赔上,天经地义。其余的,讲什么都没有用。”老谢的语气也很强硬。

这当口,塘北边的张力机已经吼叫多时了,小组长张来友年长些,跟贺立淮的时间不短了,看他们两个讲得你来我往的热闹,张来友就跟几位放线工一使眼色,工人就跑到近前,拉着线朝水塘边送。

老谢一下子紧张起来,立刻打手机叫人。不一会儿,真从荣河镇方向跑来了十几个壮汉。气氛一下紧张起来。放线工刚把线朝前挪一段路,壮汉们就捡起线朝回送一段路。一边在朝前放,一边在朝后送,最后,线缆回到原处。两边的人,都没有身体接触,只是眼珠碰眼珠,但眼珠们分明已在空中碰出了“吃吃”乱闪的雷电声光。

老谢抽出了两颗烟,扔了一颗给贺立淮,自己放嘴上一颗。立淮也不能那么小气,就接了点上火。两人一起抽着烟,望望那片水域,再望望直入云天的铁塔和塔下面蜷缩着的线缆,一句话不说,只顾朝空中吐着烟气。

正在这时,立淮的手机响铃打断了一段难堪的寂寞,宋黎明声音里明显透着十万火急:“要打起来了。你那里人可多?快带些过来救场!”立淮马上嘱咐张来友和两名工人原地看场子,就带着十来个工人朝荣河镇东而去。

起因不复杂。施工人员和工程车正沿着乡村土路转移到另一个工作点立塔,一个五大三粗的男人,站路中间把他们拦住了:“各位,慢行一步，你们把我的大棚砸坏了，砸了三个大洞，得给个说法。”

工人和施工机械一同站住了。与此同时，另一个正在用胶皮管子浇地的村民，突然扒住了工程车的车门，叫赔偿他的胶皮管子——刚才经过时，确实见他正把胶皮管子横在路上浇水，工人帮他拿开管子才让车经过的，车轮根本没碰到管子。一个要赔100块钱的管子，一个要赔3000块钱的大棚，就吵起来了。

宋黎明一边跟围攻的村民说明情况，一边就打了贺立淮的电话。等立淮赶来时，宋黎明已经被一个村民封住了领口，贺立淮大喝一声：“把人放开，有什么话跟我说，我是这里的经理。”

一个五大三粗的男人一把拽住贺立淮的衣服领，一拳就捅了过来：“我管你娘的啥经理，打的就是你！你们这些姓电的，毁我们的地，拆我们的房，轧我们的路，还想白拆白占不掏钱，哪有这样的好事！”

立淮立刻被打成了熊猫眼。他见工人眼睛通红地挥舞着拳头要上，狂喊道：“大家分好工，身强力壮的负责打架，打架不行的负责保护机械！他娘的，这一场架不打，工程就没法朝下干了！”

这些日子的遭遇，工程队的人早憋了一肚子气，正拳头痒痒着朝墙发泄着呢。噼里啪啦一阵响动里，工程队和村民们开打了。工程队的人毕竟年轻，常年野外作业，拳脚利落，吃不了大亏。

这当儿，不知谁打了‘110’，很快派出所的警车鸣着笛跑来了。刚看到‘110’的车影子，打架的村民忽然消失在旁边的村子里，无影无踪。

等警察走下车，只有施工队的人虎视眈眈围着机械站着，贺立淮额角挂了彩，不过伤得并不重。见村民不在场，已经跟立淮相当熟识的荣河镇派出所所长荣理想让立淮到村里指认谁打了他，他们把人带走关几天。立淮苦笑一下说：“这点小伤等于给我挠痒痒，算了吧。把人抓起来，矛盾就升级了。再说，我们这边也动手了。农民怕警察，你们一来，他们就收兵了。唉，这个架不打不行啊，不然，后面不定还有多少稀奇古怪的事呢。”就把打架的缘由简单说了一下。

荣理想还没有表态，刚刚从省送变电公司回来的杨奋强就赶到了。听说这边出了事，没回项目部，让小帅直接把车开了过来。听说了打架的原因，苦笑笑说："荣所长，你也都看到了，看来最近发生的事，靠调解和打架都是解决不了问题的啦。现在要把问题都摊在桌面上来谈了。再不解决，我们的工程就寸步难行了。"

杨奋强说过这话的第二天，荣河镇境内立杆架线的工程全部停了下来。杨奋强和项目部的主要领导贺立淮、宋黎明(许小涛待在C标段没回)，跟荣河镇的一、二把手书记，镇长及荣华副镇长、荣理想所长、荣国礼特聘民事员坐在了一起，把近期出现的事情，特别是稻田里新盖的数万平方米二层楼房面临拆迁、赔偿的事，一股脑儿摊在桌面上。

工程陷入民事赔偿的怪圈。杨奋强一直觉得可能跟荣华有关。这个老江湖，到底使了什么招，让工程中的民事赔偿层出不穷呢？眼下的这一摊事，难保不是他指使人做的更绝的一招？

一帮人坐在镇政府二楼的会议室里。大家一个劲抽烟，烟雾都快把楼板顶翻了。荣河镇一把手唐书记是洛山市人，他表明了对南北大动脉工程建设的支持，并说工程上出现的民事问题，只要在荣河镇境内的，荣河镇的党政领导及派出所，都会尽力解决，全方位支持。

杨奋强软中带硬："目前B标段立杆架线已全部停工，其中位于荣河镇境内的16公里长的线路民事最为复杂。据最新统计，在一个月当中，荣河镇境内沿线路走向新起的楼房和蔬菜大棚就新增有3万多平方米，仅此一项的民事赔偿就将是一个天文数字。同时，各种意想不到的小纠纷也在不断发生，大大影响了南北大动脉的工程建设。今天，我谨代表项目部拜请各位荣河镇的父母官，为工程顺利出谋划策、保驾护航，解决眼下的棘手问题。"

杨奋强话音刚落，荣华副镇长就发言了，他给自己抢在镇长前面说话作了解释："是我把问题想得太简单了，没能做到防患于未然。如果开始就有这种警觉，也不至于到了遍地楼房平地起的局面。"

刘镇长的态度很明朗说："群众的利益要考虑周全，但如果蓄意给工程使绊子，我们就会追查到底。牵涉到谁，不论是普通民众，还是政府官员，都要负责。"说罢，眼睛四下扫了扫。底下的人没谁去接他眼光，都在愁眉苦脸地抽烟。

贺立淮“啪啪啪”拍了三声掌，声音朗利地说：“对刘镇长的话，我非常赞同，也非常感动。我在送变电工作了二十多年，做了二十多年的工程，祖国的大江南北也跑了一遍了，像在荣河镇遇到的复杂民事，还是大姑娘拜堂头一回。”

抽烟无声，只有人的咳嗽，只有烟雾在飘散。杨奋强面色平静地说：“现在，工程遇到的是大江湖。”见大家都看他，又接了一句：“这江湖，不在荣河镇，在远方。但根仍扎在荣河镇。以我的直觉，这不是普通百姓所为，普通百姓既没有这个胆，也没有这个头脑。这背后，一定另有其人。我想说的是，我们做的是国家的事，为的是人民。所以我们的底气是硬的，我们的胆子是大的。邪不压正，不怕这个江湖有多大多深，只要按规矩出牌，我会奉陪到底。但如果超越了规矩的底线，失手的不会是我们！”

杨奋强目光炯炯地扫着围坐圆桌的参会者，荣华副镇长拍了几个孤独的掌声，赞许地微笑道：“好，杨经理所言不无道理。下一步，我们就着手挖出来这个大江湖。国礼，”拿眼睛去找荣国礼：“你可是江湖上混得开的，倒是说说想法啊。”

这一刻，大家似乎才觉得特聘民事员荣国礼一直一言不发。虽说惜言如金、目光平静是他的一贯做派，但这种场合不说话，似乎不太合理。

荣国礼确实保持着以往的平静如水，见许多目光盯着他，他伸出右手从前额顺着头顶摸到后脑，在那里拍了拍，放下来，瘦削的脸上挂个淡淡一笑，话也说得简简单单：“外面的江湖很大，荣河的江湖很小。我是荣河里的一只井底之蛙。谢谢大家。”

四

荣国礼最后的那句话，或许别人没在意，反正杨奋强在意了。

他听过后想了好一会儿荣国礼这个人。特别是他坐的车经过荣国礼身边,扬起的灰尘把荣国礼瘦弱的身影淹没了一小会儿后,他一下觉得,荣国礼并不是荣华副镇长褒扬的那个无所不能的江湖中人。

那么,荣国礼是个什么样的人物呢?

他觉得很有必要会会这只“蛙”。

在荣河镇境内的工程全部停下来后,杨奋强觉得,他得找出隐在背后的那个大江湖。谁是最大的江湖呢?如果荣国礼代表着荣河镇的小江湖,那他就从这位小江湖身上打开缺口吧。

作为当地特聘的民事员,荣国礼一直跟贺立淮打交道,杨奋强从话筒里听出来,接到他的电话,荣国礼多少有些意外,但并不惊慌。他仍是那副平静如水的腔调:“感谢杨经理高抬,敝人不才,未能让工程在荣河镇顺风顺水地进展下去,有负杨经理的栽培了。”对杨奋强请他“出来坐坐”的邀请,他停顿了一下,说:“难得杨经理百忙之中相邀,谢谢。国际·荣河不适合,我们找个清净的地方。”

“好,你在家里等,我跟贺经理去接你,地方你来定吧。”

“不用接,你们直接朝北大街走,我在路边等你们。”

荣国礼的家在镇子东北角的荣河大庄。

荣河镇是由荣河大庄和荣河小庄组成的,两个庄的中间由一条南北大街隔开,中间是东西走向的省道,变成街道的省道两边是商场、饭店、邮局、银行、工商所及政府机关,南北大街就成了一条老街了,各类门面房比比皆是,经营着小吃、点心、干货、中西药、米面、建材、牛羊肉等跟老百姓日常生活息息相关的商品,因此,南北街比东西街更有人间烟火味道。都是不急不慢走着的人,东家店看看,西家店瞅瞅,需要的就买一样,不需要的,就跟店家拉拉呱儿。

荣国礼在南北大街上不紧不慢地走着,杨奋强的车撵上他时,他摆摆手,让车跟着他朝北走。快到街的最北头了,都能望得见不远处的农田了,荣国礼才在街边的一家小吃店门前停住脚步。店名很好听,叫“出格羊肉”。店内非常干净,客人不多,荣国礼带大家上到二楼,在楼上找个雅间坐下。

荣国礼不喝酒,杨奋强就把菜单给他,让他点菜。荣国礼也不客气，凡是羊身上能做出来的菜，他都点了一样，不过，分量都很少。

等着上菜时，大家喝着茶，一时没找到话题。在荣河的饭局上，饭前的打牌炒地皮和饭桌上的酒，对杨奋强来说，早成习惯了，用酒盖着脸，把该说的不该说的全说出来，真真假假里，却含着彼此之间真正的较量。这会儿面对面地交换着眼光，杨奋强感到，他和荣国礼之间一片陌生。

荣国礼是一直作为荣华副镇长的代言人跟项目部打交道的，他的角色，就是切豆腐的那把刀，一刀下去，两边都要光，两边都不要得罪。他做得算很成功，既能帮项目部解决一些实际问题，也能给荣华副镇长一个交代。但从情感上来说，项目部跟荣国礼之间的感情是淡薄的。项目部既有分管民事的副经理贺立淮，也有民事员，没必要再花一份薪水找地方民事员，之所以出现这个情况，一是荣副镇长的安排，一是荣河镇的复杂民事使然。荣国礼的出现，能起个缓解作用。

或许感知到这份陌生气息，荣国礼不像平时那样端着，他刀削般的脸上有几分浅淡的笑意："我想，杨经理请我来，不仅仅是要和我一起吃饭吧？"

杨奋强见荣国礼这么直接，也不绕弯了，忙接话道："荣专家，我觉得荣华副镇长请你出来协助工程的民事工作，证明你在荣河镇是个办事服众的人。我想请教荣专家，你心目中的大江湖是个什么样子？昨天散会前你说的话，我听起来觉得别有深意。"

荣国礼微微一笑："杨经理果然心思细密，我那是把话撂给你，让你心中有数。其实也是实话，荣河的江湖的确很小，我不过是荣河的井底之蛙。"

"荣专家谦虚了。但你这么说，是不是工程陷入这种境地，是跟大江湖玩上了？"

荣国礼没有马上回答，他像喝咖啡那样精细地品着杯子里的茶，之后放下杯子，看着窗外的街道说："应当这样说，是大江湖跟你们玩上了。"

"我现在是一头雾水。坦白说，我做工程这些年，除了架线走杆子之外,民事工作也确实是我们工程中碰到最多的问题。我们处理这些事情不说是行家里手,也算是见过世面的。但是像荣河镇这么复杂多变的民事,还真从来没遇到过。请荣专家给在下指点一二。”

“我哪里是什么专家,”荣国礼自嘲地笑笑,用指头弹了弹杯子,“叫我老荣好了。我们能坐在一起吃饭、谈事,其实都是荣镇长的安排。我这个角色呢,并不是那么的重要,只是荣镇长的工作需要。我心里一清二楚。所以,也尽量把事情做得圆满,无论是项目部,还是荣镇长,两边都能有一定程度的满意度。但不知杨经理对我的工作能打多少分?”

奋强道:“说真的,开始我们还有些想法,你毕竟是荣镇长派来的。后来发现,你做事还是挺认真负责的,不说百分之百的满意,但我们确实无话可说。”

贺立淮适时地插了一句话:“老荣,我们俩在一起的时间多,我心里有数的。我挺佩服你这个老江湖,无论对群众,还是对工程,你的分寸都把握得很好很准。”

“或许是这样吧。所以,才有一个大江湖冲了出来,完成我这个小江湖做不了的事,你们也就有了新的麻烦。如果不介意,我占用杨经理一点时间,说说我自己。”

服务员陆续把菜上齐,退出房间后,荣国礼轻言慢语道:“我年轻的时候,犯过事,进去蹲了六年。我父亲是屠夫,专门杀牛的。有一回,我们买来的牛,在晚上被人牵走了,我就到附近集上的牛行里找,真的又遇见了那头牛。我对牛有种天然的记性,凡是被我见过的牛,再见时,立刻就能认出来。我摸了摸牛的牙齿,掀掀耳朵,看看眼睛,抠抠鼻孔,就知是我家被牵走的那头牛了。顺藤摸瓜,我就带着几个同伴,找着了偷牛的人。偷牛贼也是二十来岁,很凶很无赖,坚决不承认,还拿刀试着要动真格的。我当时年轻气盛,根本不怕他的刀,拉扯当中我把他的刀夺过来,扔一边去了。谁知跟我去的荣武拾起刀,就给了那人一家伙。虽然偷牛贼有错,但吃了我们一刀,公安还是要找我们的。我替荣武担了罪,承认那一刀是我捅的。偷牛贼挨刀废掉一条腿,我就被关了六年。出来后，我爸也不在了，我就去做了牛行的牛经纪。”

荣国礼平时说话只是三两句，一下说这么多，他不得不停下来喝口茶：“后来我胃里长个瘤，要做手术。刚当上副镇长的荣华就从民政部门帮我解决了手术费。我的胃全部切除了，到现在已经八年了。我感念荣华的相助，虽然他弟弟荣武的那一刀被我担着了，但荣武毕竟是为着我的事动别人刀子的。我谈不上多江湖，只是有几个朋友。为人处世按游戏规则办，加上我又是一个人吃饱全家不饿的户主，朋友有事了，也喜欢找我。”

听着荣国礼把自己的背景说出来，再看他时，杨奋强觉得荣国礼一点不江湖，不但不江湖，还显得很柔弱。看来，人被包装是多么重要。当初荣华副镇长把荣国礼请出来时，连他杨奋强都相信，荣国礼在江湖上一定牌子硬得不得了。他心里对荣国礼多了几分喜欢，就以茶代酒敬了荣国礼说：“原来你跟荣华副镇长是这种关系，难怪他凡事要找你出来。”

“他毕竟给我找着了救命钱，这个恩是不能忘记的。当然，我做事的分寸他是清楚的，所以，他放心。”荣国礼舀了一勺菜泡饭的汤，尝了尝，点头赞道：“这是羊骨老汤泡饭，味道十足。你们也尝尝？”大家伸勺盛了，果然味道不错。

荣国礼又开了腔：“我确是荣河镇的小蛙，坐井观天而已。这回大江湖要玩大点的牌，我才觉得自己很落伍。当然，我并没有高看他们的这种玩法，说真的，玩得太过火了，会惹火烧身的。”

尽管荣国礼接下来的讲述是和风细雨的，杨奋强听起来还是惊诧无比。他做梦都没想到，这个大江湖会被自己碰到。

围绕工程，做足文章，做足到什么程度呢？江湖老大亲自出马，承包了线路沿线农民的田地，承包期是三个月，承包费每亩地2000块钱，这种好事，哪个村民不接受？这是大江湖的第一步棋。第二步，是在承包的稻田地里投资盖楼、厂房、蔬菜大棚，才掀起了那股大兴土木过程当中空心砖奇缺和双倍涨价的怪潮，也带动了其他人跟在后面模仿索赔。第三步，就是等待赔偿，坐收暴利。

“原来如此!”目瞪口呆半天的贺立淮惊呼道,“这个江湖是谁?肯定不在荣河吗?”

“如果在荣河,那就是我。当然不是我,所以不在荣河。”荣国礼的口气又变成以往的平淡如水:“我的兄弟递话来说,可能是洛山城里的某位老大出手了,但老大出手只是护航保驾,这其中的资金投入另有其人。而荣河当地,也会有一个合作者,里应外合,三管齐下,才能造势,才有现在让你无从插手的局面。”

荣国礼慢慢品着羊骨老汤,杨奋强再无一点胃口,他捏紧拳头想朝什么地方砸一拳,最后还是砸在自己腿上:“老荣,能说得具体点吗?洛山市的哪位老大?在荣河撑他的人又是谁?”

荣国礼淡淡一笑:“我说的已经够多。具体是谁,不能乱猜的。以后他自然会出来。我今天愿意来,就是把想说又能说的话跟你们说出来。我这么做,是因为我心里佩服你们。当我听说工程经你们手要花掉上千万上亿的钱,而你们做经理的,拿的还是跟大家一样的工资时,我想不通了好久。如今做工程的,哪个不是赚得盆里锅里满满的?不仅仅因为你们是国家的人,做的是国家的事。现如今犯事的人也有不少是国家的人哪。在你们身上,我知道了,国家的人和国家的人并不都是一样的。因为心里佩服,所以就想给你们提个醒。江湖的事很复杂,弄不好就会出事,甚至出人命。现在你们要拆迁的不是普通百姓的房屋了,你们面对的是个‘海陆空’三方位的江湖,这段停工的线路,够你们忙活好一阵子了。”

饭毕,在饭店楼下,几个人握手告别。荣国礼沿着北大街朝南走了。

负责埋单的司机小帅从饭店出来,告诉杨奋强,总台收银员说,这顿饭算荣老板的,不需要埋单。这是荣国礼的饭店。

坐上车,赶往项目部。杨奋强陷入沉思当中。下一步,将会如何忙活这段停工的工程,如何破解那千奇百怪的赔偿,跟大江湖打交道呢?杨奋强不敢朝下想,一想就头疼了。

五

头疼归头疼，调查的工作还是悄悄开始了。

杨奋强从洛山回到项目部，接到求助电话的王大勇就赶到了。

杨奋强一边嘴里喊着“师傅……”一边就扑上来抱住师傅，一副跟以往做事风格一样的潇洒做派。

但王大勇还是看得出来，B标段的工程，把他宝贝徒弟纠结得够呛。三十多岁的人，鬓角居然有了星星白发。心里便涌起一股酸辛，握着奋强的手半天没放下。

杨奋强招呼司机小帅给王大勇泡茶，自己给王大勇点燃一颗烟，两人过了瘾后，杨奋强说起了工程上的事。

虽然荣国礼透露了一点信息，但调查下来还是令人触目惊心：这次牵涉的人员之广，面积之大，大大出乎杨奋强的意料。那一溜建在农民稻田地里的楼房，既有洛山市某部门领导的股份，也有几位黑社会老大的股份，这种强强联合，使得工程像赤脚走在耙齿上——寸步难行。

“师傅你说，现在这种情况，我们怎么办？是暂缓施工，还是去上级部门反映情况，以获得政府的支持？我一时没谱了。”杨奋强一脸真诚地看着王大勇。

王大勇挠了挠后脑勺，半晌才说：“先在别的标段立杆架线，这一块，暂且放下，静观其变。那些投资者，比我们还急，他们眼睁睁地要发一笔大财，我们越不动，他们越紧张，因为工程停止就说明我们不屈服，在想对策。我前段时间已跟省电力公司的相关领导汇报了此事。现在，省电力公司插手过问了。南北大动脉是咱们省‘861’最大的工程，省里非常重视，在明年迎峰度夏前全线贯通的决定不会更改。荣河属于洛山市，洛山市电力公司找了洛山市政府的相关领导，作了全面汇报，省政府也将派员到洛山市，过问此事。关于涉黑事件，全国都在打击。说不定，我们这个工程，也会挖出洛山市一批黑恶势力呢。”

“师傅，有你在后面支持，我心里就不慌了。说真的，第一眼看到那些楼房，我都晕菜了，以为做梦呢。这些年做工程，总梦到民事上跟人打斗，或倒杆了，或伤人了，总之做工程做得让人紧张了。”

王大勇拍拍杨奋强的肩：“放松点，我年轻时也这样。现在好了，做梦梦见的只有电线杆了，总是在山里走路，转来转去找不到出路，顺着铁塔找，就走出来了。哈哈。”

两人说笑了一阵，杨奋强觉得心情好了许多，叫食堂加个菜，他跟师傅好好喝一杯。王大勇摆摆手说：“不喝酒了。简单吃一点吧。中饭后，我们去 C 标段看看，听说那里事也不少呢。”

饭后，两人顾不上休息，就坐车前往 C 标段。行进不大会儿，进入山区。

大别山区山高林密，地形复杂，河流交错，深壑纵横，南北大动脉五十余公里在此通过，其中位置最险、施工难度最大的 39 基铁塔，将采用飞艇放线的方式，完成架线工程，现在浇基础立杆，又请来了广西的专业马帮前来援助，驮运沙石水泥和塔材上山。在山区里施工，许多立塔的地方都是无人区，虽然山头不大，但人迹罕至，山石陡峭，连飞鸟都很少飞上去，别说是人了，何况还要在上面立塔？

两人看着车窗外，毫无困意，杨奋强清清淡淡地说着这里的工程进展情况，不觉就到了 C 标段的住地。

这是一片乡镇企业废弃的厂房，大门口还挂着红漆脱落得面目模糊的工厂牌匾：“四季青涂料厂”。破旧的厂房被拾掇得像模像样，成了工人的临时住处，厂办室做了食堂。负责后勤的人员正在洗菜做饭，见两位领导来了，立刻烧茶送水招待。

贺立淮和许小涛到线路上去了。他们去的目的，是处理那基脚踏二省的铁塔，如何让睡在塔基础旁边阻拦施工立塔的村民，站起来回家去。

C 标段线路的浇基础和立塔架线工作，除了自然环境给工程带来的一系列难度以外，民事方面，一直较顺利，小而不言的事，一天半晌午就解决了。但这基牵涉到两省赔付标准不一的铁塔，却成了推进工程最大的障碍。杨奋强担心事情处理得是否顺利，就挂个电话给贺立淮。立淮声音很兴奋，说他们正往住地赶，事情处理好了，顺顺当当，没任何问题了，明天塔材就能运到位，可以着手立杆了。并叫他们在住地等候，一会儿他们就回来了。

一进“四季青涂料厂”大院，许小涛就快乐地叫道：“我亲师傅在哪儿呢？这大热的天，你舍得来啦？”

王大勇笑眯眯地迎出来，说：“看这样子，事情一定很顺了？”伸手跟贺立淮握手，又拍拍小涛的肩说，“感觉怎么样？”

许小涛说：“最大的感觉，姜还是老的辣！”

几个人进到屋里，电扇开到最大挡，还是扇不去一股股热浪。许小涛从饮水机里倒下半杯纯净水，一口气喝干了，才腾出精力说那基塔的事。

“昨天上午，贺经理带着面粉和猪肉，再次登门拜访。那家有个老奶奶，说话是淮河以北的口音，在咱江淮省算北方人了。之前贺经理去，都是带着糕点啥的，跟老奶奶拉家常。老奶奶说她不能干涉儿子的事，她是老人家了，老人家只能在家吃闲饭，不能给儿孙带来麻烦了。这一回，贺经理一进门，不说工程的事，说要包顿饺子给老奶奶吃。就现场剁馅、和面、擀皮，真给老奶奶包了一桌面的饺子出来。在中午吃饺子时，老奶奶哭了。派人把儿子喊过来，一顿臭骂。”

原来，这奶奶真是淮河北的人，年轻时淮河北发大水，逃荒到这里，找户人家就安家了。她的老公在世时当过几十年生产队队长，为人很正直，口碑不错。没想到这次儿子听从别人撺掇，睡在地里要赔偿费。老奶奶喜欢吃饺子，但这里的人都是吃大米的，也没人想起来包给她吃。贺经理就是心细，一顿饺子把事情解决了。

听完许小涛的讲解，几个人哈哈大笑。王大勇说：“这可是立淮的软刀子呀。立淮，你可记得那一年做省里东西通道时，有户人家不叫立塔，说是铁塔正对着他家大门，坏了他家风水了，结果怎样？你天天帮他浇菜园，浇得那个当家男人双脚跳起来说：‘全庄人都看着你给我浇菜园，算个啥事？’其实就是想借机要点赔偿，什么风水不风水的。”

杨奋强说："立淮的点子就是多，饺子包得这样好，我怎么不知道？"

贺立淮说："我还会叠烙菜馍呢，都是我岳母教我的。这些手艺在民事调解中都能派上用场呢。"

小涛说："等工程完工，贺经理也给我们包顿饺子吃呗。"

贺立淮说："没话说，到时一起去我家吃饺子宴。"

王大勇说："你们光知道立淮他有以柔克刚的一面，殊不知，他耍起泼来，也叫人招架不住呢。还是省东西通道的工程，我们碰到一个干部家庭不给放线，说是赔偿吃亏了，毁他庄稼太多了，其实就是想多赖些钱。可气的是，那个家里都是村干部，老头是老村长，儿子是现任村长，女儿出嫁没离村是妇女主任，找个女婿是会计。我们放了半个月的线，白天放好，晚上村长再派村民再给扯回来，如此反复。立淮去他家里做工作，一家人待理不理的。那天电线放好后，立淮抱了一堆酒瓶子到他家，在他家院子里把酒瓶子全部摔碎了说，如果晚上再有人把放好的电线扯回来，他就连夜摔烂一千个酒瓶子，把瓶渣子全部撒进他家田里，哪块田是他家的，他已经查得一清二楚，从此他家的人也好牛也好，都不能下田，一下田就扎脚，他说到做到。他反正是个放线工，不怕一个干部之家。这一招还真灵，晚上线路再没人敢扯回来，那件事就不了了之了。"

小涛高呼一声："阿服了油。"

"什么话？"王大勇笑道。

"我服了贺经理啦。贺经理，你什么时候教教我，让我水来土掩兵来将挡百战百胜！"

立淮笑道："你亲师傅的点子更多呢，我跟他比，不过小巫见大巫。"

不觉就到吃晚饭时候了。工地上的工人在天黑透才回住地。一辆帆布篷汽车，是接送工人的专车，往往要凌晨四点多就得起床，吃饭、出发。天亮前，所有工人要到达工作点。这辆车还兼负运送中饭的任务。回来吃饭的工人，带来了一个不愉快的消息：组立塔工作被一棵“神树”挡住了。

第二天凌晨四点，吃过早饭，王大勇、杨奋强、贺立淮、许小涛、宋黎明等几位项目部领导，跟工人一道坐着帆布篷汽车出发了。一来是检查线路施工情况，二来要处理那棵“神树”的事。

山路弯弯，云遮雾罩，如梦如幻。黎明前的山区，寂静得连鸟儿都在睡梦中。每到一个工作点，就下来两三名工人，再没有车行路，工人到达立塔的地方完全靠步行。因为天色未明，工人的身影瞬间消失，仿佛融化在一场梦境里面。

每目送一次工人消失在林雾之中，杨奋强心里就涌起一番感动。这样的场景，在这些年的立杆架线生涯中，不知出现了多少次，每一次，仍像最初那样令人感动。

杨奋强感动之余，想到了自己的家乡。在离他数百里路的江南山区，童年放牛的岁月里，杨奋强骑在牛背上，眺望田野四周的青山，想象着山外的世界。现在他靠自己的努力走出了大山，但是成家后这些年来，他生活在省城的时间，掐着指头都能算出来。大部分时间都在工程现场。如果不是三十岁那年，打报告回来完成“封山造林”任务，在省送电分公司后勤处待了半年，他从未在省城一口气待够六个月以上的时间。爱人怀孕三个月后，他接到任务又去三亚做工程去了。回来时，女儿都蹒跚学步了。这就是送变电人，四海为家，背井离乡，跟亲人聚少离多……

杨奋强收回目送工人的眼光，看着车前的山路。

天渐渐亮了，山路两边的景象清晰起来，劈面而过的山石，枝叶翠绿的林木，仿佛抚摩着他汗津津的前额，给他无声的问候，就像当年妈妈的手，在擦拭他放学回家时一头一脸的汗。他一下想到爸爸妈妈了。多少日子没去看过他们了，无论是省城自己的小家，还是山里的老家，他都一块儿忽视了。

太阳穿透山林，照着清新的山间小路。新的一天开始了。这一天，马帮将驮运最险处的那基塔材上去。这一天，要处理有关“神树”的事。一切会顺风顺水吗？

一去千万里

YIQU QIANWANLI

第六章

满天天的星星一颗颗明

有两颗颗最明就是咱二人

你在圪梁梁上哥哥我在那沟

看中了哥哥你就招一招手……

——山西民歌

一

在297号组立塔工作现场,王大勇遇到了项目部请来的广西马帮。马帮的头头是个四十多岁的汉子,精明能干,笑容可掬,一看就是当家的主儿。

果然,他们这个马帮组合,其实都是家里的人:妹妹妹夫,他和老婆,弟弟和弟媳妇,一共有十人二十二匹骡子,四匹马。虽然称之为马帮,但马帮里马很少,都是骡子在干活。骡子是马帮的主力军,因为骡子比马更适宜干活。

297号铁塔重达四十吨,在王大勇组立过的铁塔中,并不算重,但这基塔所处的位置,却非常险峻。

这是三座相连的山中间最小的山峰,难点在于这个山从没人上去过,没有路可走。马帮最大可能是把塔材运送到离立塔处一百五十米的地方,就不能再前进了。前面的路太陡了,或者说,前面没有路了,是一块斜立的岩石。之前的浇基础,马帮也只把搅拌好的石子沙子水泥运到这里,通过滑轮送上去作业的。而眼下的塔材,要比水泥沙子重多了,最重的塔材有好几百公斤,十几米长,是滑轮解决不了的。至于别的施工机械,更不用想了,哪种机械也到不了山顶。唯一的办法,最后的那一百五十米,要靠人抬着上,在石壁上凿上洞,成螺丝状走向,人慢慢扛着塔材朝上运。这个方案昨天杨奋强就跟王大勇说了,但看到施工现场,王大勇觉得难度比他想象的要大得多。

一切准备就绪,马帮出发了。

这个位置处于半山腰,车辆一直把塔材运送到这里才止步的。现在，就看马帮的了。从半山腰到小山顶的直线距离，不过四五百米，但要上到卸塔材的地方，得绕着山路走上五六里路，怪不得有“看山跑死马”之说。

王大勇要跟在马帮的后面朝上走，许小涛坚决反对。王大勇故作生气道：“你太小瞧你亲师傅了，我又不扛塔材上去，就是空手走路。怎么，我是龙钟老头了？这样的路，我走得多啦。”

小涛拗不过他，只能紧紧相随。

这里的山路真是没有人迹，一看脚下的石头和草就明白。山路很陡，七棱八扭的石头，胡乱地躺在脚下，一不小心，碰着块石头就会滚得远远的，或者把人滑倒。横七竖八的树木，不用手拨拉着树枝子，就别想走过去。走这样的路，有如履薄冰的感觉。

许小涛一步不落地紧跟着王大勇，听着骡子脖上的铃声叮叮当当响着，叭叭叭马蹄践踏石头的声音，就像某种打击乐。小涛愣了一下神，他想起了方诗雨晒台上风铃的声音，有点像马踏石子，悠远而沧桑。

脚下一滑，小涛身子趔趄了一下，碰着了身边的树枝。听到动静，王大勇警觉地回头看一下，问道：“没事吧小涛。”

小涛心虚地笑了笑：“没事，刚才分神了。”

“那可不能。走这种路，要专心才对。”

小涛再不敢胡思乱想，只盯着脚下的石头，以免滑倒。

五六里山路跟平常的路没法比，马帮一共歇了三次，才走到规定的地方，把塔材卸下来。那里等候着朝上抬塔材的当地民工。这批年轻的山里人，精神头十足。许小涛小声跟王大勇做着介绍：“这些山里人，行走山路如平地，就是攀爬岩石，也跟走大路差不多。不比我们平原上的人，一到山里，手脚就不敢动弹了。”

王大勇跟民工握手问好，嘱咐他们一定要小心行事。那截三百多公斤重，长十多米的塔材，由十四个民工抬着朝上走。民工们走在请当地石匠现开凿出来的陡直的台阶上，因为抬着重物，走得小心翼翼，甚至在许小涛看来，他们走得也提心吊胆。特别是拐弯处，大家更是小心谨慎。其中一位年龄稍大者，用当地方言指挥着抬塔材，每到拐弯处，他就大吼一声，往往是后面的人先不动，前面的人拐弯后，再一点一点将塔材往上挪动，等到前面的人站稳用上力后，后面的人再慢慢前移。这种精密的配合，看得许小涛口服心服。他想到了团队精神。这些民工不会解说团队精神是个什么概念，但他们已经成功地做出来了。

这期间，许小涛的对讲机响了几次，是山半腰的工作场问这边的情况，最后一个是杨奋强在联络他。杨奋强跟贺立淮处理神树去了。王大勇接过对讲机，问他们神树的情况怎么样了。

“不容乐观，我正想别的办法。这个老头非常倔，说这棵神树保佑着他们全家。现在，他儿子在县里当上局长了，儿媳妇也当上宣传部的部长了，都是神树保佑的。他说昨天晚上还做梦梦见祖宗叮嘱他，一定把神树看好了，千万不能砍掉。”

王大勇笑道：“他家里都出官人了，这老头还这么迷信。说服不了？”

“一点松动都没有。林业部门都批示了，他这里就不行。现在见到我们，就拿扫把朝外撵。拿老人家一点办法都没有。”

趁抬塔材的人下来抬第二批，王大勇沿着石阶朝山顶走。许小涛要跟着，被他拦下了：“小涛，你不用对我太小心，我没老到那个程度，说不定，我能上的地方，你不一定上得去。”王大勇说得没错，这个陡峭的山石，许小涛上来一次就腿软了。太陡了，没处爬没地拽的，稍不留神，就会掉下去。这可不是风景区的山路，这是无人区。

站在山顶上看浇好的基础，王大勇感叹了一番。在岩山上挖洞浇基础，对他来说一点不陌生，年轻时刚上班，就在江南山里浇基础架线，可没少爬山越岭。这一生啊，就这样在山山水水中间走过去了，真快啊！

王大勇和许小涛要往山下吃饭，这边的民工也带了干粮，坐在山石间吃起来。王大勇招呼他们一定要小心，塔材是个金贵物，不能碰着了，他们更是金贵物，也不能有个闪失。

这些淳朴的山民笑了起来，说，他们一点也不金贵，塔材才金贵。就算他们跌倒了，也不能把塔材摔坏了。一阵嘻嘻哈哈的笑声，一直追撵着王大勇下到山下。王大勇被民工的笑声感染了，直到跟杨奋强会了面，他还一脸喜气。

大篷汽车开了过来，饭菜送来了。一人一份，大号搪瓷缸里一半是米饭一半是菜，扣得严严实实，放在大得能钻进几个人的塑料泡沫箱里，运到工地还热腾腾的。几个人蹲着吃饭，贺立淮边吃边回忆当年他在山里做工程，见饭煮熟了，一时找不见碗，就摘下安全帽当碗盛饭吃，仍然吃得又香又甜。

"可是真的?"许小涛以为他是开玩笑。

"当然是真的，你问问老送变电人，哪个没用安全帽盛过米饭?"

贺立淮闪动着眼珠笑道，"一人捧只安全帽，围着一盆菜，吃得那个香啊。吃完了，把安全帽的米粒找干净吃下去，朝头上一戴，就上杆子架线了。"

吃饭的工人都跟着哄笑起来，许小涛笑得差点噎住了。

正说笑间，许小涛的对讲机叫了起来，是协助民工的施工队员呼叫他："许经理，不好了，有个民工摔下石壁了，正卡在一棵松树间，眼看就要掉下悬崖了，快想办法救他!"

小涛咣当扔下缸子，脸都变色了："不好，抬塔材的一位民工掉悬崖下，被松树卡住了。"

杨奋强立刻对正掉头的大篷汽车喊："停下来，等会儿送伤员!"一边赶紧叫工人拿双保险安全带和尼龙绳。一帮人放下碗筷，就朝山上跑。

杨奋强跑了几步硬生生站下来，一脸焦虑地说："师傅，你就别去了，在山下看着场子，叫我少操点心。"他满是心疼的眼神，止住了王大勇上山的脚步。大勇听见自己的心忽然响了一下：奋强真的成熟了。

坠崖的民工卡在离山顶五六十米的地方，下面就是悬崖，一棵稚嫩的歪脖子松树刚好把他卡住。民工手臂淌着血，脸上也有，看样子，伤势不重。一位民工向杨奋强报告说，被卡的民工是空着手下山时滑下去的，要是抬着塔材滑倒，真麻烦了，会带下去好多人。

杨奋强边朝被卡民工喊话，鼓励他坚持下去，一边叫工人把尼龙绳一头拴在铁塔地脚螺栓上，一头系在双保险带上。两根尼龙绳，两个保险带，一个被杨奋强套在身上，一个拎在他手里。贺立淮一把挡住杨奋强："你不能下去，让我来。"

宋黎明也争着夺保险带。围着的民工你看看我，我看看你，不敢伸手来抢。那位年岁略长的民工头站起来说："杨经理，让我试试看。"

奋强说："不，还是我来吧。我也是山里长大的娃，所以对越岭攀岩这样的活是有经验的。这样的营救，不仅要有攀岩的技术，还要有高空作业的经验。立淮、黎明，你们也别跟我争，我也是卡线工出身，没事的。"

这边贺立淮就全力指挥着让大家把尼龙绳缠在腰里，让每个工人都成了地脚螺栓那样的强力保险，奋强摸着石壁慢慢爬到被卡民工身边，以他的原意，要第一时间让民工搂紧他的腰，他给民工穿上保险带，但民工可能受到惊吓，浑身哆嗦，抱住松树的手一点不愿分开，而那棵松树已歪斜了身子，随时会断裂。奋强让人再朝下放尼龙绳，他来到松树下方，抱着松树和民工，硬是一点点给民工穿上保险带。

民工得救了。杨奋强也被人拉了上来。指头在冒血，估计是被石头或松树划的。杨奋强掏出一条手帕，把手缠上，见宋黎明看他，咧嘴一笑："老婆放在我口袋里应急的。"

受伤的民工被抬下来了，立刻朝大篷汽车上送。这边留下贺立淮在工地，王大勇、杨奋强、许小涛、宋黎明都坐上车去了最近的县人民医院。好在民工伤得不重，擦破了皮，流血不多，又是山里娃，经得起摔打。

总算没有大碍，先在医院住下来观察几天吧。奋强叫两名工人留下陪夜，又让医院安排了一名男护工。

一切安排就绪，一行人走出医院。小帅开车过来接他们。上到车上，王大勇说："奋强，你现在处变不惊，处理事情分寸得当，关键时刻又能挺身而出，好样的，娃儿。"

奋强咧嘴一笑:"为了表扬大宝师傅对项目部和我的肯定,我现在决定,晚餐请大宝师傅去吃羊肉烩面,怎么样?"

许小涛带头鼓掌说:"你总算想起我们的肚皮了,我都快饿瘪了。宋师傅饿不饿?我亲师傅可能都饿过了,是不是?"

晚餐后,杨奋强让小帅开车绕道,去小山村看那棵神树。山村很安静,稀疏的灯火,昭示着山村人烟的稀少。在村头小石桥边,杨奋强指着村前方山坳里模糊的影像说:"神树就在那里。"

夜色中,神树是模糊的,直立的铁塔也是模糊的,只有那座大山,像一位宽厚仁慈的长者,岿然不动,却分明感知到它散发出的浓烈的生机。几个人对着大山默默地伫立一会儿,蚊虫多得让他们招架不住,只好钻进车里离去了。

王大勇平躺着,一时不能入睡。刚才夜色中山体的轮廓,一下触摸到他心灵深处少为人知的那根弦。年轻的时候,在江南的山里,他不知多少次这样凝望大山,然后又离开大山。那段岁月像山洪一样朝他扑来,把他淹没。如果杜鹃还活着,他的生活又是什么样子?如果没有杜鹃,他跟张秀玲生活在一起,是否会有个像许小涛这样的儿子?

王大勇翻了个身,听着墙根边的虫子叫得正起劲,睡意更淡薄下来。

门被轻轻叩响,接着是杨奋强低低的问候:"师傅,睡了吗?"

王大勇立刻爬起身:"奋强啊,有事?"

奋强进来,笑道:"看来大宝跟我一样有心事啊。"

王大勇说:"怎么?还是神树的事?"

"知我者,师傅也。我心里被一个不光彩的念头纠缠着,缠到最后,我觉得还是跟师傅坦白比较好。"

听着杨奋强真真假假的话,王大勇明白,他有事要跟自己说了。就摸了烟递过去,也不拉灯,两人吸着烟,听杨奋强讲他那"不光彩"的念头。

"那个倔老头,把我逼急了,真的逼得我黔驴技穷了。他不叫挪树,我杆子在哪里组立?于是,我想到了小时候,我们村两家人之间的较量，也是关于争夺一棵树的事。那棵树最后不明不白地死去了，谁也没有得到手。”

说到这，把话停下来，弹了弹烟灰。王大勇并不插话，一直吸着烟。

“我决定，也让这棵神树不明不白地死去。我先立别的塔，等这棵树死去了，我再来组立这基塔。刚才看着黑黝黝的山体，我感到大自然的神秘力量，一下觉得自己很龌龊。”

“你要让树怎么死？”王大勇轻声问。

“不明不白地死……我羞于启齿师傅，我想利用晚上时间，派人偷偷给树根浇硫酸……”

“这样下三烂的事也亏你想得出来？”

“师傅骂骂我，我就好受些了。这个念头一出现，我先把自己骂过十几遍了。骂了还是不行，还是闹得自己难受，这不就只得向你坦白了。我只是让魔鬼在心里蹦跶了一下，没让它走出来。你看，没酿成大错对不对？我这都是叫B标段给搞垮了，要是年轻几岁，我说不定就已经去给树浇硫酸了，说不定树快死掉了……原谅我，师傅。现在，全部说出来，我安心了。”

王大勇半晌没说话。黑暗中，杨奋强看不清他的表情，但那明明灭灭的烟火，告诉他王大勇内心在纠结不停。

“我给光明打电话，本来我是不想麻烦她的。看来现在这个事，只能找找她了。”王大勇掐灭烟火说。

“光明是谁？”杨奋强很好奇。

“这是一个老故事了。”王大勇的口气很淡。

二

那个时候，宋黎明还是一名普通送电工。

那也是王大勇当施工队长后第一次出省架线。

他们架线的地方，在中国云贵高原的深山密林之中。在那种地方立塔架线，王大勇跟当地山民学会识别许多种中草药，被虫咬蛇伤的药就有好几种。其中有一种被当地人称为“毛辣辣”的毒虫，只要挨了人的皮肤，立刻就红肿不消，不久溃烂化脓，因此，送电工最怕的不是毒蛇，反而是毛辣辣。毒蛇能做到人不犯我，我不犯人，毛辣辣可没这份理性，它对人的皮肤有种天然的亲和力，老远闻到就从树枝上下来，扑通一下就趴你身上了。它最初侵犯的地方是人的脖子，因为脖子露在外面，传递出来的人体的香味让毛辣辣兴奋无比，往往你觉得脖子发痒时，毛辣辣已经在你的身体上睡了一觉了。

宋黎明被毛辣辣叮咬的那一次，非常厉害，脖子肿得饭都吃不下了。王大勇只得让他在房东家休养，让房东想法子帮他治伤。

其实宋黎明发觉毛辣辣叮他时，他正爬水泥杆子。是那种老式的踏板，每挪一次脚，都要把踏板顺着线杆朝上挪一下，很小心才行。宋黎明背着工具袋，双手抱杆，没空腾出手给自己拍掉毒虫，只得让它咬着。等爬到杆子上，把自己固定好，他才把虫子赶跑。但脖子已经火辣辣疼得难受，头晕目眩。他坚持着做完卡线工作，下来后，人就倒在地上了。

王大勇当场找到一把草药，嚼成汁涂在伤口上，然后跟着另一名送电工，把他背回房东家。架线的地方离房东家有段距离，又都是山路。两人轮流来背，才把他送到。

大山深处的这家房东，是王大勇见过的最贫穷的人家了。

那时候，大山之外的地方，已经改革开放了，大家的日子渐渐好起来。而这里，还像原始森林一样闭塞。房子就是用石头和毛竹胡乱搭建的茅窝窝，没有窗子，屋里杂乱无章，黑乎乎的锅台，黑乎乎的被子，高低不平的床铺。房子背靠山壁，前面一片空地很大，所以房子虽然破得不成样子，面积倒是不小。施工队把窝安在这里，就是相中了这屋子的面积，还有一片没有围墙的空地。

房东姓娄，是个面善的男人。从他身边围着的几个孩子来看，他可能不超过四十岁。但苍老的样子就像山道边的那株老松树，粗糙得扎手。大家喊房东老娄。老娄家没有女主人，在他身边的就是几个孩子：三个男孩，一个女孩。入住几天，大家就明白了，老娄的三个男孩，最大的十八岁了，最小的十四岁，全都是傻子。唯有最小的女孩子，虽然穿得脏兮兮的，但智商肯定是正常人。因为她很害羞，远远地躲着男人，虽然是个十一二岁的小丫头，懂事的样子已经显出来了。

老娄对架线工住在家里，表现得非常乐意，用半天时间，就把其中的两大间放柴草的房子腾了出来，又腾出一大间放杂物的小屋，给送电队做厨房。大家都带了被子和床，所以老娄很高兴，之前他一直担心从哪里弄床和被子给大家睡觉。

混得熟稔了些，老娄吃力地把当地难懂的方言换成跟普通话接近的语言，告诉大家他老婆上山摘菌子时，掉下来摔死了。他老婆是他亲姑姑的女儿，这一片的山里人，大部分都是近亲结婚。所以他们家有了三个傻儿子。"就小妹一个好的，"老娄欣慰地看着正在烧火的小妹，"但她也没办法走出这座大山哪。"

见宋黎明被人背着下来了，老娄连忙放下手里的活，看宋黎明的伤。看到被虫叮的时间太长，而且毒汁吸收太多，他一下慌了手脚，冲最大的傻儿子大吼一声，傻小子飞快地跑走了。不一会儿，傻小子领着一个胡子全白的老人过来。老娄跟老人说着当地方言，然后老人就从药包里掏出一些草药，让老娄去厨房熬药，他就动手给宋黎明的脖子放脓。等老娄药熬好，白胡子老人一边朝宋黎明嘴里喂药水，一边用药水给他擦洗。

不一会儿，黎明就觉得精神来了，坐了起来，看着周围的人说："我刚才睡着了吧？"

老娄告诉大家，宋黎明肯定是被一只怀孕的母虫咬了，母虫怀孕后，就会分泌出一种催眠素，被咬的人，如果不及时救治，是很危险的。三只母虫身上的毒素，就能让人长睡不醒。所以有的人家，生的傻孩子太多，就去山里找大肚子的毛辣辣虫，让毛辣辣咬傻孩子，傻孩子就一睡不醒了。老娄说这话时，慈爱地看着他面前跑着玩的三个傻孩子，欣慰地说："我三个男伢，很听话，知道干活。我会把他们教会干活的，让他们能养活自己。"

经过那次事情后，王大勇宋黎明他们，跟老娄家更加亲了几分，有时就叫过几个孩子一起吃饭。特别是他们好不容易去了趟山外的小卖店，买来一些肉和菜后，就多做出来一些，给房东一家人吃。小妹一直不肯上桌吃饭，回回都是老娄把碗端给她，让丫头躲进屋里吃。有时司务长忙不过来，老娄就帮着烧水，把最好的柴火拿过来给大家用。他看着大伙儿披星戴月带着干粮跋山涉水，回来时一路说笑快快乐乐，就竖起大拇指夸大家个个是条好汉子。

老娄也喜欢跟大家拉家常，问一些家长里短，知道了宋黎明是中原大地的农家孩子，是送变电的合同制架线工人，二十岁了，还是单身汉。也知道架线工大部分都是单身汉。架线工找老婆，就像大年五更出月亮——太难了。

王大勇跟老娄的共同语言不少，特别是说到中草药。因为王大勇常年在山里待着。“山跟山不管长在哪里，都是亲的。山里娃不管走在哪里，都是亲的。”老娄念一段当地的山歌词给王大勇听，等于说王大勇也是他们山里人的亲人了。

在工程接近尾声的时候，老娄约王大勇一起走到山里面，采了许多草药要王大勇带着，有些是滋补类的中药。然后，老娄站住脚，真诚地看着王大勇说：“王队长，请你把小妹带出山吧。”

王大勇以为自己听错了，看着老娄的眼睛，想知道老娄的话是真是假。

看出王大勇的疑虑，老娄又说了一遍：“把小妹带出山吧，我要把小妹送给宋黎明当老婆。”

这下，王大勇全听清楚了。“你真的这么想，老娄？可是宋黎明……他……他知道吗？”

“他应当没问题。不过，我还没问他。你是队长，你当家。”

王大勇笑道：“让小妹当老婆，跟做工程不一样，宋黎明可以不听我的……小妹真不错。就是小妹还是个小孩子，怎么能当老婆？”

“没问题呀，小妹会长大呀。”老娄突然双膝跪在山石路上：“我知道，这事儿不好办，你一定想想办法，让小妹走出大山。你看看我们这个家，小妹有什么出路哇。这事儿我跟小妹说过了，她愿意嫁给宋大哥。余下的事，就靠你了。”

王大勇没想到老娄要跪下来，立刻上前搀扶起来，说：“我先跟黎明沟通一下，真的两厢情愿，我会想办法促成这事。”

宋黎明确实很喜欢小妹，但从未想过要把她带出大山当老婆，虽然架线工找老婆不容易，他毕竟才 20 岁，不可能想过要把贵州山里的一个小丫头养大了当自己老婆。王大勇说：“只要你真心喜欢她，我就帮你想办法，小妹过几年就长大了。”宋黎明还真的同意了。

把小妹带出大山那件事，确实费了很大的工夫。因为小妹是未成年人，不能当作宋黎明的老婆带出来。就以收养的名义把小妹带出来了。王大勇专门跟当地政府和妇联进行了沟通，写了介绍信，证明收养关系，才把小妹的户口迁移出来。

工程队离开时，老娄送了一程又一程，一路上泪水不干。

王大勇看着那片破旧的茅屋，看着跟在老娄身后的三个白痴男孩，心里如箭穿过特别刺痛。小妹是这个家里唯一的健全孩子，却被他带出山外来了。老娄未来的日子，要靠谁呢？可老娄一片舐犊之情，谁又能不理解啊。

终于走到山下了，工程队的车辆等在那里，老娄只好止步。小妹跑过去抱着老娄放声大哭。三个白痴哥哥，却乐哈哈地笑着，伸出袖子给小妹擦眼泪，口齿不清地说：“妹妹不哭，妹妹不哭。”

所有架线工的眼睛都湿了。这个场景也永远定格在王大勇的脑海里，永不会消失。大家把口袋里所有的钱都掏出来，放到老娄的手里，叫他好好养活几个孩子。

回到公司后，王大勇陪着宋黎明，一起把小妹送回宋黎明的老家，户口关系也在当地派出所落实下来。

依着宋家两位老人的想法，他们把小妹先当女儿养，让她在家干农活，等到了成婚年龄，再跟宋黎明成亲。黎明却坚决要小妹念书，一切由他来供养。

12 岁的女娃子，从小学一年级开始念，又是个外乡人，在当地成为新闻。而围绕小妹不断发生的新闻,一直到小妹考上中专学校为止。

小妹念书实在太聪明了,一年级念了一学期,就跳到二年级,二年级期终考试时,她把三年级的试卷拿来做了满分,直接上四年级。然后跳级到五年级。升入初中后,从初一下学期直接跳到初三。18 岁那年,就考上了位于省城的滨湖卫生学校。

在小妹念书的那些年,王大勇就一直跟宋黎明平均分担着小妹的学费和生活费,直至她参加了工作,这种资助才停止。小妹在老家时没有学名,上小学时她便给自己取名叫宋光明。这个名字一直叫到现在。

宋黎明也很发奋,经过考试,获得专业资格证书,不久就转成国家正式职工了。

送电分公司的架线工,常年在外工作,大家对宋黎明在贵州拣个妹妹的事不太清楚,只知道他有个漂亮妹妹在省城滨湖市念中专。只要宋黎明在公司,漂亮妹妹就会到公司来看他。宋光明毕业后,没有回到宋黎明的老家工作,也没有留在滨湖市,而是去了离省城二百多里远的江北县医院工作。跟她同去那家医院的,还有她一个同学。她同学是个男生,土生土长的江北县人。

宋黎明之前见过那个男同学。宋光明看哥哥时,带他来玩过。那是个无论从长相还是举止上,都远远超过宋黎明的家伙:白净的面孔,戴副金丝边眼镜,手指细长,指甲修剪得非常整齐,和施工队副队长宋黎明站一起,宋黎明一下就被比下去了——本来就年长八岁,又长年野外作业,粗黑的面孔,粗糙的双手,看起来比实际年龄还要大许多。

宋光明临去江北县工作前,跟那个男同学一起,把哥哥约了出来。

“一生一世,你都是我的亲哥哥。”宋光明像小时候被人欺负时那样,趴在宋黎明的腿上哭得抬不起头来。

宋黎明低头看着妹妹娇弱的身躯,心里痛得揪成一团。如果说,当年答应老娄带小妹出山还是一份承诺和善良,但是在后来的日子里,黎明是深深爱上了小妹,爱她的聪明,爱她的上进,爱她出落得越来越漂亮。随着小妹的长大,他的心越来越慌,渐渐地有了一种预感。

这一天，终于到来了。这可能就是命吧。

他拍了拍宋光明的脑袋瓜说："小妹，哭啥呢，哥真心为你高兴呢，你放心，哥永远是你的哥。小俞，你可不能欺负我妹。"

小俞是宋光明的男同学。那个漂亮的男生拼命点了点头，泪水夺眶而出。

"要挪走神树，只能找宋光明了。"

王大勇从老故事里抬起头，深深地呼吸了一口新鲜空气，"宋光明就在这个县里工作，已经是县委宣传部的二把手了。"

宋光明一直保持着跟王大勇的联系，结婚、生子、工作变动，她都告诉王大勇。但是宋黎明却极少联系她。开初那些年，她还回家看望过宋黎明的爸爸妈妈，但两位老人坚决不要她再回去看他们，以免乡亲们笑话——两位老人为了宋家的面子，也为了宋黎明的面子，放出话说宋光明长大懂事后，又被老家的人找回去了。宋黎明虽然是个明理的人，但基于父母对宋光明的态度，他也跟妹妹走动得少了。除了结婚的时候他背着父母去参加了妹妹的婚礼——在江北县人的眼里，宋黎明就是宋光明的哥哥。但宋光明的老公除外，他承诺了一生一世对宋光明好，并不代表他喜欢老婆跟差点成了老公的"哥哥"来往，特别是宋黎明一直没有成家。久而久之，宋氏兄妹之间几乎没怎么走动了。

宋光明之所以保持跟王大勇的联系，既是对王大勇把她带出深山并资助她念书的回报，也是对哥哥的一份牵挂和愧疚吧。

杨奋强第一次听到宋黎明有这等故事，一时愣住了。王大勇接着说："真不想打搅宋光明。特别是宋黎明也在这里施工。无论如何，宋光明都是黎明心中抹不掉的伤痕。有机会，我得给黎明找一个老婆，我欠他一个老婆。"

深夜里的蛙声和虫鸣非常杂闹，将"四季青涂料厂"的院子围得密不透风。尽管如此，杨奋强觉得一点都不憋闷，他期待着明天的到来。

等到和宋光明一沟通，真是无巧不成书，杨奋强一心一意要挪移的"神树"，居然就是宋光明婆婆家的树。宋光明的老公、那位小俞同学的爸爸，就是那个坚守"神树"的执拗老头，他一门心思守着"神树"的理由是，一个算命先生告诉他，他儿子当了招商局的局长，儿媳当了宣传部的副部长，都拜这棵"神树"所赐。

当即，宋副部长就联系了县林业局的专家，没花项目部的一分钱，就把神树挪到合适的位置重新栽种了。费心劳神的一件大事就这么轻飘飘地落地了。

晚上，宋光明家宴请了王大勇、杨奋强和司机小帅。陪同的有她老公、江北县招商局局长俞圣西。那一餐饭吃得很家常，优雅美丽的宋光明眼圈红了数次，听说宋黎明是南北大动脉洛黄段项目总工，脸上露出欣慰的笑容。"你得帮我哥找个对象啊，王队长。"宋光明笑吟吟地看了俞局长一眼说，"你不能老是看着我哥一个人啊。"

王大勇说："你放心吧，黎明现在的身份可是钻石级的，找他的多，他相中的少，我是得给他好好参谋参谋。"

俞局长说："光明啊，王经理既是省公司的专家，还是省送电分公司的副经理，你怎么还管人家叫队长呢？"

宋光明明显带着撒娇的口吻说："我就是叫他王队长，他是我心目中永远的王队长。"

夜晚的天空，星河灿烂。站在"四季青涂料厂"院门口，杨奋强望着璀璨的星空，叹息道："我说师傅啊，咱那个 B 标段，你可能找着像宋光明这样的亲戚啊？找着了，咱也不费吹灰之力，把那些稻田里的楼房统统扒掉，好继续做工程啊。"

王大勇说："车到山前必有路。你放心，那些楼房不可能一辈子长在稻田里，它们会在不长的时间内，全部成为瓦砾！"

三

这已经是 2008 年的 1 月了。

1 月 30 日对杨奋强来说，是个值得纪念的日子。这一天，南北大动脉洛黄线 B 标段终于恢复建设。省政府派出的以政府副秘书长为首的督查组,经与相关部门联合,终于挖出盘踞在洛山市的一股黑恶团伙,其中牵涉到黑网吧、地下赌场、高利贷、制假窝点及改装销售被盗汽车等,B标段的那些“忽如一夜春风吹,千间万间楼房起”的现象,的确是黑恶团伙的一项守株待兔的巨大投资。可叹的是,荣华副镇长果真是洛山的“大江湖”在荣河设置的一个卒,为着那一笔数目可观、已成泡影的分成,他结束了副镇长的漫长生涯,提前回家等着抱孙子了。

随着黑恶势力被铲除,那些简易楼房就如王大勇之前所言,顷刻间土崩瓦解。杨奋强对南北大动脉于迎峰度夏前的5月20日全线贯通,充满信心。

杨奋强之所以记住了1月30这个日子,除了B标段在这一天恢复建设外,这一天还是个小年。在劳作了一天的人马回到项目部晚餐时,周边的村庄里升起团团焰火,响起阵阵鞭炮声。杨奋强看着窗外的焰火,再看看桌上翻开的台历,才知道这是腊月二十三的小年夜了。

他立刻跑到厨房,问司务长晚餐可加餐,司务长窘住了。司务长也忘记了今天是个节日。自从进驻项目部,大家的脚上像是穿上了风火轮,除了工程建设和与工程有关的事情,谁还记得平常日子里那些琐碎事?

杨奋强拍了一下脑门,叫过司机小帅,要他带着宋黎明,赶快到镇上的“出格羊肉”去弄些菜回来,再买点啤酒,好给大家过节。然后给荣国礼打电话,叫他让店里准备好菜肴,他这就派人去取。从荣国礼的话语中,杨奋强感到,荣国礼仍是那副平静如水的态势。

半小时后,荣国礼跟着宋黎明和小帅一起过来了。他带来了好几个烧着木炭的铜火锅,笑吟吟说,腊月的天,吃羊肉火锅最能祛寒。

大家小心地抬下来几只大木箱,然后亲自动手,打开木箱,把那些烧着木炭的铜火锅一一端下来。火锅里放着切成片的羊肉、佐料和一点汤汁。摆放好火锅,荣国礼才拎着两只随车带来的硕大的铜壶,把那些熬制得香醇无比的羊肉高汤倒进火锅里,立刻,整个项目部被羊肉的香味萦绕着。

没想到荣国礼想得这么周到，杨奋强连声说着感谢的话，荣国礼说："这个日子值得纪念，不仅仅是小年哪。"尽管他的声音一如往昔平静，但杨奋强还是感觉得到荣国礼内心的大欢喜。

荣国礼带来的一挂鞭炮，把小年夜的晚餐推向高潮。他坐下来跟大家一起吃火锅，之后，小帅开车送他回家里。司务长抓出一把红票子，要他把账结了。荣国礼的刀条脸上挂出了笑意："我一开始就跟宋工和帅师傅说过了，今天算我请大家过年，太微薄，还请大家谅解。"

杨奋强跟荣国礼握手，送他到大门外。荣国礼告诉他，他已经专事做他的"出格羊肉"饭馆了。牛经纪的活不干了："镇上也没有牛行了，现在谁还养牛呢，都机械化了。"荣国礼明显比以往的笑声多了，"所以，我这个牛经纪也下岗了。不过，饭馆这一摊子，也够我忙活，够我吃的了。记住啊，有空常去坐坐。"

目送车子远走，杨奋强想，这个荣河的江湖人到底还算是个好人。

1 月 31 日，是元月的最后一天。早起开站班的时候，天空灰蒙蒙的，上工不久，就飘起了雪花。

中饭前，一个陌生号码打到杨奋强手机上。他看了一眼，摁掉了。

这是荣河当地的号码。这段时间，这种带着洛山市区号的电话他可没少接到过，都是气势汹汹扬言要给他点颜色看，或警告他识相点的恐吓电话，他早习以为常，后来有这类电话，他一律摁掉不接。

这次的电话有点反常，很执著，一次次打过来，被他一次次摁掉。对方就换着座机打，打来打去，不外乎还在荣河镇境内。他后来就看着手机响，让对方没事使劲打，看谁能犟过谁。跟他一起巡事的贺立淮被吵不过，让他不妨接听一下，看是何方神仙，是不是黑恶团伙的残余，如果这样，那倒是自投罗网了。

想想立淮说的没错，杨奋强就摁下接听键。没想到，对方却挂掉了。奋强咧嘴一笑："他害怕了。"见雪越下越大，两人把羽绒衣的帽子戴头上，踩得雪地咯吱咯吱响。"真冷，雪下到地上就成冰了，下午让大家早点收工，等天气好，再抓紧做。"

杨奋强跟贺立淮正商量着工程的事，见迎面驶来一辆人力三轮车。这种人力三轮村间土路上常常出现，都是农村留守老头老太赶集时的工具车，买米买面买煤球，或接送孙子孙女上下学，用途很广。这大雪天，农村小学校已放寒假了，还有谁骑行呢？

在跟人力三轮擦肩而过的时候，两人觉着车厢里似乎坐个穿粉紫色衣着的女人。这在农村真是稀罕。念头还没有落下，刚错过去没几步路，听到咕咚一声响，接着是一个女人厉声大喝："杨奋强，你给我站住！"

天哪，是鲁婧婧！

鲁婧婧跳下三轮车，站在风雪中，柳眉倒竖杏眼圆睁，唬得杨奋强一时目瞪口呆，惊喜交加："哎呀老婆，这是哪股寒风把你给吹过来的？怎么也不给我讲一声？我好去接你。"

鲁婧婧满脸怒容道："你还接我，我打你多少电话知道吗？打了半上午你就是不接，你想怎么样？哼，看来我来错了。我走！"把抱在怀里的一大束粉紫色玫瑰扔给杨奋强，立刻朝人力三轮车上跳。杨奋强几步上前，也不怕人笑话，一把抱住鲁婧婧和玫瑰花，无论鲁婧婧如何挣扎，坚决不再松开。这样战斗了一小会儿后，鲁婧婧终于又累又委屈地哭开了。

鲁婧婧这次是来给杨奋强过生日的。她想给奋强一个惊喜，昨天就订好生日捧花，今天一早从省城滨湖市坐长途车过来，先到洛山，又转车到荣河。光知道项目部在荣河镇境内，具体位置不清楚。偏偏又遇着下雪，慌乱中手机也忘家里了，就一个劲在荣河集上的商店里用座机给杨奋强打电话。明明电话是通的，却一个劲地被摁掉摁掉。没办法，就在风雪中走来走去，遇着有座机的商店，逮着就给杨奋强打电话，差点就打疯掉了。幸亏一家店主知道项目部在什么地方，就电话招来常给他拉货的人，用三轮车免费送鲁婧婧过来。为表谢意，婧婧把他店里牌子可疑、包装粗糙的几包巧克力，全部买了下来。

"怪不得我从昨天开始心跳加快，原来是老婆大人驾到，原来老杨有生日要过了。我真是忘得一干二净啊。"

在项目部，杨奋强展开花言巧语，把鲁婧婧的怒容渐渐消融掉了。

杨奋强不失时机地拆开巧克力，贪婪地吃起来，又抓一把递给贺立淮。立淮借故去食堂看看，奋强道："老贺，你又不是外人，不用躲着避着的，快快分享巧克力大餐吧。"

婧婧说："是啊立淮，大家都是一家人，你不用走。我还给你带来一样东西呢。"从随身的包里掏出一双手织毛袜，"这是大妹姐让我带来的，她一边绣大奥运，一边给你织双毛线袜，前几天在小区大门口碰到，我跟她说我要来项目部，她让我给你捎来。"

贺立淮低头看着咖啡色毛线袜，紧紧攥在手里握着，突然就朝袜子上亲了一口。杨奋强嘎嘎大笑道："老贺也会柔情似水，哈哈。"

立淮不好意思道："我都是跟你学的。哼。"

鲁婧婧终于大笑起来："你们这些爷们，老的少的都一样，当面一套，背后一套。"

杨奋强故作严肃道："此话怎讲，鲁老师？"

"你们当面说得好听啊，爱死爱活的。可是，长年累月待家里多久啊？我都算过了，杨奋强一年在家的日子，加起来不超一个月。"

两个男人一时无话可说。

"唉，"鲁婧婧马上给自己找理由道，"谁让自己喜欢上这样的人呢。现在的世道啊，像送变电这样纯爷们，那是少见了。所以，我认准了你。"刮了一下杨奋强的鼻子，"我还准备再拉一位美女过来，嫁给送变电的人。"

"哎呀老婆大人，你是好人好报人见人爱车见爆胎花见花开啊，你好叫人感动啊，你准备给谁介绍对象？"

"讨厌，就你嘴甜。你不记得啦，上次省公司联欢慰问家属，我把我同事沈荣荣带去参加啦，晚餐还一起吃的呢。就是想介绍给宋黎明呀。沈老师没意见，就看宋黎明的意思了。"

"哎呀，俺不能在家陪老婆，嘴再不甜，那咱老婆图俺啥哩？真是喜事连台，我都快乐得要崩溃了。老婆大人，你太伟大了。哎对了，你在学校还保持着校花位置吗？"

鲁婧婧求助似的看了贺立淮一眼："立淮你看，这小子是不是嘴太甜了，哪有个正经啊。”

杨奋强立刻把脸一板，严肃地说：“一定得让你那个同事沈大美女嫁给咱们的宋黎明。你得空就给王大宝打电话，让王大宝出面跟宋黎明讲，他欠黎明一个老婆呢。如果过年得空，就让他们正式见个面，吃个饭，开始约会，奥运会前后把婚事办了。”

“怎么，让你师傅出场？”

“是啊，他欠宋黎明一个人情，这事叫他从中当红媒，最合适不过。”见鲁婧婧大眼睛转动着满是疑问，杨奋强把指头竖在唇边“嘘”了一声：“就这么定了。老婆大人，这事就看你的了。”

中午就在项目部食堂简单吃了顿饭，下午鲁婧婧还要往滨湖市赶，她把女儿放同事家了。饭桌上，杨奋强把那束玫瑰抱出来，拿起插在花丛里的卡通图样的卡片，念着上面鲁婧婧秀气的字体：“老杨，我们永远爱你。生日快乐！”

几个新分来的大学生欢呼道：“哇噻，好浪漫！”杨奋强让大家见证他的幸福，如果不嫌弃，他希望大家分享他的生日玫瑰。鲁婧婧优雅地站起身，陪着杨奋强，把玫瑰一枝枝分给那些正长青春痘的男孩子们。一位质检员要杨奋强传经送宝“如何把嫂子搞定的”，杨奋强大声问：“老婆大人，可以说吗？”

“贫吧你。”鲁婧婧娇羞地笑着。

“好，我懂了，这就是同意的意思。话说很多很多年前，我刚刚中专毕业，还是个普通的架线工。有一天，北风劲吹，我们在江南山区架线，那是我第一次上杆作业，站在摇摆的铁塔上，我胆战心惊，但努力克制着内心的胆怯。这时候，一件意想不到的事发生了。在山路上，走过来一位美女，就像画中人一样漂亮，站在铁塔上的我，一点也不害怕了，不但不害怕，我还大声叫道：美女，美女！美女冲着铁塔表扬我说，讨厌！好好讨厌！直到美女消失在旁边的一个山村，我才回过神来，在心里发誓，这个美女，我一定要让她当老婆！后来，又一件意想不到的事发生了，这位回家过周末的美女，正是我们搭锅做饭的房东的女儿。在我们吃饭时，我一眼瞧见了她的倩影，饭碗差点从手里掉地上。后来当然打听清楚她就在省城上师范。于是,我开始了四年的艰苦追求。我发扬上铁塔架电线、风餐露宿不畏难的铁塔战士精神,在回到省城的短暂时光里,去师范学校门口,像铁塔一样捧花站立,做个虔诚的捧花门童。功夫不负有心人,我成功了。兄弟们!我想告诉大家的是,认准了一个人,就要大胆地去追求。知道老婆大人怎样表扬我的吗?送变电的爷们,是这世上为数不多的纯爷们!我们这帮纯爷们,既能战风雪,斗严寒,还会谈情说爱,呵护家人,谁错过我们,就是错过人生的大智大美!"

"哈哈哈哈哈……"

在座的年轻人豪迈地笑了起来,举着菜汤当酒,共祝杨奋强生日快乐,爱情美满。

杨奋强驾车送鲁婧婧到荣河镇搭过路车回洛山。雪花在车窗外静静地飘落着,奋强睁大双眼,聚精会神地看着前方的路。鲁婧婧头轻轻靠在杨奋强的右肩上,沉醉地闭着双眼。

"老婆,如果过年我不回家,你生气吗?"

"山不过来,我过去呀。我带女儿来这里过年,我们一家人一定要团聚在一起。"

"好,我争取让省公司组织个活动,让所有在工地上不回家的家属们都来荣河过年。对不起老婆,你受苦了。"

"早习惯了,你这个甜言蜜语的家伙。"

一道车辙印,在通往荣河的村道上,逶迤着,追撵着他们,一步不落。

四

按杨奋强的话说,2008年的春节,全中国数荣河项目部的年过得最幸福最热闹。工地上每位职工的家属,拖家带口的装了两大客车,连省送变电公司的书记也到场陪大家过年。

那个热闹劲儿啊!剁馅子的,包饺子的,蒸包子的,炸丸子的,切菜的，司务长当场下岗，笑呵呵地待在一旁享清福。杨奋强以主人的身份招呼着大家，解释着为什么不能放假回家过年："为了赶上 B 标段因民事而落下的工程，为了年后的南北大通道顺利建成，为了在迎峰度夏前全线通电，耽误了大家回家过年，奋强在此赔不是了。谢谢大家的体谅！"

这次王大勇、张秀玲也随着大客车赶过来，张秀玲的段庄变电站建成验收了，就等着最后的全线试通电后全部撤场。鲁婧婧把沈荣荣也带了过来，跟宋黎明板板正正地坐在一起。从王大勇的架势上看，他这个红娘铁定了。宋黎明大大方方地给沈荣荣搛菜，在除夕守夜的舞会上，还请沈荣荣跳了支曲子。从舞步上看，都是沈荣荣在教他——宋黎明立杆架线可以，跳舞就谈不上了。四十挂零的宋黎明，把大龄女青年迷住了。

"黎明终于开窍了，老婆，你瞧大宝，比自个儿找老婆都上心。"杨奋强咬着鲁婧婧的耳朵说话。

"大宝有个青梅竹马的张秀玲在身边，不愁啊。不像宋黎明。"鲁婧婧评判道，"这个沈荣荣人不错的，业务好，脾气也开朗，就是年轻时挑花了眼，成了大龄剩女。不过，碰上宋黎明这纯爷们，算她福气啦。"

王大勇以茶代酒过来敬杨奋强两口子，大夸特夸鲁婧婧顾全大局，把沈荣荣介绍给宋黎明，不愧是送变电人的媳妇。鲁婧婧调皮道："师傅，事成之后，你如何谢我啊？"

"我给你发勋功章。"

"勋功章就免了，你给上级做做工作，把杨奋强批给我半年，让他帮我做家务、送女儿上学。"鲁婧婧说罢，故作严肃地看着王大勇。

王大勇看着杨奋强说："行，让奋强打个报告吧，不过，批不批不在我啊。我马上就告老还乡喽。"说罢，扭身走开。

奋强追过去说："大宝，什么告老啊，你又听到什么啦？"

王大勇说："南北大动脉工程结束，我可能不在送电分公司了。省送变电公司调我去运检分公司当个闲职。这下真闲下来了。小子，今后有你忙的喽。"得意地笑着，请张秀玲跳舞去了。

没等南北大动脉工程结束，王大勇即被正式任命为省送变电公司运检分公司的党委书记，算是升了半级。本来像他这个年纪，已超过提拔年龄了，省送变电公司领导在会上就说一句话，大家便心服口服："在送变电，像大宝这样把一生奉献给电力事业的人，给他个什么头衔都不为过。"

时至 4 月初，南北大动脉全线贯通进入倒计时。许小涛一个电话就把刚上任运检分公司书记的王大勇喊到了 D 标段。"亲师傅啊，现在我们遇到一个卡手的事了，人家放出话来，你不出面，就免谈。你老人家就辛苦一下吧。我去接你？"

王大勇二话没说："行，不要来接我。我自己去。"

在 D 标段住地一见面，贺立淮握住王大勇的手说："你看看，跑到运检分公司了也不行，还得过问送电的事不是？谁叫你是脚杆子上绑大锣——走到哪响到哪的人物呢。"几个人坐定后，杨奋强把事情的起因说了一遍。

这是长江南岸一座国营改制成私营股份制的铜矿。铜矿的年纪不小，所以脾气倔，办事有想头。

当然，铜矿的倔脾气也代表着宫矿长的脾气。或者说，铜矿没有脾气也没有想头，有脾气有想头的是宫矿长。

南北大动脉洛黄段的 289 号和 290 号塔，因为铜矿的存在，有了一个跨越架线。线路不是跨越铜矿的房屋、围墙、大院，而是跨越两条高压线。

是直通铜矿的高压线。

矿上人都称高压线是铜矿的生命线。

如果这两条线路出现了问题，铜矿不仅仅有采矿的损失，还可能直接影响到矿工的生命。因此，这两条线路的分量是举足轻重的，杨奋强对跨越这两条线路是不敢怠慢的。

他跟贺立淮一同去了铜矿，找到了那位叫宫天广的矿长。

宫矿长已经五十多岁了，身体开始发福，眼睑很厚很重，看人是从眼缝里瞅，一看就知道是个经多见广心计深厚的人。听完杨奋强的介绍,宫矿长说:“哈,又是送变电的?老交情了呀。你们又开始扰民了?”

杨奋强赔着笑脸说:“可不是,这又给矿上添麻烦来了。”

“说说看,这回你们要跨越哪一块?”宫矿长连茶都不给泡,表情非常不友好,好像送变电曾经伤害过他全家似的。

杨奋强在心里揣摩了一会儿,直言道:“是这样,宫矿长,289至290号杆的线路,要跨过你们铜矿两条35千伏的高压线,我想,在我们施工的时候,麻烦矿上能否采取暂停一条线路的措施,支持我们跨越架线?”

宫矿长不动声色道:“具体说说,怎么个停法?”

“先给其中的一条线路完全切断电源,等我们完成停电线路交叉跨越架线后,你们再停另一条线路,开通我们已经跨越成功的这条线路,这样,我们就不用有风险带电作业,而矿上的工作,也不会受到太大影响。恳请宫矿长支持。”

宫矿长沉吟了一下说:“我明白了,你们为了降低自家的风险,而增加我们的风险来了。你知道吗?停一条线路,万一另一条出现问题,可是不得了的事情,说不定,要死人哪。你知不知道?这是你我能负得起的责任吗?”

宫矿长的表情和口气无比严肃起来。

杨奋强知道,他这是要提条件了:“那你说怎么办?南北大动脉可是咱们省‘861’的重点工程,省电力设计院事先设计好了线路走向,又不能改道。”他想看宫矿长如何出牌。

“这好办,你们不能改道,我们改道得了。你把线路给我移一移,不就得了?”宫矿长似笑非笑。

原来这就是目的,要帮他们挪杆子,架新线路。那么,挪杆子不还是要停电?挪哪一条线,就得停哪一条,照宫矿长的“风险说”,挪杆子同样是存在风险的呀。

杨奋强看着宫矿长那张老谋深算的笑脸,不由也跟着笑了。

之前,他查过通往矿山的那两条相隔150米远的线路,作为行家,杨奋强一看就明白，那几基水泥线杆是上世纪70年代末建造的，显得又土气又碍眼，而随着矿区办公楼的建设，这两条线路，不但影响美观，还拦路挡道，给矿区扩宽进出马路带来严重制约，单从那气派的门楼与进出路的窄小不太相称便知一二。或许，铜矿就单等着架线时，顺手把他们线路给改了呢。

对一个技术过硬、立杆架线工作经验丰富、承揽了许多大工程建设的项目经理来说，移掉几基水泥线杆，多架几百米长的线路，不算什么难事。但凭什么要给铜矿移杆子？凭什么要多花十来万块钱，给他们竖新杆架新线？送变电不是扶贫、慈善机构，送变电是做工程的，爬高上低、风餐露宿地做国家的工程，每一项预算都写得清清楚楚，不是想做什么就能做什么的。

可能看出杨奋强脸上的不悦，宫矿长摆出一副满不在乎的表情说："你做的是公家的事，花的是公家的钱，指头缝里漏点就够我们铜矿的了，何必这么较真？不就是几基水泥杆吗？线路架设的费用，我们自己解决，怎么样？"

奋强说："不是我不给你宫矿长面子。你说到公家，我就得跟你解释，公家的公，也是公平的公。我们要公平合作。你们建大楼拓宽广场有钱，买奥迪有钱，移几根线杆就没钱了？"

"嘿，我说你翻我们家底干吗？你当不当家？不当家少在这扯淡！叫王大勇过来，我跟王大勇谈。"

第一次较量不欢而散，杨奋强惨败。他灰头土脸地回到住地。

平常巧舌如簧的贺立淮，从头到尾一直紧紧闭着嘴巴，一句话不吱声。杨奋强想想也是，他项目经理都出场了，而且大败而回，立淮还有啥话说？

简单吃过晚饭后，杨奋强还是忍不住说道："立淮，你刚才怎么不说话？"

立淮说："我在听他怎么说，然后想对策。这个人，明显是带着占便宜的心态跟我们谈话的。"

"那你说，下一步，我们怎么办？"

贺立淮沉吟了一会儿说:“姓宫的目的很明确,要我们花钱买路走。没别的办法,明天,我们还去。去的次数多了,他烦了,就放行了。”

“这办法有效果?”

“不知道有没有效果,对付一般的人,这招管用。”

“不知姓宫的是几般的?他不是一般人是二般的怎么办?不过,我不明白他什么意思,非要师傅出场跟他谈。”

“他那是激将你呢,是想让你当场拍板给他挪杆子。”

“我会上他的当?做梦吧!”

两人说了一会儿话,各自回屋休息。第二天,早饭后,又跑到铜矿去了。

这一回,宫矿长的态度没多大变化,不温不火的。看样子,他对挪杆子胜券在握了。杨奋强觉得,宫矿长就像个守株待兔者,他呢,就是那只傻傻跑过来的兔子。

好在宫矿长的态度还是有了一些变动,他让手下给他们泡茶了。只要心里的想头不灭,人们总会想法子把自己变得温顺。宫矿长温顺的目的是移杆子,给他做个顺水工程。

又是重复的谈判方式。宫矿长像架年久失修的水车,吱吱呀呀地响着,说出一大堆陈话旧理:“不就是多花几个钱的事嘛。一个大公司,不在乎这几个钱。一个大工程,随便拿几张出来,撂水里都溅不起个小浪花。做皆大欢喜的事,不好吗?”

杨奋强也不卑不亢:“你让我一尺,我敬你一丈。等做完这个工程,我专程来给你移线路。你放心,我虽然不接小工程,但你宫矿长这几基杆子,我接了,这几百米的线路,我架定了。”

兵来将挡水来土掩了一番后,宫矿长温顺不下去了:“你这是哄老驴不吃草,拉磨跟着跑吧?叫我停电,宫字倒着写!除非王大勇来求我。真的,你叫王大勇来,他来了,我马上停电。我无条件停电!”杨奋强知道宫矿长又出新招了。

贺立淮这回也不能沉默是金了,说不定再沉默,铜也不是了。他及时做起了和事佬："宫矿长，我们王经理在省城呢，他到运检当书记了，一时半会儿不能来。杨经理做主一样的。"

宫天广硬生生地扔下一句话："这事，我看王大勇不来，我们没必要再谈下去了。他不是还属于送变电的人吗？说定了，叫王大勇来跟我谈！别人，我不认。"

立淮正要再说什么，奋强把喝干了的纸杯捏成一张纸样，朝桌上一拍，起身就走。贺立淮也只得跟着出来。

走出铜矿办公区大门，杨奋强一句话不说，走得很慢，东张西望。那样子，像是一点都不气，正在游山玩水。走走停停，杨奋强咯噔站下了。他站在离铜矿一公里远的那两根他们必须交叉跨越的高压线底下，仰着脖子，把天空细细地扫描了几个来回，然后，才朝一直开车跟着的司机小帅招手。车停下来，杨奋强坐上去，大声说："回项目部，紧急开班子成员会！"

材料、质量、安全、财务等几个部门的负责人，连走带跑地赶回项目部。

杨奋强的会开得很简单："这些年做工程，大大小小的事我们都见过，经历过，说真的，当我们遇到麻烦事需要解决时，我们采取的方式大都是宽容，或叫溺爱，这就形成了这样一个现象：工程走到哪儿，哪儿都想拽一块肉下来，好像不拽白不拽，不拽就吃多大亏似的。我们呢，一味地装孙子，把肉送到人家嘴边。今天，我不想这么做了，就是说，我不想哄人玩了。"他目光凛然地扫过每个人的脸："刚才我离开铜矿时，特意查看了一下周围环境，我们要跨越交叉架设的两条线路，相距150米左右，高25米，还要跨越一条铜矿出入公路。现在，我们要做好带电架线的准备，就算我们多些难度，多些费用，多些时间，但我们要有骨气！我们就是要证明给他们看，要让铜矿的人瞧瞧，他们是难不倒我们送变电人的！一会儿王大勇经理就要到了，我们跟老领导见面汇报后，再拿出具体架线方案。请大家做好施工前的准备！"

会刚散，王大勇风风火火到了。听罢杨奋强贺立淮的叙说，王大勇嘎嘎笑道："又是这个宫天广！世界真是小啊。"

“怪不得宫天广口口声声让你来跟他谈,原来你们之间见过?”

“岂止是见过,我们之间还有‘梁子’呢,还真枪真刀地交过手呢。”

“听你这口气,你们交手时,他没占到便宜。”

“占便宜?他灰头土脸的还想占便宜?输得惨透了。”

原来,早在十几年前铜矿没改制时,一条国家电网的直流输电工程,要跨越铜矿后面的一座抽水泵房。泵房当然是属于铜矿的,估计之前刚开矿时作过用场,后来就闲置下来了。这破旧、受冷落的泵房,因为有线路要跨越,突然变得值钱起来。刚刚荣升为副矿长的宫天广,跟矿长夸下海口,说一定要从这项工程中“捞一勺稠的”。

时任该项目副指挥长的王大勇,听说宫天广跟项目部要十万块钱的赔偿费,简直气炸了肺。宫天广的理由是,线路经过铜矿而不能给铜矿供一分钱的电,还影响铜矿今后的开山放炮。其实线路离采矿区很远,而且矿上也不再采用放炮开山的老方法了。

为达到赔偿目的,宫天广找人连夜从矿区引来一根高压线,架设在泵房之上,这给施工方带来的难度是,一旦达不到赔偿要求,他们肯定不会停电,这个跨越施工就不好办,就得带电作业。

王大勇在泵房周围观察地形,终于,他想出一计:泵房跟铜矿之间隔着几株大树,正好成了他们的天然屏障。他们要在这天然屏障的保护下,完成带电线路的跨越架线,粉碎宫天广的发财梦。

晚上,项目指挥长从铜矿谈判还是没有结果回来时,王大勇掷地有声地汇报着计划:“我现在需要三卡车厚度三十公分的干木头片,直径不少于十公分的圆木,五千公斤的绝缘绳!我要带领大伙搭架子,铺绝缘网,在架子上施工架线!”

利用有月亮的夜晚搭好架子,就连夜加班干了起来。那几株高大的老树,把施工地点给遮得严严实实。王大勇安排最有工作经验、技术最强的工人作业,他自己也亲自爬到绝缘网上干了起来。那些亲爱的干木片,那些可爱密实的绝缘绳,那一根根顶天立地的圆木柱子,王大勇在那一刻爱死了他们!一道高度绝缘的工作面搭建起来了,下面的线只管通电行走,想着项目指挥正跟宫天广谈笑风生,王大勇一脸的快乐。

项目指挥不再去铜矿，宫天广还稳稳坐在矿里宽展展明晃晃的办公室里，摇着高背老板椅，等待着接受高额赔偿呢。只是宫副矿长绝对没有想到，他等来的是两基铁塔之间银线飞渡架设成功了的消息。而给他带来经济损失和巨大声誉损失的，就是那个叫王大勇的人！

宫天广恼羞成怒，带着一批矿工来到架线地点，想闹点事情出来。王大勇早打了派出所电话，还请来当地政府的相关领导，正等着看宫天广发威呢。

在现场，当着大家的面，王大勇一点一滴说起了这次绝对冒险的带电作业，完全是人为造成的，而这个制造人为者，远在天边，近在眼前。他恳请相关部门明察并追究故意破坏国家重大工程建设的人。宫天广大声怒吼："走得远远的，我再也不想见到你！"

王大勇不慌不忙地搬过一块石头，朝不远的水塘里丢了过去，说："除非石头从水里浮起来。否则，我也不想再跟你这样的人打交道！"

谁能想到，宫天广现在故伎重演，并且口口声声阵前叫场要王大勇出列。王大勇笑道："不是冤家不聚首，这话是对的。这个宫天广，水塘里的石头还没浮起来呢，他倒想见我了。"

杨奋强道："师傅，这次宫天广急着见你，是什么意思？他见到你，就会停手？就会停电让我们架线施工？"

"他的意思很明显，看着我着急呗。这回，要跨越的可是两条 35 千伏的高压线呢。奋强，你想好高招了？看你的表情，胸有成竹嘛。"

"是，师傅，我已在心里制订了一套方案，这不就在等你来，好听听你的意见嘛。"

"你放心，我肯定要会会他这个矿长的。这回，绝不会像当年那样偷偷摸摸地架线了。就叫他眼睁睁瞧着我们如何跨越架线。他太不了解我们了，以为两条高压线就把我们拦住了？那他太不懂'四特战士'的特点了。哈哈。"

几个人跟着笑了起来。

这次的交叉跨越架线，采取塔与塔之间全拉防护设施的保护方案。毛竹、迪尼玛承力绳、钢丝牵引绳、机械绞磨、高强度绝缘玻璃钢、屏蔽服、绝缘绳等，杨奋强把列出的单子放在王大勇面前，请他细查、指教。

王大勇看过施工方案后，嘴角挂出赞赏的笑容："奋强，你跟宫天广斗，可比我当年正大光明多喽。"

按照常规，如果停电施工架线，只需在线路上方搭设较低的跨越架，用张力架线的方法，保障铜矿公路的车辆正常出入。但宫矿长给出的难题，不得不架设高出高压线两米高的毛竹架子，工人还要穿屏蔽服带电作业，风险度增加很多可想而知。

一切准备就绪后，王大勇迈着必胜者的潇洒步伐，走进了宫矿长的办公室。

宫天广已经胖得变形了，如果不是宫天广先叫出他的名字，大勇真的认不出来宫大矿长了。

"你还是老样子嘛。"

当然王大勇并不是老样子了，岁月从他身上滤去了十几年的光阴了。所不同的是，他的精干模样，因为常年在工地辛劳，保持不变的体形，确是把岁月挡在门外了。

对于王大勇"很听话"地来铜矿见他，宫天广非常得意，话也说得很稠，显摆他在国外的见闻，他心爱的奥迪车，他矿上的赢利。然后话锋一转："这次，你是不是还准备用干木头片子搭架子，瞒天过海架线哪？"

王大勇笑道："这回不用了，先进的设施多了去了。"

"你何必再作难呢？把杆子给我挪了，不就顺顺当当地架线了？"宫天广像哄小孩似的说。

王大勇朗声一笑："我这次来，一是会会故人。二是请你现场观摩我们架线。让你也开开眼，看我们的铁塔战士是如何克服困难完成工程的。也让你了解一下我们送变电人一贯的特点，也叫'四特精神'：特别能吃苦、特别能战斗、特别能忍耐、特别能奉献。"

架线现场正热火朝天地进行着施工。着工装、戴着安全帽的杨奋强，让工人送来了两顶安全帽，一顶给了王大勇，一顶给了宫天广。

正值春闹时节，碧绿的树叶在阳光下晃动着，阳光照耀着毛竹搭建的密密实实架子，在二十多米高的架子上施工的工人，穿着奇怪的服装，正在那里放牵引绳。

王大勇指着工人的身影说："宫矿长，普及一下屏蔽服知识。在带电作业的情况下，为保证施工安全，工人作业一定要穿上屏蔽服工作。这种服装是金属制造的，得专门保管和使用。在使用前，要经过严格检查、测试。使用结束，彻查后再进库单独存放。嘿，我好多年没穿这种服装工作喽了！"

宫天广眯起眼睛看着高空作业的工人，半晌才说："你之前用木片子搭绝缘体跨越架线施工，不是没穿屏蔽服吗？"

"是，那回是斗气，就是要做给你看看，不穿屏蔽服也能施工，证明你是难不倒我的哈哈。"

"这一回就明着跟我干了，是不是啊？"

"怎么说是跟你干呢。你干你的矿长，我干我的架线立塔，咱们是井水和河水嘛。就算这次从你这里经过，这也是国家的工程在扰你，不是我王大勇个人在扰你嘛。你真的有意见，可以跟公家提嘛。"

宫天广摇了摇头，苦涩地笑了笑："其实你们真是，何必这么小气呢。又不是私营企业，花钱精打细算。这么大个工程，随便从哪里抠点钱出来，就像牛身上拔根毛一样，看不见摸不着的，有何大碍？"

"可是，牛毛再小也是国家的财产呀。你拔他拔，工程过处皆拔毛，早晚会把牛毛拔光的。是不是？"

杨奋强在旁边微笑着不插话。他以为宫天广肯定不会善罢甘休，但没有想到宫天广除了些微尴尬，还表现出很乐意看见这种施工场面的样子。那么，他是真的就是想见见王大勇？

几天后，跨越工程结束准备撤离时，宫天广笑模笑样地来到工地现场，跟杨奋强打招呼道："架线结束了？很麻利嘛。今晚到矿上吃饭吧，我请客，就在矿上的食堂。怎么样？我要给老朋友贺贺。"

杨奋强客气道："还是我们做东吧，这些天打扰了。"

"不用客气。就这么说定了,我要好好跟王大勇喝一杯。"

那晚,王大勇、杨奋强、贺立淮、许小涛和宋黎明,都被宫天广请到铜矿,在食堂的包房里,接受了宫天广摆设的宴席。临去铜矿时,杨奋强嘀咕了一声:"大宝,这不是鸿门宴吧?"

王大勇说:"再摆鸿门宴,就没必要了。我估计,这是宫天广要跟我们交个朋友。毕竟大家也算有缘分,居然两次施工,两次都跟他打交道。他是聪明人,知道适可而止。"

晚宴上,宫天广喝酒放得很开,直指王大勇:"王经理,咱们今晚就是喝酒,喝的是没有功利的酒。我敬你个满的,没别的意思,就是我挺敬佩你的。来,干了!"

话说到这份儿上,王大勇也把酒一口干掉说:"宫矿长,你这话客气了。两次打扰,多多包涵。"

仗着酒上脸,宫天广话多了起来:"老王,其实我是真的挺佩服你的。这些年你不改行,一直干送变电,把国家的钱当自个的钱一样捂着。还有啊,遇着难事,你一点不屈服,宁愿受苦,也不多花公家一分钱。嘿,我看,你真顾家。这个家,是公家的家。我见过许多做工程的,哪像你们这样子。我挺佩服。"宫天广又喝下一杯酒说:"老王你跟我说实话,这样大的工程,经你们手的钱都是天价的数字,你就不动心吗?"

"怎么,如果换作你,你会动心吗?"

"只有自己做不到,才会佩服能够做到的人。但是做不到不等于不知道什么叫好歹。有句话说,坏人背后都佩服好人,所以我敬重你们。"

王大勇脸色凝重起来:"宫矿长,你谦虚了。有心向善,什么时候都不晚。这些年你跟形形色色的人打交道多了,估计看到的阴暗面也不少。人跟人是不一样的,这世上真的有只讲奉献不计回报的,这就是我们的送变电人。我们做工程,每一项费用都核算得清清楚楚,如果需要增加开支,哪怕是很小的一笔,也得向上级汇报、经审核同意后才花出这笔钱的。项目经理拿的是国家规定的职称工资,不是私营企业年薪多少的那种待遇，项目经理跟同职称的非项目经理拿的钱是一样的，而要操的心和面对的压力，不是你所能想象的。我常常为我们的职业而感动，为我的兄弟们几十年来风风雨雨奋战在工程一线而无怨无悔的职业操守而感动，我为此自豪！”

说罢，王大勇举起酒杯敬给宫天广，自己率先把酒一口干掉。

宫天广很爽快地把酒喝完了：“不打不相识，两次交手，我认识了不一样的人。你们这几个朋友，我交定了。等这条线路完工，我请你们喝庆功酒！”

第七章

秋风凉了雁要南归

再晚一些就看不到远远的野花

秋风凉了雁要南归

哥哥呀再晚一些你看不到妹妹……

——陕西民歌

一

回到杨奋强的爸爸妈妈住的乡下小镇，鲁婧婧意外地发现小叔子明俊和他的妻子冬儿都在家。

“二叔叔，冬儿阿姨。”一声欢呼，朵朵就“球”在了冬儿的脖子上。

“明俊，你们也来了？什么时候到的？怎么没有把笑笑带来？”

“大嫂。”明俊规规矩矩地站了起来，行了个礼：“我们昨天来的，笑笑有点感冒，就丢给外婆带了。听说妈妈身体最近不是太好，张总让我回家住两天。可是妈妈不在家倒去了滨湖。我们和她错开了。爸爸说她去医院了。”

“去医院？爸爸怎么没有陪她？来之前怎么不打个电话？”

“打了电话，家里没人接。”

“我倒是想陪你妈去，但是你妈妈不愿意我去，说是我的工作走不开，巡线是离不了人的。我的手机没有信号，你妈又从来都不用手机的。”

杨木生端坐在西厢房的外间里，笑吟吟地看着他的孩子们。只有在杜鹃偶尔不在家的时候，他才能坐得这么安稳。

嫂子和小叔子俩很客气，但是不甚亲热。

也是难怪，明俊满月后就被不愿到小镇上生活的奶奶接到了乡下，两兄弟不在一起长大，长大后就很客气。兄弟俩客气，对嫂子自然就更加生分一些。工作后杨奋强因为工作太忙，回家很少，反而是鲁婧婧常在周末带着朵朵坐长途车回小镇看看公婆。

杨家兄弟俩一娘生两样性：奋强就是个典型的男孩子，虎头虎脑无心无肝的闯天下的主儿。而明俊则天生温文尔雅，细心体贴，所以尽管不在父母身边长大，倒成了父母的贴心小棉袄。母亲生活在小镇，柴米油盐的方便些。父亲常年在外，心细的明俊经常从自己家直接到爸爸的驻点巡线站去，为几十年很少和妈妈共同生活家务能力又特别差的爸爸做些吃食。特别是娶了妻子以后，贤良的冬儿和孝顺的明俊几乎隔个把月就要到爸爸那里去一趟，为爸爸料理些杂七杂八的事情。明俊即便是没有时间，冬儿也常会去看看。街坊和同事都知道，杨家两个媳妇比两个儿子回家还勤些，倒引得旁人羡慕。

“爸爸，冬儿给您剁了点肉馅子，这样的气温还能放些日子。您求着同事帮您包些饺子，也省得天天下面条吃。”

“面条好，吃了一辈子了。你妈上次给我蒸的馒头我还没有吃完呢，馏馏还能吃，不用你费心。上次你妈还给我烧了一大缸子红烧肉，下面条的时候拌上点，好吃得很。我在山南上班，家里多亏了你妈。她不容易。”

明俊一低头，生生把眼泪咽了下去。

“看你，好好的伤什么心？爸爸不是挺好的么？说来也真是的，一辈子就会下个面条，还经常下了一锅糊涂。也难怪你妈妈说我笨。”

杨木生像是没有看见儿子的眼泪，依然笑呵呵的。

“爸爸，你的群众巡线工的身份可以转成正式工吗？”鲁婧婧赶紧转了话题。

“嗨，啥转不转的，这样不是挺好吗？每个月都有工资发的。你们又给我们一些，我们的日子好着呢。当年要不是人家看你们爷爷为送变电做那么多的事，我还当不上这个群众巡线工呢。”

杨木生挺知足的。

杨木生是个脑子一根筋的人，自从在王大勇和杜鹃的婚礼上见到杜鹃的那一刻起，他就再也忘不了杜鹃了。

他的父亲杨允良对儿子的痴话没有放在心上，但是儿子的一句话提醒了他：“我要当工人，不当农村人。”

即便没有机会娶杜鹃了，但是因为项目部驻扎在家门口，给儿子谋个事做做也不是不可能的吧。

由于识文断字低头做人，虽然成分不好，杨允良在干部和群众的心目中还是有点位置的。

当施工队快要结束在当地的工程时，他支支吾吾提出了自己的想法。

正式运营后，输电线路是需要常年维护的。除了公司正式的驻点巡线工外，还需要很大一部分签署劳动合同的群众巡线工。这些群众巡线工虽说不是正式编制人员，但是也享受劳动合同里应该有的工资待遇和福利。项目部按照规定是可以推荐的。于是，杨木生虽说脑子不很活泛，但是执拗也有好处，他有定性。真的当上了“工人”后，那一批同时进来的巡线工都七七八八走得差不多了，就他一干就是近三十年。

在杨木生工作不久，父母没有了心事，就被嫁到了城市的女儿以照顾外孙的名义接走了。

做巡线工可真是一件辛苦的事情。不单要长期驻扎在无人的大山里面，而且每天都要翻山越岭检查输电线路，无论刮风下雨还是烈日当空，都要背着背包，拿着登高踏板、保险带和绝缘杆行进在山路上，做他们每天必须做的巡线工作。

杨木生的工作是管护着雁落坪方圆六十平方公里几百户村民用电和四十多公里长输电线路的安全。他管护的四个配电台区，二百多基杆全部架设在沟壑纵横、地势陡峭的山上，每个配电台区担负着百把户村民用电。每次巡线正常都要六个小时以上，有时要十多个小时，巡线时有的路段要手脚并用才能前行，检查铁塔塔基是否受到损坏、螺母是否松动、线路上是否有飘浮物、铁塔周围是否水土流失等问题，并且随时记录数据、问题，及时传送到输电管理所进行处理。正是有了杨木生和像他一样的巡线工们年复一年、日复一日的呵护，走在空中的电线才像山下蜿蜒的河水，顺利地将电送到千家万户。

就是在一次巡线中，他发现了坠崖的杜鹃。

乍一见崖下有个人，杨木生吓了一跳，到底是大山里长大的，杨木生胆子大，仗着自己还有设备，他就慢慢往崖下攀行。因为这是一座人迹全无的野山，往下爬行并没有路，而且很多地方就是岩石，上面生长着荆棘和灌木，杨木生下去的路途很是困难。三个多小时才到坠崖地，一看是个女人，杨木生小心翼翼地仔细一看：是那个他一生都忘不了的女人。

因为想着王大勇在外施工常常会碰到一些意外情况，杜鹃只要有一点空儿，就去山崖去采草药备着。结果越走越远，来到了一个她不是很熟悉地形的山崖边，一不留神溜了坡，掉到山崖下的涧里。采药的篮子留在现场，而杜鹃却顺着山涧被冲走好远好远，远到另一座山的山沟里，正巧碰上杨木生把她救了，跌跌撞撞地把她背到了自己巡线住的小屋。

杨木生把杜鹃带进小屋，硬是把浑身冰冷的女人焐在怀里，把她焐活了。

活过来的杜鹃一个劲儿地发烧、说胡话，最可怕的是活过来的杜鹃什么都不记得了，她失忆了。

休养了近两个月，杜鹃慢慢能下床了。她不再知道家在哪里，不知道自己是谁？这时候，她才发现自己怀孕了，已经有三个月了。最要命的是杨木生也记不清杜鹃是哪个村子的了。

由于身体极度虚弱，杜鹃随时有流产的可能。只能待在巡线工杨木生大山深处的小屋里将养生息。

杨木生的生活刹那间亮堂了起来。每天还是走在这纯洁得只剩下空气、单纯得只有阳光、宁静得只有呼吸声的大山中，但是他生命中有了盼头，家里有个女人在等着他回家。

转眼就过去了三年。

三年里，发生了多少事啊：

大儿子出生了，杨木生幸福得天天想唱歌。唯一遗憾的是糊里糊涂的杜鹃还是想不起来自己是谁？家在哪里？时间久了，也不再想了。

渐渐的，远离人烟朝夕相处的青年男女杜鹃和杨木生有了第二个孩子。

可是奇怪的是，即便是不再有过往的记忆，杜鹃的性情完全变了，她不再爱笑，不再爱唱，连一支民歌都记不起来了。整个人变得安安静静，她时常空闲的眼神似乎看到了很远，又似乎什么都没有看见。

明俊即将出世的时候，落雁坪相邻村子的一位妇女，一次走迷路了，无意中闯到了杨木生小小的巡线站。

当看见大腹便便的杜鹃时，她怔住了。几步走上前，左右打量着杜鹃，忍不住问道："你就是落雁坪的杜鹃吧？"

杜鹃脑子"轰隆"下炸了，一下子好像想起了什么。

妇女"啊"地叫了一声："原来你没死？可是，你伯伯却把你埋掉了，以为你死了。"

原来，有个四处讨饭失足落水的外乡女，被当作杜鹃的替身埋葬掉了。那女子被涧里的黑鱼咬得不成样子，又有杜鹃丢失的篮子为证，整个落雁坪，包括附近的村子，都知道漂亮的杜鹃掉涧里淹死了。

迷路的妇女三姨家就住在落雁坪，所以她对后来发生的事了如指掌。于是杜鹃知道了自己的伯伯和伯母已远赴新疆，投奔在那里种棉花的堂兄了。堂兄在新疆日子过得不错，多次写信叫伯伯伯母过去，这边杜鹃已不在人世，伯伯伯母不再有牵挂，便打点行装，离开了伤心的落雁坪。

这个时候，离开杜鹃坠崖已经过去三年了。

逐渐恢复了记忆的杜鹃惊讶的不是自己的"死"，也不是伯伯伯母去了新疆，而是妇女带来的另一个消息：回到城里的王大勇，很快娶了别的女人，是个跟他从小就好的女子。这是在附近山里架线的工人说的。那些架线工说得有鼻子有眼，说还见过那女的，有知识有文化，人长得也漂亮。

即将临盆的杜鹃，感觉自己这次是真的死了。不但人死了，心也死了。她这才知道，即便她失去了记忆，王大勇也从来没有离开过她的心里。和杨木生在一起，她从来都是把他当成了自己的大勇哥。

杜鹃的心撕裂了一般痛彻心扉。

二儿子杨明俊出世了。

那是一个寒冬腊月冰天雪地的日子，那个冬天不停地下雪，大雪封山，人走不出去。一直到四月底，冰雪才融化。

杜鹃一定要走出她住了三年多的深山，去找王大勇。

杨木生心虚着怯怯地答应了。毕竟这是捡来的老婆。他又想起来了父亲说的那句话：咱家没有这么大的“笼”，不能蒸这么大的“馍”。

命中只有八角米，走遍天下不满升啊。

从来没有请过一天假的杨木生破天荒地休假了，带着杜鹃和已经会走路的奋强一起去找王大勇。

天下这么大，到哪里去找一个只有一个名字的人呢？失忆后的杜鹃还是记性不好，已经忘记了王大勇的单位名称。他们就想了一个笨办法，顺着线路找。杜鹃单纯的想法是，电线是跟着她的大勇哥走的，顺着电线就能找到她的大勇哥。

事情就是那么巧。当杨木生带着杜鹃顺着电线走了几个大山头后，还真的看到了架线工在施工。但是他们看到的不是架线的施工场面，而是一场灾难：当春雷第一次在山区炸响时，居然把在线杆上卡线的两名架线工烧成了两截黑炭。一张席子盖在黑炭的上面，正等待着事故的处理。

杜鹃上前打探缘由，一名在旁边看守的当地居民说：“是架线工遭雷击了。他们一个叫张学志，一个叫王大勇。”杜鹃再问：“你是说王大勇？”对方强调了一遍。杜鹃一下掀开那张席子，她看到了最不能忍受的场面，当场就晕倒了……

奋强哇哇地哭着。杨木生抱着这娘俩，傻傻地坐着……

醒过来的杜鹃紧紧地搂着奋强，在现场给她的“大勇哥”唱了她一生中最后一首民歌：

哥哥啊
此一去千万里风大雨狂，
此一去千万里地老天荒。
谁为你寒夜灯下补衣裳？
谁陪你泪眼相看意彷徨？

谁为你黎明初起理行囊？
谁陪你千里万里走四方？
哥哥啊
你一去就是千万里，
千万里我到哪里能找到你？
千万里我到哪里能陪伴你？
我爬到铁塔上再也看不见你。
白天你会在我的心上
夜里谁是那一盏陪我回家的灯光……

在场所有的人被杜鹃带血的歌声引得哭声一片。

从此后，杨木生再也没有听过杜鹃的歌声。

后来才知道，那个叫王大勇的架线工就是一个同名同姓的人，而不是杜鹃的大勇。那已经是后话了。

在杨木生沉浸在往事的时候，明俊和冬儿已经为父亲准备好了去巡线站的食品和换季的衣物。

二

南北大动脉正如火如荼地往前推进着，就在这当儿口，省送变电又承接了一个重要任务——为北京奥运会做好江淮省境内的电力保障，简称奥运保电。

奥运保电启动大会在省送变电公司隆重举行。会上，省公司领导就奥运保电的意义和责任担当，作了全面部署：奥运会和残奥会期间，正值夏季用电高峰，大家不能有一丝一毫的懈怠和麻痹，要把奥运保电作为当前一项重要的政治任务，全面动员、周密部署，充分准备、提早安排，以扎实严细的工作作风，加快落实奥运保电和迎峰度夏各项方案和任务，把任务逐一落实到班组、落实到岗位、落实到人员，不但确保奥运会、残奥会期间全省安全供电，更重要的任务是，确保江淮省内所有涉奥线路的全面畅通。此次奥运保电,责任重大,任务艰巨,使命光荣。启动大会别开生面,结束前,全体参会人员,要当场做好一张答卷交上去。王大勇坐在第一排,他认真填写着答卷上面的内容:省送变电公司的企业理念是什么?答:以人为本,忠诚企业,奉献社会。省公司的价值观是什么?答:诚信,责任,创新,奉献。国家电网公司“四个服务”的宗旨是什么?答:服务党和国家工作大局,服务电力客户,服务发电企业,服务经济社会发展。什么是省送变电公司的“四特”精神?答:特别能吃苦、特别能战斗、特别能忍耐、特别能奉献……

王大勇默默填写着答卷,他似乎听得到后排的贺立淮、杨奋强、许小涛答卷时刷刷的书写声。做好答卷,王大勇长长地吁了一口气。

走出会场,王大勇、杨奋强、贺立淮和许小涛几个人,在省公司停车场站着,半天不说话。

“奥运保电是一场必须打好、打胜的硬仗,对公司是一次前所未有的严峻考验,也是一次难得的提升企业价值和企业形象的重要机遇。”

这次会议,先是收看国网公司关于奥运保电和迎峰度夏的电视电话会议,然后省送变电公司直接部署奥运保电的具体工作。省公司领导的这几句话掷地有声,一直萦绕在大家耳畔。

经过江淮省境内的涉奥线路有三条,包括一级、二级和三级保电线路,责任重大。除了在全省电力系统抽调若干名技术骨干去北京参加奥运保电工作外,省内涉奥线路的保电工作,也将于近期进入实战状态,即对涉奥线路进行全面勘查和维修,把奥运会期间可能发生的线路问题,全部解决在襁褓之中。必须坚决贯彻国家电网公司和省政府关于确保奥运供电的指示精神,全力以赴做好奥运期间的保电工作。

根据安排,省内涉奥线路的保电工作,除了省送变电公司的领导担任总指挥外,省送变电公司运检分公司书记王大勇担任奥运保电总负责人。他的左膀右臂贺立淮、杨奋强、许小涛、宋黎明,责无旁贷地又跟他战斗在同一个战壕里。

宣布刚一结束,台下响起热烈的掌声。王大勇下意识地和别人一起鼓起掌来。其余的几个人似乎对这次突然到来的任务还没回过神来，也跟着拍了几下手。

站在停车场里，大家都没有散去的意思，默默地抽着烟，似乎在等着大勇发话。只有许小涛抓着手机打个不停，而他的手机喇叭在夜里显得特别响亮，那声“你所拨打的手机已关机”的电脑提示音，每个人都听得真真切切。

王大勇说：“怎么着？找不到人啦？快回家准备吧，明天一早在省公司集合、出发。”

“我的乖乖，南北大动脉不能停，奥运保电又是个不打折扣的硬任务。有点压力。”杨奋强嘀咕了一句，摸摸口袋，掏出手机，似乎要打，想了想，又关掉了。只摸出烟盒，又给每人散了一支。

“这个家伙，野哪儿去了，座机没人接，手机关机。”许小涛来回踱着步，也不怕家丑外扬了。

王大勇问贺立淮：“立淮，你家娟娟马上要高考了吧？”

“对，昨天我还许诺说请假也要陪她高考。”立淮苦笑了笑：“看来这次又是吹牛了。自从进了送变电，我从没这样认真地想过要请假呢。”

一直不说话也不打电话也不来回走动处在安静状态中的宋黎明，这时慢吞吞地开了腔：“那个什么，沈荣荣，她把我们的婚期定在暑假了。”

这回是轮到王大勇来回走动了。他一走动，其他几个“不安定分子”倒安定了下来。

王大勇足足抽完一颗烟才站下开口说话了：“现在的任务是，各自回家，各自安抚好各自的家属。找不到的家属，务必马上找到。思想不通的家属，务必把思想做通。明天早饭后，大家到省送变电公司集合。别的话我不多说，谁让我们是送变电的人呢。”

在省送变电公司举行的奥运保电动员大会上，王大勇的发言没有一句废话：“目前经过我省境内的涉奥线路共有三条，这三条涉奥保电线路，总运维长度达到 1232 千米，杆塔 3271 基。从此刻开始，由省送变电公司的送电、变电、运检分公司抽调的 850 名精兵强将组成的保电大军，将跟我们的涉奥线路、铁塔同吃同住同呼吸共命运，在今天务必到达现场。”

会议结束后，整装待发的六个班组和突击班组组成的车队，从省送变电公司大院内，徐徐驶出，走过省城滨湖市的南北高架桥，分头走向通往各自工作场的高速入口或省道入口。

一级保电线路的负责人杨奋强、宋黎明，在车上就接到王大勇的电话：“你们先在工作点驻扎下来，我得和立淮一起，沿各级保电线路走一圈，走到哪儿住哪儿得了。”

杨奋强开个玩笑：“师傅，我看你改不了吉卜赛人的毛病了。”

王大勇笑道：“我可比他们安稳多啦。”

“那我就帮你算一卦，你今晚该不是要到二级保电线路的中洲换流站下榻吧？”

二级涉奥线路的龙龚线，有个中洲换流站，张秀玲和许小涛娘俩接下了这个保电线路的重任，按许小涛的话说，他主外，张秀玲主内，上阵母子兵，一定把这个二级线路保护得安安稳稳的。

“那可说不定，我亲徒弟在那里。我去那里，也让他尽尽孝道。”

“好啊，让你亲徒弟好好孝敬你吧。”

嘻嘻哈哈一阵。杨奋强见宋黎明对着手机屏微笑，问道：“宋大人，你啥事偷着乐啊？”

宋黎明微笑不语。杨奋强紧追了一句：“看来，婧婧的美女同事沈荣荣老师，主宰了咱们宋黎明宋工的大脑思维和快乐神经了。”

宋黎明这才说道：“她发短信问我对一篇小说的看法呢。昨天她跟我推荐一篇小说看，我哪有空看。她就把情节说给我了。说是一个守岛的战士，正准备接自己的新娘子来岛上举行婚礼，没想到台风即将来临，封航了。结果一个在岸上，一个在岛上。新娘子想了一个办法，乘热气球去了岛上，婚礼如期举行。她说她特喜欢这种浪漫。”

“哈，咱们的宋工，看来是被温柔浪漫击昏头脑喽。”杨奋强调侃道：“不会是这位沈大美女，要坐咱们的架线动力伞来和你举行婚礼吧？你们啥时候结婚哪？”

“现在关键是保电护奥，其他的哪能想到呢。”宋黎明看着车窗外说:“运检的带电班来了几个人?”

杨奋强道:“你看,这么快就转换频道了? 我可是听鲁婧婧说,沈美女要暑假旅行结婚呢。没关系,保电结束不误你们大婚的。”

见宋黎明拿眼睛瞪他,连忙改口说:“好,说说带电班。除了突击队的带电班 6 人组合,我们一级保电线路,也有 6 人组合的带电班。”

“好!”宋黎明说,“明天我跟带电班的师傅一起查线路,以前我也带电架过线。”

杨奋强把一级保电的住地,放在一所空出的村部里。这片山山相连的地方,有个大水库,近年水库成为附近城市的大水缸,沿库而居的农民,都迁移到别的地方了,村部也就闲置了下来。

来到住地,大家七手八脚地从车上搬运东西,有帐篷、睡袋、被子、安全带、滑轮、扳手、保险绳、绝缘绳、耐张线夹、悬垂线夹、钢模、安全帽、望远镜、防震锤、导线卡、绝缘子、磁瓶等,凡是线路和铁塔上需要的,都带了过来。其中最小心翼翼被呵护着的,是六只木箱子,里面分别装着六套屏蔽服。杨奋强把装屏蔽服的箱子专门找了一只柜橱保存,上了锁,钥匙交给带电班班长保管。

一切安排就绪,杨奋强把大家拢到村部简陋的会议室里,召开紧急会议。会上,杨奋强把工作的细节和具体分工,作了精心部署。一级保电的 360 余人,被分作了 18 个班组,每个班组负责一定数量的塔杆、线路巡查,临时住处一定安置在保电的线路附近或村民家中,实在离乡村、集镇远的,就搭建帐篷。人员巡查时,一定要两人一起,特别是深山老林,一个人不能独自行动。带电班的人要随叫随到,哪里需要带电排险,就出现在哪里。

会议结束,除了带电班和一级保电线路的几位负责人留在村部,18 个班组的人员全部开拔离去,分别寻找自己保电范围内的线路路段了。

老村部的一间村长办公室,放两张行军床,就是杨奋强和宋黎明的宿舍了。杨奋强打开笔记本电脑,跟宋黎明一起查看这条一级保电线路的走向和周边的环境,发现这条途经本省的线路路段要跨越正在施工当中的一条高速公路，还要跨越一个小水库，一座大型国营铁矿。

正想着明天到现场勘查，外面响起汽车喇叭声。杨奋强起身朝门外走。黎明说："这会子谁会来?"

"肯定是师傅，我之前说过我们的住地。"

果真就是王大勇。见王大勇、贺立淮从车里走下来。灯光下的王大勇，显得异常疲惫，满脸冷峻，心事重重："师傅，你还是不放心我们啊，这么晚赶过来?"

王大勇进屋就叫杨奋强给弄点吃的，他们饿坏了，一直沿着几条保电线路走，好容易才拐到这里来，肚子早在几个小时前就开始唱空城计了。

宋黎明连忙去老村部会议室的集体宿舍，叫醒司务长。见王大勇来到，司务长说："原来是咱们的大宝到了，我这就给你们下挂面去，再卧两只荷包蛋。"

王大勇道着谢一边说到了线路上的情况："三条保电线路，能查看到的，我们都作了记录。有几处的线杆是跨越正在建设的高速公路、高铁隧道，还有跨越水库和矿区的。另外有车路不通的线杆，在深山密林里，尚不知具体情况，有待进一步查看。我估计，问题不会少。我来时查看了一下运检分公司的维修记录，山区地方护线员报告的线路隐患不在少数，这正是我们要当心的。所以我们还是赶过来，开个碰头会。"

"目前有些线路，比如建设工地边的，我们只能采取最笨的，也是万无一失的办法来保电了，在线路下面或铁塔旁边搭设帐篷，进行24小时蹲守，随时查看工地是否有违反安全规范的施工，一旦发生情况，马上进行补救。"

王大勇话音刚落，两碗热腾腾的挂面端了上来。司务长郝师傅招呼他们赶紧吃饭，接着，又端过来两碗，让杨奋强宋黎明也"宵宵夜"。一句话，把大家都说笑了。

杨奋强道："郝师傅，这段时间又得麻烦你了。"郝师傅一仰脖子，耿耿地说道："看你说哪里话，都是一家人，分工各不同嘛。相比你们干的活，我风不吹雨不淋的，也不用操心，自在得很呢。"把在场的人都说笑了。

连夜开的这个碰头会，因为有几碗挂面撑着，开得格外热烈，面面俱到：前期巡查、维修结束后，在奥运会举办前的一个月里，保证每基塔都有人巡查。在奥运会、残奥会开幕式举办当天和秦皇岛、天津、沈阳、上海、青岛等赛区举办赛事时，凡有涉及这些赛区的保电线路，要24小时不间断巡查，直至赛事结束。考虑到人手缺乏，可以招收一批当地民工做巡线员的助手。

说到凌晨两点，各人的眼珠还灼灼放光。贺立淮终于打个大大的哈欠："大宝啊，我看可以散了。想起什么，明天再接着给我们上课吧。现在奋强要费费心，找个蚊子少的地方，让你亲爱的大宝师傅睡个安稳觉喽。"

立淮的话，让大家笑起来，气氛一轻松，瞌睡真的像张开的毯子，搂头把大家盖住了。

三

许小涛行动够迅速的，到了驻地的第二天；他就穿着工装，领口扣得严丝合缝，左右两边各斜挎一只背包，一只装着水、面包和黄瓜，一只装着望远镜和各类药品：治疗蛇咬或蜘蛛、毒虫叮咬和中暑的药，全部到位，右手还拿着一条结实的长木棍。紧了紧安全帽的带子，掏出小镜子正自我欣赏一番时，王大勇、张秀玲进来了。

秀玲道："这就出发？"

许小涛说："是，虽说二级保电没有一级的级别高，但真要出了什么差错，也不是小事。我要亲自出马，跟几个弟兄一起，再沿线路巡查一番。这条线路可不好走，青纱帐、蒺藜棵、老坟场应有尽有，上次两位工人不小心被恶狗咬了。所以我们又人人发根长木棍，既能打狗自卫，还能打草惊蛇。"

王大勇忍不住夸道："我的亲徒弟越来越叫人刮目相看了，事无巨细，你全部想到了。看来，我这个老头子不下岗都不行喽。"

许小涛说:“这哪是我想出来的,都是我妈想的。她可是二级保电线路的负责人哪。出谋划策她来做,外出探险交给我。怎么着咱也不能辜负省送变电公司的周密安排,省送变电公司让我跟老娘一起保电,我保护线路的同时,也得保护好老娘的人身安全啊。”

张秀玲立刻嗔道:“一点不严肃,说工作就是工作,别的少扯。”又望着王大勇说:“什么时候你巡查‘立此存照’时,我跟着去,算你们稽查小组的编外人员。”

“还编外呢,我估计三条保电线路的负责人都要不定期参与稽查工作。我马上回省送变电公司一趟,帐篷恐怕还要调拨 50 顶。一些区段,进入 24 小时看守,那些地方都是荒郊野外,只能住帐篷。”说着就往门口走。

小涛跟到门口,和师傅挥手告别后,连忙跑到站成两列的保电员前面,开起了站班会。

保电队员分成 10 个小组出发了。许小涛跟着两名队员往东北方向走,走不多会,就进入青纱帐里。这里的玉米长得真是喜人,已经超过人的头顶。玉米叶子看着光滑,叶子的边缘划在人脸上,可是毛糙糙的割人呢。

“这就像女孩子似的,刚开始交往时,觉得是温柔可人,交往一段时间就发现,女孩其实有时就像这玉米叶子,看起来青丝丝地可人,刷一下也是很疼的哦。”一位山峡大学毕业刚参加工作不久的保电员江明睹物思情地感慨起来。

许小涛说:“嗨！江明,你年纪不大,跟女孩子交往还蛮有心得的嘛。”

江明听罢,嘿嘿笑了:“许经理见笑了,这是我的一己之见。”

小涛问:“谈过几个女朋友?”

江明一脸无辜地说:“就一个,进大学她就追我了。是我湖北老乡。她不跟我一个大学,但在一个城市,是师大中文系的,看起来挺温柔,厉害起来可怕人了。我毕业考到送变电工作,她留在老家上班。动不动就跟我急,要我辞职,在家乡找工作。不然,就吹。”

许小涛听罢，一下联想到近期方诗雨的态度，心里酸酸地说："你怎么打算的？回不回去？"

"当然不，好男儿志在四方，我要学有所用，不能光听女人的。她要是真喜欢我，就会理解我。等保电结束，我让她来滨湖，到咱们这里也不是找不到好工作的。男人在哪里，家就在哪里么。"

许小涛拍了拍江明的肩："你就吹吧你，不过你倒挺像个爷们，'偶'严重支持！"

站在玉米地垄上，许小涛举着望远镜，看到一基铁塔顶端部位正盘旋着两只大鸟，便说："这一段要重点巡查，看来鸟儿不让人省心呢。"

走到了中午，几个人的衣服都汗湿了，小涛让大家坐下来歇了一会儿，喝点水，吃面包和黄瓜，精神劲儿上来，继续往前巡查。

江明年轻，说话直接："许经理，咱们今天要查多少基塔？"

许小涛沉吟了一会说："到第四组的京沪高铁隧道那里，看一下队员们的吃住情况。"

已经过了小暑，天气正一天热似一天，虽说年轻，但高温下行走，几个人也马上喘息起来。走了大半天，已经走过 20 多基铁塔。这条线路至少建成通电在 10 年以上，所以线路下面架线时留下的痕迹早已荡然无存，到处是硌脚的石块和绊人的荆棘。许小涛仔细查看每一基塔上贴着的红、黄标识牌，把当天的牌子顺手贴了上去，并拍了照。

前方是一片丘陵地带，地形复杂，灌木丛生，许小涛要大家小心地挥着长木棍，把蛇撵走，谨防被蛇咬到。磕磕绊绊总算到了第四组的帐篷边，已经日薄西山。

京沪高铁隧道工程正在火热的建设当中，已经被挖掘的山洞口彩旗飘扬，一派繁忙。一辆工程车吼叫着，朝洞内送着风。高大威猛的输电铁塔，在不大的山面前，也显得身量小了，飘行空中的电缆，正从隧道口前方不远处斜穿而过，上到山的另一端。

乍一看，线路离施工场的距离是科学的，但来往的工程车和运输卡车、高高堆放的机械和扬起的灰尘，总叫人觉得不知何时就可能发生什么，唯有严加看守，才是万全之策。

天黑了下来，不远的隧道掘进工地上，灯火通明，看样子，是要彻夜奋战了。

大山那边的第五组同样也是住帐篷。按规定，第四组的两名队员，夜巡到两组之间山坡上的那基铁塔下，和第五组的队员在那里会合，打个照面，再巡查回到自己的营地。两名队员轮班休息，从晚上九点到凌晨一点一个班点，一点到凌晨五点一个班点。休息的在帐篷里睡觉，站班的就在外面观看动静。明天，会有两名队员来接替他们。四个人轮班倒，每两人一组，值班一夜一天。

提着电瓶手电筒，五个人一起朝第五组所在地的方向走。晚上走路，实在磕绊厉害，蚊虫多得打脸，尽管衣服把身体遮得严严实实，但腕部、脸部还是被蚊子紧叮不放，嘴巴狠的蚊子，甚至隔着衬衫也能大饱口福。丘陵地区的蚊子就是凶猛啊。许小涛觉得身上奇痒无比，他挥着长木棍，左右打动着那些黑黢黢的植物，渐渐接近山坡，蚊虫更加厉害。还有呼呼从脚边跑过的生物，不知是野猫、老鼠，还是夜行蛇。

终于上到山半腰的那基铁塔下面。许小涛朝上照着手电筒，又照了照塔身，见上面贴着今天的红牌牌，就让江明贴一张今天的黄牌日期，又用相机把两种颜色的标识牌都拍了下来。

第五组的两名保电员也到了山坡的铁塔下面，见到许小涛，便咧着嘴笑起来。许小涛问了他们一些情况，说缺什么，有什么困难，尽管提出来。两个年轻小伙笑着说："东西都是定点有人送过来，啥都不缺，就是蚊子太多，晚上还有蛇朝帐篷里爬，只得挂着灯睡，这样，蚊子就更多了，一抓一把呢。"

小涛明白他们说的都是实话，对壮观的蚊子，他已经领教："还有两个月的时间，残奥会结束，咱们就顺利完成任务了，到时我给大家申请休假。"小涛只得这样安慰。

下山走得比上山要慢，因为根本没有现成的路，大家只得拨拉着树棵子，拣石头少些的地方走。不留神就被树棵子划住了，只顾看路，手里的长木棍时有闲置。

快到山下时，走在旁边的江明突然哎哟一声："我踩着蛇了！"

几个人的手电一起朝他照射,许小涛立刻上前检查,见江明的小腿那里有一块不明显的伤痕。小涛让江明停下来,掏出蛇药,先撒点在伤口上面,然后从挎包里掏出一条长软布,朝江明小腿的上端,狠命地缠裹起来。看着手电光下许小涛汗津津的额头,江明叫一声:“许经理……”小涛说:“不要说话,保存体力。”让两名保电员轮番背着江明,快速撤退到帐篷里。

灯光下再看江明的腿,伤口流血了。许小涛先让江明口服几片蛇药,然后蹲下身子,捧着他的伤腿,用冷盐水给他清洗伤口后,仔细观察伤口的齿痕,并没发现两个或四个的深牙印,只是几个排列一起的浅牙痕,随即长出一口气说:“江明,你小子命大,不用担心。你只是被普通蛇咬了。”

虚惊一场之后,气氛轻松了。才觉蚊子又疯狂起来。江明带头开起了玩笑:“相较蛇而言,我宁愿与蚊子为伍感到安全哪。”

休息了一会儿,许小涛还是决定连夜离开,他要带江明到附近的医院看看,才真正放心下来。就算没被毒蛇咬住,但去医院好好消毒打破伤风针还是必需的。

四

今夜的雨下得非常凶猛,也算是把白天的燥热赶跑了。

杨奋强走了一天的路,几乎把自己累虚脱。

不光是累,还有热。那种钻在树棵子里、玉米地里严丝合缝中的热,是叫人绝望得想立即倒地的热。热,就像加足马力的抽水机,汩汩地从他的汗毛孔里朝外排放着汗水,淹得眼睛不能睁,头嗡嗡直响。想到几百名保电员兄弟就是这样日夜巡视着,透支着体力,杨奋强拧着手巾上的汗水,咬紧牙关,也要坚持着把要查看的线路全部走完。

他不无骄傲地想,背着一架望远镜,一架照相机和测温仪,还有饮用水、工作餐等十几公斤重的行头,行走在玉米地、高粱地和山沟沟的灌木丛里,到处是杂草掩盖的土坑,绊腿的蒺藜秧,划破脸的荆棘,特种部队也不过如此吧？

这条重中之重的线路，在奥运会开幕前，一定要以百分之百的时间、百分之百的精力，确保奥运安全可靠供电，确保实现平安奥运。要达到“两个确保”，没有这样的付出，怎能实现？

巡视结束，已经是夜里十点多钟。

豪雨赶走了炎热，却把蚊子赶进了帐篷。无处可去的蚊子，朝帐篷里拼命钻着，嗡嗡嗡围着人身子转个不停。尽管这样，杨奋强还是迷迷糊糊睡过去了。

仿佛刚刚打了一个盹，就被负责上半夜巡线的保电员吵醒。

这两名保电员是回帐篷休息的，他们哗哗地抖动着雨衣，跟在帐篷里等着交接班的另两名保电员大声说着话。见到杨奋强，“小侉子”张庆标立刻笑着打招呼：“杨经理，我把你吵醒了。”

张庆标是奥运保电的小组长，手下有二十个人。杨奋强看着他一脸一身的汗水、雨水，关切地问道：“晚上巡了多少路？雨还在下吗？”

张庆标面带愧色地说：“本来打算巡查二十公里的，但没有完成，差两基塔呢。雨太大，路太难走了，一走一打滑。”

杨奋强说：“线路底下都有人，你少巡一两基塔没事的。”

“可我是组长哪，我得全部查看一遍才算称职呢。”

杨奋强拍了拍张庆标的肩膀，见他用手巾把脸上的汗擦干净了，就递瓶矿泉水过去，让他坐下来喝几口，躺着休息一会。

张庆标感激地笑笑，接过矿泉水瓶，刚刚喝了几口，手机突然响了起来。尽管帐篷外面响着沙沙的雨声，但手机的铃声还是显得突兀而刺耳。

张庆标掏出手机，摁了接听键，一个尖锐的女声焦急着说：“你怎么一直无法接通？”

“姐，我刚刚巡线去了，可能信号不好吧。”

张庆标无意摁开了手机的免提键，里面的声音听得一清二楚。他明显地不想让大家听到手机里的声音，但一时又不知如何摁掉免提键，只见他把还在滴水的雨衣朝身上一捂，一闪身跑到帐篷外面去了。

过了好一会儿，他才走进来，见大家都一起看着他，苦笑着说："是家里的电话，怕吵着杨经理了。呵呵。刚才是我姐，然后是我媳妇，她们都训我，说咋打不通我电话呢。我解释清楚了，呵呵，杨经理，都没事了。"

张庆标连着笑了两次，笑得很疲倦很累，让杨奋强的心揪了一下，立刻问道："家里没啥事吧？"

"一点事没有，就是家里打不通我电话，着急了。我媳妇那个人，真是的，她自己不打电话，偏叫我姐打。"张庆标的样子有点异常。

张庆标的家在淮河之北的乡下，妻子也在乡下跟父母住一起，儿子刚上小学，是村里的"五好家庭"呢。工友们跟他开玩笑，他就绷着脸说："别跟我逗啊，我可是'五好家庭'的成员呢。"

杨奋强招呼大家赶紧休息，明天还有事儿呢。在铺子上躺下后，杨奋强觉得张庆标并没有睡着。他一动不动寂静无声的样子，不像是睡着的样儿。奋强忍不住又问道："庆标，家里真没事吧？"

"没有，真的。我娘想我哩。等完成保电任务，我得回去看看我娘。"

杨奋强没有朝下问了。被家里人挂念也惦念着家人，整个送变电，不都是这样吗？

接连数天的豪雨，让工作进入前所未有的艰难期。杨奋强像只困兽，在住处的房间里，来回走动着，走得旁边的人头发晕。

砚灰色的天空下，雨帘像大魔头的鼻涕，总也滴不完流不尽。亮汪汪的稻田地，被风吹得东倒西歪的树木，天、山相融一体的景物，一点一点划过杨奋强的鼻尖子。他握着手机，握得手心发烫，不停地跟各驻点的小组长通电话询问情况：线杆有没有遭到雷击，帐篷可进水了，给养是否跟得上。有的问题，都问过几遍了，还要一说再说。眼看就要到奥运会开幕时间了，这场雨，似乎不打算停下来。

巡查不能中断，穿着雨靴、雨衣，杨奋强不定期地带着几名保电员，沿着线路巡查。走在哗哗作响的雨地里，行路难自不待言，天空时不时响起的雷声，就像老天在发威。一些路段险要处，望远镜起了作用。幸亏之前对所有线路都进行了排查、排险，暂无大碍，巡查起来，心里有了底。

这天，巡到第八组的住地，见时间正午，就在那里用中餐。第八组共有四名保电员，住在村长帮助找的一户农家。一家人都外出打工了，盖的二层小楼，空落落地杵在那里，室内没有装修，倒叫大家住着安心，就在一楼占了两间屋，自带了铺盖，还算舒适。

中饭很简单，大米饭，从村民家买了菜，烧了青菜、黄豆。送变电的男人，生存能力强，以前野外埋锅做饭都不在话下，何况现在有屋住，有厨房可用，大家施展起手艺来，个个顶呱呱。轮番当大厨，倒是都神气活现的。

饭毕，朝院里一看，雨居然停了。杨奋强一下兴奋起来，好啊，可以再朝前巡看一段了。这时，陪同的保电员要他原地休息，他们去巡查就行了。毕竟，雨才停，路还是不好走。

杨奋强怎么可能停下来，笑笑，开句玩笑说："我老人家还是有把力气的嘛，再说，这雨过天不晴的大好河山，不能光让你们欣赏，我也要看看。"仍旧跟着大伙上路了。

天空的云，低低地走动着，像一群野马，朝正西方向流动，走过了一片云，天空就露出一丝淡蓝，远处的山峦，时隐时现，清新的气流，一股股吹着。杨奋强深深吸一口气，在心里祈祷：千万别再落雨了，要奥运了。

走到一片山坡那里，杨奋强举着望远镜，开始查看不远处的铁塔。水淋淋的铁塔，就像刚刚在河里畅游一番的汉子，明晃晃的样子，显得格外清俊逼人。那六根钢缆，手手相挽，走山越水，起起伏伏，飘逸着前行。杨奋强仔细观察着铁塔，从塔脚、塔杆、导线、架空地线、绝缘子、防震锤、接地拉线、间隔棒，全部扫描一遍，觉无异常又转过镜头，查看另一基。那基铁塔站在半山腰，虽然淋了几天雨，却毫无疲惫之感，正以高昂的姿态，俯视着万物，也似乎在跟他们这群架线立塔的人打招呼。

高倍望远镜一下把铁塔拉近了，从头到脚给铁塔来一通扫描后，杨奋强举着望远镜一动不动了。

朝西南方的那串绝缘子，最下面的一只瓷瓶好像有点不对劲，似有闪络炸裂的痕迹。他把眼睛离开镜头一会儿，朝别处看了看，又对着镜头仔细观察那串瓷瓶。

怕自己看得不仔细，杨奋强把望远镜递给旁边的一个人，那人跟着杨奋强做工程时当过质量员，马上接了望远镜，端着认真看起来。看了一会，脱口而出道："瓷瓶有问题，一定是遭雷击了。这一段线路的铁塔，没有安装避雷设施，估计是这几天雷雨天气才发生的。"

杨奋强又叫其他几个人轮流看一遍，得出的结论是，瓷瓶遭雷击出现裂痕，必须马上更换。"设施和工具都在住的地方，我们马上去取。"几个人没等杨奋强下命令，立刻朝回跑。

杨奋强抬头看着天空，积雨云低垂着，随时会有风雨袭来，此时哪里适合更换绝缘子？

等带电班的人接到电话过来，杨奋强他们已来到铁塔下面。大家观察商讨了一会儿，决定如果明天无雨，可以更换。

第二天清早五点，杨奋强准时起床，来不及洗漱，先跑出去查看天气。有着淡淡的云雾，云层薄了，不像有雨的样子。

早饭后，一群人带着所用工具，直奔铁塔而去。跟调度联系停用重合闸后，两名穿屏蔽服的带电班技术工开始上塔。其余几名保电员在地下负责吊运设备。

杨奋强站在铁塔下面，双手拃腰，一动不动地仰望着铁塔上工作着的带电班工人。他看着他们戴着安全帽、穿着屏蔽服、扣着安全带，一丝不苟地更换着受伤的瓷瓶，觉得自己身上的汗一丝丝地往外冒。他努力控制着自己的紧张。

一朵黑云飘了过来，把头顶的天空遮黑了。这块云会带来雨吗？天气预报上说，今天是多云，没有雨。但山里面的世界，谁敢断定？

风力忽然加大了，四周的天幕出奇的亮，唯独头顶的这片天，比任何时候都黑暗。杨奋强闻到了一股浓烈的雨腥味。这些天的雨腥味，从没有今天如此强烈，虽然他看不到一滴雨，但他分明感到，大雨正在云层里急剧地聚合着，随时都会落下。

杨奋强对着天空深吸了一口凉气，想冲上面的工人喊话，又忍住了。拿起望远镜，他急切地看着上面的工作状态：已经取掉带电端的弹簧销，将碗头和绝缘子的球头分开了，快了！接地端的销子被取掉了，好！托瓷架把绝缘子串吊起来了，好！低值绝缘子也被换下来了。快，再快一些！开始安装新绝缘子了。好！再快一些，一定，动作要快！再快点！绝缘子串恢复原位了，取下工具了，好！工人准备下杆了。好！

杨奋强觉得自己心里的声音越来越大，他举着望远镜的手开始剧烈地抖动起来。下面的工人也发现了他的异样，大家屏住呼吸，一起朝塔上观望，谁也不说一句话，大家的心瞬间相通！

上塔更换绝缘子的工人终于安全“着陆”，他们脸上滚动着黄豆大的汗珠。杨奋强伸出双臂，紧紧揽了一下他们的肩，大声说道：“好汉子！”

两名工人腼腆地笑了笑，脱掉屏蔽服，放进箱子里，又着手收拾工具。待收拾停当，刚刚走出没几步，一阵狂风袭来，紧接着，瓢泼大雨劈头盖脸而下。那雨就像无数条鞭子，抽打在他们的脸上和身上，大家齐齐站在雨中，仰头看着铁塔，呆若木鸡，脸上的惊恐渐渐堆积着，越来越厚。

有人尖叫了一声：“老天保佑啊！”

杨奋强对着天空挥了一下拳头，又挥了一下拳头，突然狂喊道：“让暴风雨来得更猛烈些吧，你个狗日的！”

五

许小涛打开手机时，有 35 个未接电话。他心里猛一“咯噔”。

35 个电话，都是方诗雨打过来的。

这是有原因的。他的手机没电了，也是因为太忙，他居然忘记充电。等回到驻地时，习惯性地拿出手机一看，才知麻烦。

立刻插上电源，打开手机。正当他翻看方诗雨来电显示时，带着

“我爱诗雨”四个字的电话号码把他手机猛烈撞响了，惊得他差点把手机掉地上去：

“你到底想怎么样？你什么意思你？你是不是有意躲着我？你要做什么你就明说！”方诗雨的声音无比之大，几乎震破他耳膜。此时，他的手还是僵的，刚刚从暴雨中冲回屋里，还没有暖和一会儿，方诗雨的话把他一下又重新打进寒冷中。

“诗雨，你听我说，我手机没电了。一天都在巡线中，没空也没地儿充电啊。”小涛艰难地作着解释，喉咙像针扎般疼痛，这使他的声音显得心虚、胆怯。

方诗雨的声音，更显得无比尖利高亢：“许小涛我告诉你，如果我依靠你，我早死了。你知道吗？我等你救我，我死定了！”

方诗雨的话莫名其妙，声音里充满着无比的愤慨。许小涛无奈无声地对着手机屏笑笑。那上面“我爱诗雨”的来电显示执著地闪动着。

“诗雨，请听我说，保电结束后，我第一时间飞到你身边啊……”

“许小涛，这样的话，我听过一万遍了，我不想再听了。我要跟你分手，各过各的，别以为没人疼我爱我，我告诉你，比你有眼光的人多了去了……”

许小涛疲惫地笑着，任由“我爱诗雨”在那里大呼大叫。他早习惯方诗雨的吼叫模式了。

如果把奥运保电之前的日子来个大盘点的话，许小涛会给自己打高分的。

首先是他作为项目副经理建设的一个变电站，获得了中国建设工程鲁班奖，不但给省送变电公司增了光，也给他本人的价值增加了分量。其次，他这个输电专业的高才生，大学时也辅修了土木工程专业，并于近期拿到了一级注册土木工程师资格证书。第三件事，也算人生的大事，他和方诗雨商量好了奥运保电一结束，就去民政局领取结婚证书。

为了他们的爱情，远离家乡在滨湖市工作的方诗雨，虽说世界的五彩缤纷在她面前张开着，但她的天空，最重要的还是许小涛。可是，小涛的工作特性，让这个远离家乡的女孩子懂得了什么叫独守空房。每一周的双休或者节日，她总是形单影只，独自看书或者逛街，身边没男友陪，经常一个人去泡吧，最多跟单位的同事到歌房唱唱歌。在小涛做工程的日日夜夜里，两人的电话里甜言蜜语少了，吵架倒成了家常便饭。“要爱，就要在一起。”这是方诗雨给爱情定的调，也是他们吵架一直的主题。

方诗雨希望许小涛能够留在省城工作，过一份少年夫妻相伴相守的日子，但是小涛很为难。他恨不得和诗雨朝夕相守，也不是说待在省城就没出息，但是自己的专业是在工程上体现的，在办公室里坐着，学这么多专业有什么用？

对于许小涛的志向和人生价值取向，方诗雨不是不了解，也不是不支持。可是当道理和感情发生冲突的时候，女人的感性就要压制理性了。她千里万里奔着爱情而来，不是为了在一个异乡的角落里痛苦地思念。按理说，对一个青年女子来说，这真的不是过分的要求。而在小涛看来，他是送变电的第三代人，有义务担当重任。以前的送变电人，专业技术知识少，上过大学的少，他有机会接受教育而且有用武之地，这是很幸运的，也是不能轻易放弃的。

人生走到这个份上，两个人的价值观不知不觉发生了偏离。

其实，这不是一个新的话题，在大学里两人都曾谈过未来的职业规划和前景，也作过很好的沟通：

“我的专业可能在野外工作的时间比较多。”

“那太好了，到双休日我就去看你，顺便郊游啦。”

在热恋的时候，未来的所有都不是问题。因为那会儿“爱”是主题，即便说到关于职业的话题，都是充满了浪漫和理想主义色彩的。

而当现实来临时，方诗雨才觉着，相守一起对爱情而言更重要。几乎是每次吵过后，两人再和好，总觉得跟以前的海誓山盟比，少了力度了。当然，负责吵架的是方诗雨，许小涛是听众。再好的脾气，再美的爱，吵到最后，也把人吵烦了。

进入紧张的奥运保电后，许小涛常常忙得顾不了去想方诗雨了，也没有时间一个字一个字在手机屏上摁短信了。在回到驻地夜深人静时，他也想方诗雨，就直接电话过去。他也想跟她在一起，小涛反复这样表达着。

可是方诗雨还是大大地发作了。

接受了教训，许小涛只要回到驻地，时间不是太晚，就给诗雨一个电话。

可是电话那头似乎状态是慵懒的，对小涛的电话反应很淡然："啊，你总是这么说。我知道了。知道你忙。你忙你的吧。"

电话里听得到电脑键盘敲字的啪啪声。

在干吗？小涛问。

网上呢。她说：在跟朋友网聊，聊累了，就睡得着啦。

网络真是个好东西。小涛庆幸。

如果小涛知道诗雨在和谁网聊，他就不会那么感谢网络，帮助诗雨打发一个个难眠的夜了。

和诗雨聊天的是公司里的任职三年的那位老总leo，复旦大学外文学院的，在香港拿到硕士学位，在美国拿到博士。之所以来到江淮省工作，有一个很重要的原因是爸妈曾是江淮省滨湖市郊区的下放知青。

父母虽然回到了上海，但是对自己曾经留下青春记忆的地方还是常常和儿子谈起。充满感情的回忆，给儿子留下了很深的印象。正好leo博士毕业后，滨湖的一个外企有个机会很适合他的专业，就欣然接受了邀请来到滨湖。

这也正是方诗雨钦佩他的地方。认为leo是一个多情的有个性的有责任感的血性男儿。因为这个血性男儿回到滨湖市的理由是，爸爸妈妈的最好时光是在滨湖度过的，他也要把青春好时光放在滨湖度过。上海那个发达地方，像他这样的海归，多了去了。上海有他无他无所谓，而滨湖多一个像他这样的海归，就多一份尽快发达的力量。

一直忙于发展事业，leo的家庭问题还没进入编程，直到遇见方诗雨，这位海归才子的原始密码被方诗雨激活了——这是他的原话。

方诗雨这样性格和长相的女孩子，招人爱的几率非常多。她跟leo共事三年多了，从他当海外业务总监到他当副总、老总，他们都是很玩得来的朋友。在原来那些孤单的日子里，她跟着他及一帮同事，去唱歌或到酒吧喝点红酒，从没有单独跟他一起待过。这是她心里为自己为小涛设置的底线。

但是她不能原谅小涛居然会忘记她很多的纪念日甚至生日。像她这样有点小资、被许小涛宠爱多年、能击伤许多男人眼珠的骄傲女子，她心里是难过极了的。因此，生日那天她独自在家喝掉一瓶红酒，并且电话里跟正在奥运保电的许小涛闹腾了一大会儿。

后来，leo的电话打过来了："生日快乐！"

"你怎么知道我生日？"方诗雨很惊讶。

"是秘密吗？你有资料在公司啊。我有权知道我的合作者的有效信息啊。"leo总是那么善解人意。

借着酒劲，方诗雨在电话里耍了一个女子的小娇嗔。其实也没什么出格的，只是比平常多说了一些话。

没想到，第二天leo就约她吃晚餐："你不觉得，谁跟谁在一起，都是命定的吗？我有过女友，但跟婚姻都是相差十万八千里的。遇见你的那一刻，才让我想到婚姻。我知道你男友，但是我也知道你一个人的孤独。其实，你的男友可能真的是个很好的人，因为使你爱上的人一定有你的理由，况且你为了他能够离开上海，他没有过人之处，你是做不到这一点的。但是，我觉得他的职业特性可能不适合你。因为女孩子就像花儿，少了呵护会很快枯萎的。"

方诗雨心底最脆弱的那一块被重重地击中。

在方诗雨不明确拒绝的态度下，leo密集的问候、鲜花及电话约会接踵而至。方诗雨内心剧烈地挣扎着，情绪很不稳定，有时酒后大哭，有时候甚至会在约会中把自己灌多酒。leo总是不动声色地分寸得体地照顾着她，绝不乘人之危。他留足时间让她自己做出抉择。

方诗雨明白，许小涛这下是遇见劲敌了。

难舍的爱让方诗雨肝肠寸断。

一去千万里

YIQU QIANWANLI

第八章

好哥哥，青青苦艾已变成芦苇的白发

冰冷冷的大雪就要落下

一杯热水煨暖了隔世的叙说

盼你的灯笼已在门楣高挂……

——内蒙古民歌

一

从高倍望远镜里，宋黎明扫描着山坳里的铁塔。

铁塔上的鸟窝之多，让宋黎明深深吸了一口凉气。

建立在野外大部分的铁塔上面，都会有一到两个鸟窝，照这个数字看，仅他负责的这 135 基铁塔上清理鸟窝工作，就要占用很大的时间和精力。

宋黎明记得自己刚当送电工时，根本没有这么多鸟在铁塔上做窝，现在为何鸟儿都喜欢把家安在铁塔上呢？

想到这里，他问和他一起巡线的当地的护线员。

护线员笑着说："现在政府对枪支管制严了，没人敢打鸟了，所以鸟就多了起来了呗。以前吧，鸟儿大都在树上筑巢，后来就喜欢住在塔上了。鸟儿也会思考吧，大概鸟儿们觉得铁塔又高，安全性能好，刮风下雨也坚固？还有一种可能就是鸟儿多了，但是树却一年一年的少了。"

宋黎明想了想，还有一种可能就是建造在树上的鸟巢会随着大树的摇晃被风吹掉，而每基都有二三十米高的铁塔，刮起大风来不摇不晃的，安稳，只要建造就可能留住。只是，鸟儿自己没有想到，它们建造在铁塔上的窝，个个都是高压线路上的"不定时炸弹"：筑鸟窝的茅草下垂到导线上，会导致线路跳闸，遇到下雨和雾天，茅草湿了，很容易造成放电现象。而鸟粪落在绝缘子上，也会造成污闪隐患。把鸟窝说成输电线路上的"不定时炸弹"，实在太形象了。

清理鸟窝工作势在必行。宋黎明跟着大伙去工作现场。连续三天带着干粮和水，一干就是一天，速度再快，每天两人组合的小分队，也只能清理两基铁塔的鸟窝。仅铁塔之间崎岖的山道，就够他们绕上老半天，从这基塔走到下一基塔，看着铁塔就在不远处，却要绕走好远的路，有的甚至要翻个小山头，才能到达。虽然没到炎热的夏季，但山区里的蚊子实在凶猛，个头大，嘴巴刁，咬一口就是一个大鼓包。尽管大家全副武装，戴着安全帽，穿着工装和长筒劳保球鞋，但露在外面的面孔，还是被蚊子咬得包包瘢瘢的。

清理鸟窝的工作人员，都是省运检分公司带电班的专业人员。他们都有着若干年“零事故”带电作业经验，30 米的铁塔，不到 20 分钟就爬了上去，穿着屏蔽服，带着装鸟窝的专用袋子和用来清理鸟窝的专用工具，身上系着双保险带，清理工作十分顺利。但是宋黎明很难过。

宋黎明受不了的不是工作上的艰苦，而是情感上的折磨。鸟儿是无辜的，它们有择地而居的自由。可是它们无意中或者被迫选择的自由居地，却可能会给高压线路带来意想不到的灾难，清除它们是唯一选择。尽管有的线杆上安装了驱鸟装置，但鸟儿已经习惯了那种电流噪音，仍旧恋着铁塔筑窝。

每当工人把鸟窝取下来，宋黎明都要仔细观看好久。那些筑垒的鸟窝，非常精致，外面是一些枯树枝和泥巴粘连着，里面是鸟儿自身的羽毛做铺垫，像舒适的席梦思垫子，躺在鸟窝里的鸟蛋，似乎还热乎乎的。那些等待着朝阳升起、即将醒来的生命，让宋黎明难过万分。他让工人尽量在附近找一株安全性能好的大树，把清理下来的鸟窝重新放到树上。他希望归巢的大鸟，还能找回自己的窝，重新哺育自己的孩子。

这一天，已是半下午时分。宋黎明决定，把前面的一片凹地那基铁塔上面的鸟窝清除下来，就收工回住地。太阳西斜，光线仍很强烈，照射着四周的青山绿树，不时传来鸟儿清灵的鸣叫声。

这基铁塔的四周大概因为树木稀少，因此上面筑了有两只鸟窝。两名工人一起上杆作业，宋黎明和另一名工人在下面等待。

先上塔的工人，摘了鸟窝正小心翼翼地往杆下下，另一名工人，在铁塔的西南方位置，摘取另一只鸟窝。那只鸟窝体积明显大于别处的鸟窝，上去的人很仔细地清除着。

这时，只听天空响起一阵嘎嘎的叫声，几只大鸟扇着翅膀拼命地扑向铁塔，先是围着铁塔狂飞一阵，接着就把正在摘鸟窝的工人团团围住了，左右开弓地叼啄起来。

工人没想到会招致大鸟的袭击，一时乱了手脚，正在下杆的工人就朝上爬，想协助上面的工人下来，没想到，疯狂的大鸟同时袭击下面的工人，几只鸟轮番对他们叨啄不停，两名工人拼命护住脸，左右摇摆着，躲避大鸟的攻击。先摘下的那只鸟窝，从袋里掉了下来，叭地摔在地上。

宋黎明通过望远镜，把塔上的情景看得真真切切，连忙用对讲机向塔上的工人喊话："一定要镇静，千万注意安全，把安全帽的带子系好，慢慢走下来。"

大鸟似乎明白工人要逃离，越攻越有劲，把两名工人逼得寸步难行。最上面的那名工人，在慌乱的摇摆中，突然飞离了塔身，像一只大鸟一样朝下飞落。宋黎明本能地朝天张开双手，想要把坠落的工人接住。

工人最终是被双保险的安全带紧紧扣住了，但他腰间的工具袋里，一只扳手悄然滑落。

全力关注着工人的宋黎明，见工人被保险绳带住，他张开的双手仍旧没有放下，只顾对着空中喊话："快点，朝着塔身悠荡，抓住铁塔，对，抓稳了！"当那只扳手从宋黎明右侧耳边奋力划过，他还张着嘴在喊话。猛然的撞击，让宋黎明身子一歪，他的话音戛然而止。就在他的意识突然消失时，还不知究竟已经发生了什么事。

宋黎明醒来的时候，第一眼看见的是沈荣荣。

他眨了眨眼睛，以为是在做梦。刚想这是在哪里，头便剧烈地疼痛起来。

沈荣荣伸手抚在他手上，长出了一口气："老天爷，你总算醒过来了。"

这是一家县级医院的急诊室，雪白的墙壁让宋黎明慢慢回忆起刚刚发生了什么。他的头还在嗡嗡响，厚厚的纱布把整个头都包了起来，只露出面部。

宋黎明伸手摸了摸头上的纱布，问："荣荣，我身上可少了什么？"

沈荣荣脸一红说："算你命大，轻微脑震荡。头皮削掉了一块，耳朵算是保住了。"这时，坐在旁边的贺立淮伸头瞅着宋黎明半天，见黎明的眼珠转向他了，才说："我这才明白什么叫重色轻友。我坐在这里一个大活人，你硬是没发现我的存在。"

"老贺，都发生了什么啊？我这是在哪儿？"宋黎明想欠欠身体，但头疼立刻让他重新躺下了。

"这是花山县人民医院，离我们工作点最近的县城了。你小子，真是命大，别看你戴着安全帽，可是你是仰着脸的，如果那只扳手垂直砸中你脑壳，说不定你就认不出沈老师，也认不出我来了。幸亏只是擦边，你还是睡了一天一夜才醒。放心吧，身上的东西一样没少，耳朵只是擦伤，长得好好的。"

铁塔下的那一幕渐渐清晰起来。黎明问道："工人都没事吧？"

"没事，都安全地下塔了。你别乱想了，先把身体养好。你小子因祸得福，人家沈老师请假专门来陪着，期终考试监考都叫别人代替了，大宝可跟她的学校领导做了不少工作呀。对了，我得打个电话给大宝，他本来要等你醒了再走，小涛那边有点事，他刚刚离开不大一会儿。"

刚刚向大勇报了个平安，电话又响了起来，杨奋强打过来的："立淮，你手机怎么老占线哪，黎明怎么样了？醒过来了，好！能接电话？那就让他接一下吧。"

杨奋强对着宋黎明的耳朵唠叨了好一会，让他安心养伤，工作上的事，叫他全部放下来，有他奋强在呢。

杨奋强是进山处理一基铁塔污闪冒火花的事。刚刚把宋黎明送到医院，进了抢救室，得知黎明伤势不重，只是头部遭遇重击，人要昏睡一段时间后，才匆匆进山的。现在不能大意，工人要带电上杆作业处理污闪，更换绝缘子，他不在现场看着，哪里放得下心？野外作业，点点滴滴他都要想得到。

想不到的是许小涛负责那个组的线路出大事了。出事的不是别人，居然是卢跃进。

二

在接到贺立淮和许小涛的两个电话前，王大勇的心里充满着柔软的思念。

这天是父亲的忌日。

王大勇随身总是带着一张照片，这张照片也是他们家唯一的“全家福”，他把这张照片用一个小小的卡片袋装着，放在自己贴身的口袋里。

此刻大勇用手抚摩着那张老照片，眼前闪现出爸爸弥留之际的场景：爸爸把妈妈的手和王大勇的手一起拉住，嘴半张着，想说什么，却什么也没说出来，就咽了那口气。

爸爸去世的时候还不到六十岁，长期的野外作业，逃避孤独的嗜好烟酒，让他得上了很重的哮喘病。最后是肺气肿夺去了他的生命。

那时候，王大勇已经是送电队的一名外线工了。

握着爸爸的手，王大勇知道爸爸想告诉他什么。

爸爸在偶尔回家的日子里，已不止一次跟他说过，做送电工很苦，都是在荒山野岭深湖浅水里，顾不了家人，也顾不了自己。爸爸是想告诉他，要照顾好妈妈，将来也要尽力照顾好妻儿。

可是大勇没有做到爸爸要他做的：在爸爸去世一年后，妈妈也去世了。

妈妈死的时候很清醒，她告诉唯一的儿子说，原以为老头在外面跑了一辈子，临老了，退休了，就能守在一起了。少年夫妻老来伴，做不成少年夫妻，有个老来伴的命也好啊。没想到老头回家才几年啊，说没就没了。她说，你爸爸活着时，一年四季在外面跑，成天不着家，让她想再生个孩子的机会都没有。不然,王大勇也能有个弟弟妹妹啥的,有个来来往往的亲人,一家子也热闹些。

她告诉大勇:“今后你娶了女人,要好好待她。有时间就回家,多生几个孩子,你不在家的时候,也能陪陪她。”

这些话,大勇一字一句都刻在了自己的心里,他懂得妈妈对自己说这番话的心酸。可是没有了和秀玲的缘分,连杜鹃的姻缘都被上天收了去,即便他有心呵护自己的女人,这辈子看来也没这个命了。

想到这里,大勇给了自己一个苦笑。

电话响了。

刚刚放下对宋黎明的担心,许小涛的电话就到了,像大山里的一个响雷。

卢跃进是在给自己开“站班会”时发现事故的。

送变电的班组站班会是安全管理的一项重要内容,是对职工加强危险预知的教育训练方式,是做好安全施工最重要的一个关键环节。在王大勇手下做工程的时候,卢跃进对每天必开的“站班会”留下了深刻的印象。当他离开送变电的时候,他就说过,他一日是送变电的兵,一生就是送变电的人。

所以他坚持每天给自己开一个“站班会”,就像在送变电干工程的时候一样。

每天早上的站班会上,卢跃进一定会安静地想一会儿,自己今天要做些什么?该怎么做?自己的昨天做了些什么?做的事情是不是靠谱?还像不像一个送变电人?

那天早上的站班会,他是在李圩子村头为自己开的。

头天晚上卢跃进到李圩子村收货款,正巧碰上大雨,走不了了,于是当晚就住在村东头的李铁牛村长家里了。

第二天清晨,当卢跃进洗漱完毕,站在门口习惯地为自己开着“站班会”的时候,他看见层层的雾霭缥缈依山峦升起,笼罩着杂花生树。远处,很多只鸟儿啼啭欢跃着,把山乡的早晨吵得热热闹闹的。凝聚在树叶上的小水珠还往下滴滴答答地落着。卢跃进站在树下,任水珠儿往自个儿的头上滴着，清清凉凉的挺舒服。

自从做生意以后，卢跃进很久没有这样的闲适时光了。一股清香的树叶气味是从榆树上散发出来的，这让卢跃进想起了刘家洼那个属于自己的小院里的那棵榆树。离开大翠有些日子了，卢跃进想家了。

其实卢跃进最喜欢看的景色还是那远远近近山顶上那一座座铁塔，一座座铁塔屹立在阡陌田野上，屹立在大山沟壑中，站在一个队列中，不管是在水里，还是在山头，没有条件，没有怨言，只有服从。它们真的是那么像他曾经的弟兄们。而那横跨铁塔的组组导线如优美的五线谱，卢跃进离开它们再远，都似乎可以听到导线里流动着的潺潺歌声。那歌声就像大翠给他唱的山歌：

一摊一摊杨柳树啊呀一片一片青，
一丛一丛山桃花啊呀好像胭脂云，
一湾一湾清泉水啊呀甜么甜津津，
一山一山好风景啊呀看也看不尽，
一步一步相思情啊呀穿过桃花雨，
一颗一颗女儿心啊呀融进杨柳青……

想到这里，卢跃进忍不住自个儿乐了起来，他这辈子好福气，找到了大翠这么个可爱性格的女人，日子不管是穷是富，都是唱着过。

正在这时候，卢跃进听到一声惨叫："啊……"

是李小放的声音。

也是合该出事。

李小放从来都不是个勤快人，睡懒觉是他最快乐的事。但是那天他想去赶集，早早起来赶山路。刚出村头看到不远处的铁塔上新搭了个鸟窝，就脱掉鞋子，爬上距杆顶不远处的横担，想掏个鸟蛋烧着吃。他光顾看鸟窝了，却没有注意头顶触到了带电的线路中相，正好筑鸟窝的茅草下垂到导线上，只来得及惨叫一声就掉了下来。

正在旁边的卢跃进听到叫声，一个箭步冲过去，伸出手准备去拉李小放，就在他刚触及小放的时候，整个人就像被什么东西用力猛甩了一下似的飞出去，一头栽到路边的水沟里沉下去，看不见了。而触电的李小放却被卢跃进猛然倒下的身体撞出两三米，撞离了导线。

等李铁牛带着村民把卢跃进从水中救出来的时候，他因为触电昏迷，在水里时间过长，已经停止了呼吸。

李小放得救了。

王大勇赶到的时候，李小放正跪在卢跃进的尸体旁，哭得说不出话来。

小涛冲上去就要打李小放，被大勇一把拉住：冷静，小涛……

一句话没说完，大勇的眼泪夺眶而出："跃进，你还是个男人不？你讲话为什么不算话？你说你要为我准备婚礼的，就在你的船上，要张灯结彩的，要大操大办的，要热热闹闹的。我说退休以后准备到乡下住，你说在刘家洼要帮我盖房子，你说我们老弟兄将来就陪着我们自己建造的铁塔，看着我们的铁塔，喝自己酿的小酒，吃自己种的蔬菜，说得好好的，你怎么招呼不打一个就走了呢……"

由卢跃进想到了同日去世的老送变电人自己的父亲，大勇热泪纵横。

出殡的那一天，应大翠的要求，卢跃进换上了送变电的兄弟们送来的新工装。

大翠说，跃进一直都稀罕自己的褪色工装。他说，一穿上了工装我就感到光荣。每次乡邻婚丧嫁娶的重大场合，跃进总是喜欢穿工装出席。回来脱下，也总是自己亲手小心翼翼叠放整齐。即便是洗，他也是叮嘱大翠，小心点，别弄皱了。他说，一穿上工装，就觉得自己还是在送变电人的队伍中，在那个有着行为规范的团队，有着铁的纪律的团队，有着神圣的使命的团队。离开了送变电，虽然做生意钱多了，和老婆也能天天热热乎乎黏在一起，但是想起以前在送变电的日子还是很怀念，很向往。卢跃进常常说，人活着图啥呢，还是图个心里满满当当的。在大勇哥手下做事，就是那个感觉。一生没别的稀罕，就为自己曾经是送变电人而自豪。

大翠说，现在他终于如愿了，跃进又回到送变电人的队伍里了。因为他是穿着送变电人的工装走的。

大翠一字一句地说着，来为卢跃进送行的大勇和小涛一行含着热泪，心里充满了悲壮与自豪。

三

奥运会开幕的那天，天气晴得朗朗响，杨奋强、张秀玲、许小涛、贺立淮、宋黎明的耳朵眼里，都被王大勇的声音灌满了。

其实就是大勇不打电话来，这几位脑子里的弦也是绷得紧紧的，大家在负责的线路上逡巡，就等着晚上的奥运开幕式焰火升空呢。

傍晚时分，西天的云彩就像画家的颜料盒不小心泼了上去，变得鲜艳夺目，深蓝、淡蓝、姜黄、粉红、深红好几种颜色在一起，就像挂了一幅油彩画。身体早已康复、返回保电一线的宋黎明，接到一个短信："今天的日子，也是属于我们的惊喜！爱你到永远！老婆。"

宋黎明幸福地闭上了眼睛，沉醉了足足有三分钟。等再朝西天看时，觉着七彩云霞里，有个仙女飘然而至，仙女身披五色彩绸，头戴凤冠，衣袂飘飘。在他的心中，沈荣荣就是仙女。

宋黎明住院养伤的日子里，他懂得了被人爱的滋味，知道多年的等待里，上天终于开恩，赐给了他迟来的幸福。沈荣荣关爱有加的呵护，少女般情窦初开的浪漫情怀，让宋黎明觉得，受伤是一件多么幸福而奢侈的事啊。如果没有受伤，他怎能会有那么长的时间和荣荣谈恋爱？又怎么能知道被爱的滋味是那么的妙不可言。

这些年过去了，原来以为心都拴在线路上了，挂在铁塔上了，觉得一生就这样跟着铁塔线路一起走过也就算是生活了。现在想来，生命里如果没有被爱，是一件多么大的缺憾！以前看着小妹宋光明长大，满眼满心都爱着她，但是小妮子根本就是把他当大哥看，宋黎明从来没有被爱过的经历。因此，沈荣荣的爱，就是一剂康复性能极强的药，使他的身体和心灵在瞬间康复。

在宋黎明养伤期间,沈荣荣就跟他商量在暑假举行婚礼。但宋黎明抱歉地表示,婚礼还是在保电结束后再办吧,保电是第一位的。送变电人就是战场上的士兵,战斗没结束,战士是不能离开战场的。临别时,沈荣荣深情款款地说:"等奥运会举办那天,我一定穿着婚纱来跟你巡线。"这句孩子气十足的话,虽然当不得真,但让宋黎明一想起来就感动不已。

铺在西半天的油彩画渐渐变淡了,最后消失了。一弯新月斜斜地挂着,天空干净得只有那片上弦月牙和衬着月牙的蓝天。宋黎明站在一座帐篷前,欣赏着美景,畅想着幸福,听到杨奋强、贺立淮说话,他也走了过来。

住宿地搭建着三顶帐篷,因为988、989、990、991号的四基铁塔线路附近,不但有一座新开的采石场,还横跨一条高速公路和省道,这里就成了"严防死守"的重要保电线路。宋黎明知道,因为今晚奥运会开幕式要举行。黎明跟老战友打着招呼,说道:"看来,老哥儿几个,只差大勇大宝了。"

"谁说差我了?"

王大勇踏碎了细细的月光,大踏步走了过来。

杨奋强叫道:"大宝,你不是刚刚打过我们电话吗?你一天打掉几块电池啊?这么快就来了?"

王大勇笑道:"怎么,还嫌电话不够多?我揣着三块电池,有得打呢。今晚我是带着汽车轮子过来的。天气好,到这里转转,想着一准会遇着你们。果然。"身后跟着的司机小陈,肩上扛着一个大包。杨奋强不用看,就知是巡线要用的家伙,人人身边都有一套呢。

帐篷里温度高,大家就在外边坐着喝水。

杨奋强趁大家伙儿聊得热闹,就悄悄走到旁边另外两个帐篷里,查看还有哪些人在。

前一批保电员去巡线了,后一批等着凌晨换岗的,就在帐篷里休息。

张庆标在下半夜值班,只见他握着一台收音机,调到中央人民广播电台奥运直播节目的频道,正盯着收音机听着呢。

杨奋强说:"庆标你把收音机带来了?"

张庆标"忽隆"站起身说:"杨经理你光临这里视察啦?我保电时就把收音机带来了,就是要听奥运会开幕式的。以后有比赛,还能听现场直播的赛事。"

"拿出来,放外面大家一起听吧。"

张庆标找只方凳,朝帐篷外面一放,收音机开到最大音量,放方凳上面了。

"同一个世界,同一个梦想。亲爱的听众朋友,举世瞩目的第29届奥运会开幕式,将于今晚20点08分,在北京中国国家体育场隆重举行。今晚,奥运圣火将在这里点燃,五环奥运旗帜将在这里升起,中国人一百年的梦想,将在这里实现……"

收音机播音员的声音,一下把三座帐篷里的人全拽到帐篷外面来了。当奥运会开幕式直播开始,当中华人民共和国国歌唱响时,王大勇一下站起身,面向铁塔的方向,静静伫立。也几乎同时,所有收听现场直播的保电员们,也一起站直了身子,不约而同地面向前方的铁塔挺立着。

"……由一个人参加奥运会到13亿人共同努力承办奥运会,中国人对奥林匹克运动的热爱已经融入了民族的血脉。今夜星光灿烂,今夜礼花满天,仲夏的北京见证奇迹,铸造荣耀巅峰。当鲜艳的五星红旗迎风飘扬,绚丽的焰火绽放出古老的中国最灿烂的表情,这个夜晚属于腾飞的中国,这份喜悦属于奥运的北京……"

随着主持人越来越激昂的声调,帐篷前的空地上,也响起了击打矿泉水瓶子的声音。杨奋强把矿泉水扔一圈给大家,打开瓶盖,一口气灌下去半瓶水,突然振臂高呼:"加油,中国奥运!加油,送变电的兄弟!"

王大勇哈哈大笑道:"你小子,又狂啦!"

"是啊师傅,这些天大伙儿保电忙得鞋子穿破几双啦,不就是等着这一天的到来吗?我真想狂走到北京去,看奥运,看升国旗。"

“小子，奥运会那里不是你的战场，你的战场在这里。保电的重头戏才刚刚开始呢。”

“是的师傅，我晓得的。一会儿咱们再巡视一番咋样？”

“你跟我老骨头较量？行，就喜欢你这个劲儿。”

这时，王大勇手机响了，是许小涛的声音：“亲师傅，你那里奥运没？你听听我这里，正奥运呢。”随即是收音机转播的奥运会开幕式的声音，随着话筒传了过来。

杨奋强把手机抓过来，放在方凳的收音机上，那边的许小涛叫了起来：“亲师傅，你那里也奥运哪。”

王大勇说：“是啊，全国人民都在欢庆奥运呢。你那里怎么样？”

“分工明确，一切正常。张总也很好，我照顾着呢，你老不用操心啦。”

张总自然指的是张秀玲。这个小子，哪个的玩笑都敢开。王大勇嘴里骂着，心里却偷着乐了。

一直不说话的宋黎明，这会儿蔫不啦叽慢慢腾腾地说了一句话：“不会吧，真的来啦？”

大家对黎明的话很惊诧，顺着他眼光投射的方向，在淡淡的月光下，真的走过来几个人。

近了，大家才看清，是杨奋强的“老婆大人”鲁婧婧，宋黎明的准老婆沈荣荣和贺立淮的女儿娟娟。

月亮快落下山了，光线淡得看不清几个人的面目了，但大家还是感觉得到，其中一个人的穿着，是与众不同的。

当娟娟把握在手里的一蓬纱放下来，大家发觉，那正是沈荣荣长长的裙子后摆。不，那不是裙子，那是一袭婚纱！洁白的、在月光下散发着淡淡银光的婚纱。

张庆标麻利地跑进帐篷，拿来一只充电手电筒，直直地照过来。他不好意思去照沈荣荣的脸，就照着她裙子的下摆。那摇曳的婚纱，在地上撒开来，就像盛开的洁白的花朵。

贺立淮的闺女娟娟上前夺过手电筒，高高举着，给沈荣荣当追光灯，大家便看清了新娘子沈荣荣的模样：高挽的发髻，漂亮的婚纱，熠熠放光的项链，真像九天仙女下凡一般美丽。

发愣半晌的宋黎明，看清了沈荣荣的装扮后，更呆了。原来，沈荣荣短信来说的惊喜，真的给他送来了。

王大勇被眼前的一切震住了，一时不知该说什么好了。还是杨奋强反应敏捷，立刻拉过宋黎明，让他和沈荣荣并肩站着，然后像个婚礼司仪似的，朝后站几步说："让我想想，这对新人的婚礼，选在奥运这个大庆的日子举行，这是谁的主意呢？是宋工的，还是沈大美女的？但不管是谁的主意，这都是个很高明很有眼光和创意的主意！现在，我们该为这对新人举杯庆贺和祝福才对。干杯！"扬起手里的矿泉水瓶子，跟手里有瓶子的人"嘭嘭"地碰着，一起欢闹着向一对新人祝福。

沈荣荣微笑着，落落大方地说："这是我一个人的主意。当然了，我的高参鲁婧婧可没少操心。我们早就打算，在奥运会开幕式举行的时刻，我穿上婚纱，来到保电现场，跟宋黎明结婚。其实之前我跟黎明商量过，在暑假举行婚礼。但是，他保电在一线，一直没得空闲。在陪他治伤的那段时间，我就想到了这个主意。我们的婚礼很朴素，很简单，却会很难忘。对不起黎明，我现在才跟你说，你不会怪我吧？"

乐昏了头的宋黎明，除了张着嘴"呵呵"地傻笑着，哪里再有一言片语？

一直微笑着站在一旁的鲁婧婧，这时候终于发言了："各位保电英雄，今天，我把送变电人最美的新娘沈荣荣给宋黎明送来了，这是我平生所做的最有意义的一件事。因为条件有限，只能委屈我们的新娘了。不过，这次来奥运保电一线结婚，意义不在于有怎样豪华的婚礼，而在于婚礼在什么时间什么地方举行。这样的婚礼，并不是所有新娘都能遇到的。这是场千里挑一，不，是万里挑一的盛世婚礼。现在有请主婚人、也是这对新人的大媒人王大勇上台，主持婚礼！"

一直倾听和观看的王大勇，终于明白是怎么回事了。这些年轻女子，可真是敢想敢为啊。心里为宋黎明高兴，又觉得在这种场合结婚，虽然很浪漫很超前，但毕竟荒郊野外的，真是对不住一对新人了。

大勇笑得比谁都开心："如果说奥运会是国人瞩目、盼望良久的大喜事，那么，宋黎明沈荣荣今天的婚礼，同样是一件我们这帮老哥儿们盼望良久的大喜事。所不同的是，婚礼来得让人惊喜让人感动也让我惭愧。作为黎明的老战友，我竟没做一点准备。在这里，我除了为一对新人祝福外，也表示我们的歉意。我把话撂这里，等保电结束，我一定在省城最好的酒店给你们补一场盛大的婚礼！"

娟娟把"追光灯"及时地打到王大勇的身上，王大勇哈哈大笑道："我代表送变电在场和不在场的全体战友，感谢沈荣荣老师，嫁给送变电人，做送变电人的新娘。我宣布，两位新人一拜天地，二拜铁塔，夫妻对拜！"

一对新人照王大勇说的，一一做着。当两人朝夜色中矗立的铁塔深深叩拜的时候，现场的人，也一下转向铁塔，行着注目礼。

趁王大勇说话的当儿，鲁婧婧拉开随身提来的大包，娟娟立刻从包里拿出一件东西，使劲摇着，对着空中呼呼喷起来。当成团成团彩色的泡泡在手电光的照射下快乐地飞舞时，大家才明白这是婚礼当中的泡泡机。杨奋强兴奋地拽拽鲁婧婧的胳膊说："老婆大人，你太有才了。想得如此周到，连泡泡机都带来了。"

鲁婧婧打他一下，嗔道："像你那么笨。这是从婚庆公司借来的手摇泡泡机。你没有忘记我以前可是客串过婚礼主持的吧？"

"哎呀，老婆大人，你怎么不把婚庆公司的一班人马都借来呢？"

"我还真想过呢。是荣荣挡住了。她说，如果那样，就显得俗了。她就喜欢这样的，香雾云鬟湿，清辉玉臂寒。多浪漫啊。"

"这才是送变电的女人，一个是顶天立地的爷们，一个是诗情画意的女人，般配般配，不错不错。"杨奋强大发感慨。

娟娟拿出了一大包喜糖，人手一小包，让大家品尝。在大家嘻嘻哈哈拥着一对新人走进帐篷里的时候，娟娟这才朝贺立淮依偎过来。

"爸爸，我刚才太忙了。对不起，冷落你啦。"说着，从随身背的小挎包里拿出一个信封："爸爸请看。"

立淮接过来，是西安交通大学录取通知书。专业是电气工程。立淮伸出手，在娟娟的头发上拂了拂："好闺女……"眼睛被一层雾笼住了。娟娟抽了抽鼻子，对贺立淮做个鬼脸道："老爸，你怎么奖励我?"

立淮说："你要什么奖励? 我都答应。"

"今年暑假你要为我请一次假，带我去你做过工程的所有地方，我都要好好地看一番，作为一个电气工程大学生的入门课程吧。"

"哈哈哈好贪心的闺女啊。告诉你，老爸做过的工程你想看一遍，十个暑假都不够呢。"

"好啊，那我就慢慢看，你说的哦，十个暑假都要陪着我。"

"走，去向你王大爷报个喜，让他高兴高兴。"

父女俩来到帐篷里。王大勇正跟一对新人说话，要用车送他们去附近县城住酒店，毕竟是新婚之夜嘛。还要给宋黎明放两天假，好好陪陪新娘。

没想到这个决定不但新娘子不答应，连"伴娘"鲁婧婧和"花童"贺娟娟也一起反对。关于这次到保电一线结婚的事，是三位女生的精心设计，她们要陪着新娘子坐帐篷里，等着太阳冉冉升起。如果去住酒店，这次行动不是落入俗套了吗? 让宋黎明离开工作岗位，那更是不可能的事。今晚她们要和大家一起坐在帐篷里"听"奥运会开幕式。

"我和你，心连心，同住地球村。为梦想，千里行，相会在北京。来吧! 朋友，伸出你的手。我和你，心连心，永远一家人……"

一支歌响彻在所有人的耳边和心上。

四

"从 6 月份的巡查，延续到 7 月份的临战，坚持到 8 月份的战斗，一直到 9 月 17 日残奥会胜利落幕，整整 100 天的时间。奥运会的保电大军们，终于结束了战斗，胜利凯旋……"

9 月 20 日省送变电公司召开的奥运保电总结表彰大会上，公司领导动情的讲话，把会场里许多人感动了。

杨奋强的眼睛湿润了，他想起了卢跃进，想起了宋黎明，想起了许小涛，想起了师傅王大勇……是啊，100 天的努力，100 天的坚守，100 天不能和家人团聚，日夜在保电一线，不分白天黑夜，巡逻在线路上，驻守在铁塔边。成功地保住了几条跨越江淮省的骨干涉奥线路，为奥运会的顺利举办立下了汗马功劳。

坐在第五排的“小侉子”张庆标，深深地低下了头。

一直到 9 月 18 日开拔回到省城滨湖市，杨奋强才知道，那天凌晨在帐篷里接到的电话，是张庆标的母亲病危让他回家的电话。但他没吱声，没跟任何人说母亲生病的事，甚至母亲去世，他都没能回家看上最后一眼。

杨奋强跟张庆标坐在一起，他掏出纸巾，递给张庆标，轻轻拍了拍张庆标的肩，内心十分愧疚。如果知道张庆标母亲病危，无论怎样撵也要把张庆标撵回家一趟。知道杨经理是这个脾气，张庆标才瞒着他，也瞒着所有的人。

表彰会的高潮是受表彰的单位和个人上台领奖。在这次保电任务中，王大勇、张秀玲、杨奋强、贺立淮、许小涛、宋黎明、张庆标、江明等 50 余名做出卓越成绩的保电战士，都走上了主席台，接受鲜艳的奖状和热烈的掌声。

正在此时，礼堂门口风风火火跑进来四名年轻人，其中两个男孩长得一模一样，一看就是双胞胎。女孩年纪更小些，脸上稚气未脱。他们并排站着，先朝台下的人深深鞠了一躬，又朝台上鞠了躬：“谢谢送变电公司的叔叔阿姨，谢谢资助我们完成学业的好人。”

台上台下一下变得鸦雀无声。这时候，主持人声情并茂地说：“我先介绍一下，这三位同学，是省工业大学的学生。这位是省城晚报的记者。他们今天来的目的，是要当面谢谢资助他们读书的好心人。”

“今年 9 月份开学的时候，我们送变电公司来了三位同学，寻找好心人。通过他们提供的线索，我们很快就找到了资助他们的人。这两个好心人，当时都在保电第一线。所以，让同学们在今天到会议现场，当面说一声感谢。这两位好心人就是王大勇、贺立淮。”

掌声再次响起的时候，王、贺二人的脸腾地红了。他们没有想到，会在这样公开的场合，把一件默默做了十年的悄无声息的事，给抖搂了出来。一时间，像聚光灯全部都打到了身上，两个人觉得身上冒汗了。

年轻的记者先说话了："我是省晚报社的一名记者，我叫王高峰。话要从十年前说起。其时我刚刚被县一中录取，但我的心情是糟透的，因为，我不可能有机会念高中了。我爸爸因为车祸瘫痪在床，妈妈操持着一家大小的生计。家里没有钱给我读书。正在这时，我们家来了一位立塔架线的叔叔。他好像事先就知道我们家里的事，宽慰我说，没关系，我资助你，要好好念书。他让我写下来县一中的地址和我的名字给他。开学时，我真的收到了学费。高中三年，这位叔叔一直资助我，直到我考上大学。我无法找到这位恩人，当时太年轻，甚至忘记问他是哪家公司的，只知道他是位行踪不定的架线人。唯一留下的线索，就是汇款单附言里'送变电'三个字。大学新闻系毕业后，我又报考了新闻专业的研究生，现在，我如愿考上省城晚报社，当了一名记者。这时候，寻找恩人的念头更加强烈了。作为一名记者，已经具备了寻找'送变电'的能力。通过在网上发帖，我没有找到恩人，但找到了同样被'送变电'资助的贫困学子，这样的同学一共有10名。他们有的在念大学，有的走上了工作岗位，因为离得远，不能在今天一一前来与恩人相见，但我们约定，有一天，我们会一起站到恩人的面前。现在，我们在滨湖市的四位受助者，代表他们寻找恩人来了。我们只想跟恩人说，谢谢，我们会好好做人，勤勉工作，成为社会有用之才。"

另一对受资助的双胞胎兄弟中的哥哥也说起了他们的故事："我叫刘梦，这是我的双胞胎弟弟刘想。我们是省工业大学研一的学生。七年前，我们同时考上了县城的省重点高中。我们家里很穷，爸爸妈妈经过商量，决定让我们两兄弟一个继续念书，一个外出打工。我是哥哥，同意让弟弟念书，我去打工。可是，弟弟坚持要外出打工，把念书的机会留给我。弟弟的理由是他中考时比我少一分。正在这时，我们家来了两位送电队的人。这两位立塔架线的叔叔，是到邻居家处理占用土地赔偿事情的。听了父母的决定后，这两位叔叔说，他们会想办法让我两兄弟念书。在高中读书的每学期开学，我们都能收到学费和生活费，汇款后面的留言只有三个字：送变电。三年高中学习结束，我们以优异的成绩，考上了大学。今年，我们两兄弟又一起考上了省工业大学的研究生。我们的志向是，学到本领，毕业后考到送变电工作，做出色的送变电人。”

那位满脸稚气的女生，尚未说话就脸蛋通红了。她看起来非常紧张：“我叫孙超凡，是省工业大学的新生。如果没有恩人的资助，我现在就是一名打工妹。在我升上高二的时候，我给自己制订一个计划，瞒着父母，偷偷外出打工。因为我妈的腿被拖拉机轧断了，爸爸一边种地，一边要照顾妈妈，我哥哥在省建工学院念大学。我们家没人打工，负担很重，是村里最穷的人家。我决定去打工挣钱，改变家里人的生活，就去了广东的东莞，做了电子厂流水作业线上的女工。一星期后，我同班同学打我电话说，有一笔汇款汇给我了，汇款单的附言里写了一句话：‘坚持读书，早日成才。送变电。’就这样，我又从东莞跑回了学校，继续念书。从高二到高三的两年里，‘送变电’一直汇钱资助我，除了学费，还有每月的生活费，直到我走进大学的校门。”

小记者拿下眼镜，用纸巾在眼睛上拭了拭：“我借助当记者的优势，来到省送变电公司，但公司这么大，而且恩人没有留名，仅凭‘送变电’三个字，是很难查找的。这时候，孙超凡在QQ上给我留言说，她爸爸能猜到是哪个人，因为那个人去过他们家，但名字没记全。我就叫孙超凡让他爸爸来省城，一起去送变电公司看照片来认。孙超凡的爸爸一进公司门就说，给他女儿寄钱的一定是宣传栏里这个叫‘贺立淮’的人，因为当时他去过他们家，问过孙超凡在哪里念书。

后来我们又把汇款单的手写复印件带到送变电公司，单子上的字体，有贺立淮写的，也有王大勇写的，公司里都有他们签字时留下的笔迹呢。由此得知，‘送变电’就是王大勇和贺立淮。”

在再次响起的雷鸣般的掌声里，四个孩子一起朝台下深深鞠躬。

王大勇、贺立淮被人拥到台上，几个孩子一一拥抱着他们。平常在民事工作中能言善辩的贺立淮，一下变得木讷了。

王大勇清了清嗓子说:"本来我跟立淮约定好,我们就是私底下做点小事,没必要让别人知道。既然孩子们找过来了,省送变电公司的领导也知道了,我们就来个实话实说吧。

这些年做立塔架线工程,走山涉水,到过最穷的地方,见到过最穷的人。那些生在深山老林或偏远地区的人们,他们辛劳而贫穷的日子,让我们感到了内心的沉重。这世上有那么多人需要关怀,需要帮助。

记得第一次让我们产生资助贫困学子的念头,是十一年前的冬天。这天,我们正在操作绞磨机放线,旁边的土路上,飞快地闪过了一张床,那床是被八个人抬着跑的,床上躺着一个人,床后面还跟着一个妇女在哭。床飞快地跑向乡镇的方向。不久又慢腾腾地挪回来了。床上躺着的人无声无息的,后面跟着的农妇大放悲声。后来我们从当地雇来的小工口中得知,这是个女娃,正念着书呢,女娃的妈妈让她歇了书,去外地打工挣钱。女娃不干,女娃的成绩非常好,是考大学的料。她妈妈就骂她不体谅家里人,十六七岁了还花家里的钱。女娃一气就喝农药自杀了。小柳树一样的生命,就这样没了。晚上,我跟立淮一起吃饭时,又说起了这事。立淮跟我商量说,以后我们每做一个立塔架线的工程,就在线路经过的地方,资助一位贫困学子,让这些贫穷而又想念书的孩子,继续他们的学业,实现人生的理想。这样的孩子,都是有出息的孩子,将来长大了,也会成为国家的栋梁。于是,我们就这么悄悄地做了。学费呀生活费呀,我和立淮一人一半,我们也不找相关的单位,就直接跟本人联系上,把钱汇到孩子念书的学校里。我倒是没什么,一个人吃饱,全家不饿,立淮就不同了,他家里挺困难的,这里也不多说了。总之,我觉得,我跟立淮这些年做了两件有意义的事,一件是立塔架线,一件是资助孩子们。"

孙超凡把话筒递到了贺立淮的手里,动情地说:"贺叔叔,我爸想起你来是因为你要赔我们家的鱼。你就说两句吧。啊?"

"那么,我就说说赔鱼的事吧。"

贺立淮拿过话筒说,"超凡的爸爸老孙家的鱼苗,被我们立塔时踩死了，我要赔偿他，但老孙坚决不同意。那段时间，我被南北大动脉工程中的民事赔偿简直破坏了所有的心情。是老孙的举动让我深受感动。老孙家的贫穷，我是亲眼目睹的。可是这样贫穷的人，却通情达理无论如何不要赔偿。我知道他培养了一个大学生在上省建工学院，一个女儿在上高中，这样的家风怎么会不出人才呢？资助孙超凡上学，应当是老孙的举动先感动了我。这是我看到的人性中光明和美好的一面。在这里，也让我说一声感谢的话，感谢那些以不同的形式支持我们送变电工作的人们。”

掌声像八月的豪雨，“哗”地就泼了下来。

五

曾经每晚的温柔热线，现在全变成了狂轰滥炸。

表彰会一结束，许小涛就赶紧回到了南北大动脉的工地。

因为奥运保电，对原先就不充裕的南北大动脉施工时间来说，工程更加紧迫了。江淮省这条大动脉的打通，是无数人多年的期盼，也是江淮省经济上一个台阶的重要节点。看着亲师傅和妈妈他们老一辈人都二话没说下了工地，作为年轻的自己，更不能装屃躲在城里和诗雨卿卿我我。没能安抚好诗雨的不满，小涛还是尽快来到现场。几天下来，他心力交瘁，几乎累倒了，正准备去隔壁会议室饮水机那里找点水喝。刚刚拉开门，差点跟江明撞在一起。

“许经理，我找你说个事。”江明话音一落，小涛的手机响了，他对江明做了个抱歉的手势，随手摁了一下，不想摁在免提键上了，手机里立马传来方诗雨的大叫：“许小涛，我跟你没完！我们彻底分手！我说到做到！”

江明一下子惊呆了。许小涛连忙摁掉电话，不好意思地笑笑。这时候，程芸芸端着一杯热奶茶，一蹦一跳地过来了，正好把方诗雨的吼叫听得清清亮亮。

恢复了南北大动脉工程后，因为任务重赶工期，剩余工程现场基本上全都是在江南的崇山峻岭中，难度陡然加大。除了王大勇继续挂帅顾问，杨奋强、宋黎明和许小涛还精挑细选补充了一批骨干力量，其中有一部分员工是自告奋勇过来的，有很多的新党员，新分来的大学生、研究生，都向省送变电公司递交了申请书，希望自己能早日成为送变电的"四特战士"。程芸芸就是递交请战书的人员之一。

关于让她来不来的问题，省送变电公司领导还真是费了一番脑筋。因为一般情况下，公司原本就是尽量不安排女同志前往施工一线，尤其是生活条件特别艰苦、施工条件非常艰难的地方。况且这个叫程芸芸的姑娘还是一家上市公司老总的独生女儿，这家公司在江淮省乃至全国都很有名气，她的父亲也是企业界响当当的人物。如果把程芸芸派往施工一线，万一有个闪失，怎么向其家人交代？况且，这个娇生惯养的孩子，能否吃得下那份苦还是个未知数。说不定是一时的心血来潮呢。

正在公司老总们斟酌新增选人员名单时，程芸芸直接找领导为自己陈述理由来了。

作为一个送变电的新兵，程芸芸在领导面前并不怯场。她首先表明生在现在这个家庭，并不是她的错。父亲的公司和她是两码事，不能混为一谈。她本人是个有真才实学的人，凭借自己的努力考进滨湖高中时，她是全市第一名成绩，高中毕业后考取北大也是她三年的努力。北大毕业后，凭借着她的成绩和学习平台，按照一般的社会价值观来说，她有着良好的职业前景。但是她毅然决然地放弃在京城就业的机会回到了江淮省，一是因为父母就她一个孩子，她愿意和父母生活在一起，将来承担起照顾父母的责任。最重要的一点是当她还是中学生的时候，有机会和父亲的公司到农村送"温暖"，被农村孩子学习的情景所触动："我们去的那是一个大山村，当时那里还没有通电。和我差不多大的孩子们是用一个铁皮罐头壳和一绺延伸在外的棉线做成的煤油灯来照明。他们就在这盏破旧的煤油灯下读书，在这盏破旧的煤油灯下用书本上得来的一点点知识，吃力地想象着他们的未来。这个场景深深地打动了我，让我产生一种强烈的使命感，长大以后我要尽我的努力把光明撒播到每一个黑暗的角落。来送变电工作的第一天，作为一个共产党员，我就把送变电共产党员的徽章别在了自己的胸前，以它来时时提醒自己：我是一个共产党员，是一个有担当有理想有抱负的80后。不管到什么时候，不管在什么环境下，我得对得起这枚徽章。不去一线打磨，我怎么能成长为一个合格的送变电人呢？”

这番话，感动了所有在场的领导。程芸芸也给大家留下了深刻的印象。以至于公司领导见到程芸芸的父亲时，由衷地说：“老程啊，虎父无犬女，芸芸将来的前程可是不可小觑啊。她不需要你的背景你的提携，一定会成就自己的一番事业的。”

没有任何异议，程芸芸如愿来到了一线，分到了险峻施工工地的许小涛项目部。

“谢谢！”许小涛放下手里的空杯子，接过热奶茶，对着吸管就喝。见江明还在身边，立刻说：“渴得我都忘记推让了。”

程芸芸转身又拿过一杯热奶茶，送给江明：“喏，刚冲好的，趁热喝啊。”

江明连声说谢，却无心去喝热奶茶。他愁眉苦脸地转动着奶茶杯，瞥一眼许小涛桌上悄无声息的手机：“许经理，本来这事应当先跟杨经理讲，可我怕他的脾气，他一定会把我臭骂一顿的，所以，还是先跟你讲吧。没想到，正赶上你……”

他又瞅了许小涛手机一眼，把话吞了下去。

许小涛明白他话里的意思。刚才方诗雨在手机里的大喊大叫，一定把江明吓住了。

他不想过多解释，立刻朝手机上摁下一行字：“爱与不爱，我一直在这里。”把这行字以短信形式发给方诗雨，才安下心来接江明的话题：“什么事，你只管说，需要我跟杨经理协调的，我会努力去做。”

“我，我想辞职……”江明嗫嚅着，“我想……回老家工作……”

“嗯？”许小涛惊愕地看着江明。

他没想到，江明要跟他说的是这事。

“怎么突然要辞职？”小涛盯着江明的眼睛。

"我跟你的情况差不多。她……她……一直跟我吵,现在下了最后通牒,要么回到老家跟她结婚,要么,分手。今天,我必须给她个答复。明晚的火车票,她在网上给我订好了。这是她的最后期限。"

许小涛呆呆地看着江明。看得江明无处躲藏。

许小涛苦笑一下:"这也没什么不好意思的……你,真的决定了,回老家?"

"是。这些天我想了好久,斗争了好久。我热爱我从事的这份工作,但我也爱她,很爱很爱。世上没有两全其美的事,我只能选择其一。工作没了可以重新找,爱人没了,或许一辈子就找不着了……原谅我,我不能没有她……"

许小涛掏出烟盒,抽出两支烟,一支扔给了江明,一支自己点上。一忽儿整个房子装满了烟雾。

"她是我第一次爱上的女人。她很爱我,很理解我。她原先一直都支持我的工作。大学毕业后考到送变电,她也一直支持。可是,我们对这个工作的特点还是低估了。她和我都没有想到这个工作这么令人纠结,工作的性质一点都顾不上家,顾不上亲人。她生在单亲家庭,家里就她一个女儿,她妈妈独自带大她不容易。我不能那么自私,只顾自己的事业和工作,不顾她的感受和要求,而且这要求真的不过分。其实我心里真是痛啊,放弃哪样都痛……许经理,你能理解吗?"

许小涛捧着自己的头,看着黑漆漆的窗外。每当方诗雨跟他在电话里吵过架,他都喜欢看着窗外发愣:"工程很快就会结束的,很快就能团聚的,很快!"他在心里给自己打气。

工程确实有结束的时候,但新的工程又在前方等他,新一轮的离别又再次开始。送变电的女人,无论哪一代,真的就是只能独守空房,真的就不能改变吗?

"我懂的。"许小涛深深看了一眼江明,"你是个男人,你既然作出了决定,就一定是经过慎重考虑的。你去意已定,阻拦你,只能让你更加痛苦。我们在站班会上的'三查'里,其中之一是查看情绪。如果带着这样的情绪上工,不但给工程,也给你自己带来安全隐患。也许我的理性里有劝你留下来的想法，而情感上，我理解你。”

“谢谢你，许经理，谢谢你理解我。请不要把我当作一个懦夫看待。还请你帮助我向杨经理说明好吗？能得到你和杨经理的理解，我心里可能会好受些。其实谁没有家，谁没有亲人呢？我知道杨经理的女儿已经忘记了爸爸的模样，你的女友也经常打电话哭诉相思。你和杨经理以及我们这些在外施工的弟兄，谁没有家啊，如果都像我这样，这个工作谁来做？总是要有人做的啊。这些天，我也曾经想努力过，想说服她，想留在这个温暖的团队。我晚上躲在洗手间给她打电话，经常打到手机没电，换块电池再打。可是我说服不了她。她不逼我，只是不停地哭……”

“杨经理那边，我们一块儿去说一下吧。他可不是个无情的人，他这个铁塔汉子的心里，比谁都柔和啊。我想，他也会理解你。只是，送变电少了你这个人才，蛮缺憾的。”

杨奋强房间的灯光，从晚上亮到深夜。窗外结着浓重的冰花。

第二天晚上，看着江明乘坐的火车走得很远很远了，渐渐地无影无踪了，许小涛才把目光收回来。

他代表项目部送江明上火车回家。

一去千万里

YIQU QIANWANLI

第九章

天下哟黄河九十九道弯

谁有我这水来谁有我这山？

几千年的日子风刮散

只有这山歌从来就没有断……

——河曲民歌

一

西草夼集是大山里的一个小镇，也是下高速到项目部的必经之所。

江淮省是一个很特别的省份，其南北全境跨长江下游、淮河中游，所以江淮省就以长江、淮河为界，形成了地形地貌和气候物产都非常鲜明的淮北、江淮和江南三大地域。几乎跨越全境的南北大动脉工程就是从平原和低山丘陵为主的煤城洛山开始，穿越位于江淮之间的大别山山系，直达最南端黄山山系的黟山。虽然说江淮省南北全长只有五百七十公里左右，但是南北大动脉工程输电线路蜿蜒起伏，达到六百公里以上，而且施工线路大部分都在深山区，的确是一个很难啃的硬骨头。

工程复工后，很快就推进到了黄山山系的起点西草夼集了。从这里往南走，就是地地道道的深山区了。

项目部就建在西草夼山脚下，大勇回省城滨湖市省公司开会或处理事情，都必须从西草夼集那里上下高速。但哪一次也没像这次让他感觉自己就像一位将军，即刻就要冲上战场一样。

车子尚未停稳，王大勇就拉开车门跳下来了。

先映入眼帘的是庞大的装塔材的载重车，大勇愣怔了一秒钟，立刻明白，眼前发生着的是什么事了。

拉塔材的载重车正被几座土坟挡着。

通往施工现场的那条老旧的砂石路，原本可以走拖拉机、小汽车，但要走两挂车厢的载重大卡车，大车一侧的轮子可就没着没落了——

路太窄了。要把左边的深沟乱石填平成路，那几乎是不可能的事。那可是长达几十公里，曲里拐弯通往一片水库的活水沟。拓宽砂石路的唯一办法就是在砂石路的另一边傍着田地的地方想法子。法子再简单不过，只要把稻田地略微加高，填上砂石，车就能行进了。

暂时性占用土地的赔偿，早已到位。大部分路段都垫填好了，棘手的就是那几座土坟了。那几座土坟就突兀着坐落在砂石路边上的田地里。

为了这事儿，贺立淮没少费心，他嘴皮子都磨破了，说大说到国家世界，说小说到一日三餐，反正怎么贴心怎么说，怎么感动怎么说，几箩筐掏心窝子的话，差点把自己弄得涕泪交流，主人才松口愿意将祖坟移到村后的土坡上。

一切安排停当，按事先定好的时间，首批塔材于昨天动身，从省城滨湖市出发，直抵现场。没想到，这批塔材，走了一天一夜，居然就搁浅在目的地的门口了。

还是那几座土坟的事儿。

做工程的几十年里，因为民事纠纷被围攻的场面，王大勇经历得太多了，闭着眼睛都能想象得出。但是看到许小涛的工作服被人从肩头生生拽掉一半，整个人蓬头垢面的，他还是觉得这些人太狠了点。再看到贺立淮的模样，就知今天这事儿有些严重了。

贺立淮头上不知道哪里伤了，耳朵旁边都是血。一个长得猴精猴精的人紧紧拽着他就是不松手。看到王大勇说："我见过你，你是这条线路的头，我们今天啥都不为，就是不能动我们家的祖坟。"

王大勇看着猴精一副血战到底的样子，朗声道："一座坟多少钱，和你们早就商定好了，赔偿也到位了，怎么中途变卦了？你对我们工作有什么不满意的地方，可以提出来。"

"这坟，就是不能挪了。再多的钱都不能挪。昨天风水先生给我们算了一卦说，要是移了祖坟，就会毁了我们家的风水，子孙后代都会受到影响，我们家还有当领导的呢。"

"他们家最大的领导是镇上茶叶厂的小组长。"有人小声嘀咕了一句。

“哈哈哈哈……”

王大勇微微笑着，看着气急败坏的猴精唾沫乱飞，滔滔不绝。

在做这个南北大动脉之前，王大勇和他的伙伴们是做了很多功课的，包括研习工程沿途当地的基本风俗民情和人情世故，这对调解民事纠纷很有好处。对于王大勇来说，活儿累不累，吃得怎么样，住得如何，远离亲人，照顾不到家，这些都是工作特点，不用计较和在意，反倒是工程中突发的民事纠纷使他们伤透了脑筋，甚至伤透了心。

他想到了这里做民事工作的难度。这和此地民众“习律令，性喜讼”的民俗现象是分不开的。

很久以前甚至可以追溯到两宋时期，这里就被各地官府称为“难治”之地。到了明清时期，愈演愈烈，甚至可以达到“事起渺怒，讼乃蔓延”，形成累讼不休、不胜不止的“健讼”民俗。一方水土养一方人，也许是重重叠叠的大山阻挡了人们的视线，久而久之，这种民俗已经成为困扰地方的一个严重的社会问题。

用一句通俗的话来说，这里的民俗就是“无风都起浪”，更何况还有点来头，巴不得“有风浪三丈”呢。

猴精还未来得及搭茬，一个拄拐杖的老奶奶颤巍巍走到王大勇身边，用衣襟抹一把眼角的泪，拉住王大勇的衣袖，鼻涕眼泪一起蹭给他：“我孙子说的没错啊。我们李家几十口子，全仗着祖宗保佑，就是老天爷来，也不能动我家的祖坟。你们干啥不行，非要挖人家祖坟？”

大勇的胳膊被拽得有些僵硬，但他不能动弹，因为拽他胳膊的老人，比玻璃瓶还要脆。小涛立刻附他耳边说：“师傅，刚才就是这个奶奶吊我胳膊上，把我衣袖硬扯下来了，拦着卡车不让过。”

“老人家，看您老也是明事理的人，您对国家的事，可能比我们还要从心里支持呢。现在的这个工程，是国家的大工程，工期要得紧。这条电线能从咱们这里过，可是地方政府费了好大的劲儿争取来的，不容易呢。有了这条线，咱这里以后办工厂，开发旅游，建大宾馆，搞农家乐就方便了。有电啥都能干。”

“你也不要蒙我了吧，我们这里早就通电了。电视我们都有了。”

大勇扶着老奶奶，慢慢地跟她讲河道宽了，淌的河水才多，电线粗了，流过的电量才大，现在城市乡村的经济都大发展了，电量不够用了等道理。

“奶奶，不要再听他胡咧咧，又不是他家的祖坟，他当然不难受。我看谁敢再动一锹土，我就拿石头砸谁脑袋。”

猴精满脸涨红，血脉喷张。

贺立淮从地上站起身，一手捂着冒血的脑门，诚恳地说道：“谁也不愿意挖谁的祖坟，我们只是因为工程想请你家的祖坟迁一处更好的地方，就像我们拆迁改造，不都是为了更好的生活么。你家的上人泉下有知，也许都会同意的。”

猴精怒视了立淮一眼：“想挪坟？那给我们家族带来的损失，一时半会儿看不出来，只能先在钱上算。把钱押在这里。一座坟一千块，太少了，我们吃亏了。现在你们必须重新赔偿，一座坟一万块，少一分都不行。”

“闹了半天你不是真孝顺，是想借祖宗多要点钱啊……”立淮挣着脖子正待往下说，大勇用右手摁住他的肩。

该来的，终归要来，猴精终于说出阻拦塔材进场的真实目的了。不就是多要些钱吗？一寸地皮都不会少给钱，何况是难点较大的祖坟呢？王大勇尽量克制着，一字一顿地说：“这位乡亲，你的心情我非常理解，只是赔偿的事，都是国家明文定下的，一座坟多少钱，一亩地多少钱，不是你我说了算的。你说要多少就给多少，那还不乱了套了？”

“你别拿国家来吓我。国家是爱人民的，我是人民，国家得爱我。爱我就得多给我钱，不多赔钱也行，除非……”

“除非什么？”王大勇紧抓住他的话。

“除非你给我家祖宗行大礼，一步三叩头，这坟才移得。”

一时间，四周围着的人全住了声，一起看向王大勇。

王大勇的喉结剧烈地滚动了一下，拼命咽下一口唾沫，朗声一笑道：“这主意好，我看行！就这么定了！立淮，移坟的工具都备好了？”

“大勇，你别听他胡说，这都哪跟哪啊？”贺立淮阻止道。

大勇看着人潮后面卡车上傲然耸立着的塔材，心潮如波涛翻卷。心想，无论如何，塔材不能再在这过夜了，今晚必须全部进场。不就是行大礼嘛，就当上舞台演一出戏得了。那台上唱戏的，哪一出都有哭天喊地的，权当做一回业余演员，客串一把哭坟。况且挪人家祖坟，本身就惊扰了先人，祭拜一下，也是应该的。

王大勇面带微笑，伸出双手，紧紧搀扶住愣怔一旁的老奶奶：“奶奶，您老放心吧。我们一定让你家的先人们风风光光地乔迁新居。”

项目部一班人马，立刻忙碌起来。贺立淮早先准备的移坟工具和请来的移坟专业人员，已在现场等候多时。

正值中午时分，猴精家族一帮在家留守的老人、妇女拿出家里存留的老白布，每人在头上包一块，算是给先人戴孝了。猴精的头上也缠着一块惨白色的白老布，脸上的样子比谁都难看，一看就是想找后悔药吃又找不到的模样。

王大勇笔直地站着身子，也认真地围上了一块白老布，像披挂整齐从容上阵的将军，一边指挥着迁坟的事宜，一边配合迁坟的程序，指挥若定，分寸得当。

相较而言，猴精脸上的后悔能刮下来几茶缸子。

天上的云层渐渐厚起来，天空明显暗了不少。几滴冰凉的水珠砸到王大勇的脸上，他心里一惊。猛地抬头看了一下天，见云层像施了魔法似的，急急地往一块儿聚，厚得似锅底。他心里一个激灵，仿佛几只拳头在朝他捶打，面上却平静得不见痕迹。几位专事移坟的人，正弯着身子朝一块铺开的塑料布上捡拾。突然，塑料布叮叮当当响了起来，越响越大，越响越密，是被雨滴紧密击打时发出的刺耳声响。这时，猴精突然跳将出来，大喝一声：“停！”

所有的手都停了下来。突然安静下来的现场，增大了雨的密度和声响。

“都停下，停下！我的乖乖，这一定是惹怒上天了。”猴精的声音无比夸张。

王大勇就像被一截塔材击中了一样，头轰地一下，片刻，他高声叫道："小涛，去车后备厢，把伞全部拿出来！"

许小涛和项目部的其他几人，立即掀开车后厢，拿过来几把长柄大雨伞，王大勇抓过一把，呼地撑开，挡住坟场的上空。项目部的其他几人，也照他的样子做了。在猴精正要反应过来要跳将第二次脚时，王大勇以前所未有的高腔，像在舞台上念白一样，发出晴天霹雳般的声响："这是你们李家感动上苍了啊，通情理，顾大局，上天派来了天使，驾祥云，洒甘露，来迎接你们的先人迁新家了……"

王大勇笔直立着，鬓角上挂着明亮的雨水，像一粒粒精美的珠子。

刚刚清理好现场，雨突然停了。雾蒙蒙的天空，仿佛被一只有力的大手，哧啦撕开一片亮光，露出一长溜明艳艳的蓝天来。

二

2008 年冬天的那场雪下得真大啊。

气象台预报说昨天傍晚到夜里会下雪。结果上午就下起了雪，不过下得并不大，大概一个小时左右就停了。没想到，到了下午雪又卷土重来，而且声势浩大。下午三点左右，天空中突然洒下大片大片的雪花，能听得见下雪的"嗖嗖"声。正在吊水的小涛发现天上掉下来的雪不是一朵朵的，简直是一块块的。放眼望去，是白茫茫的一片迷离。不一会儿工夫，地上、树上、屋顶上，就全都被厚厚的积雪覆盖。近近远远的毛竹被积雪压弯，伏倒在路边，汽车从路两边雪白的毛竹底下穿过，形成了一道罕见的风景。

许小涛看着吊瓶里的药液一滴滴流入自己身体里，感觉体温在渐渐恢复正常。他忍不住低头看了一眼手机屏。往常这个时候，都是方诗雨来电话的时候。

小涛知道，其实方诗雨的抱怨是很正常的，是一个女人的人之常情。方诗雨不过分，她只是希望和相爱的人相守。诗雨又是那种很小资的小女人，小女人总喜欢小鸟依人。而许小涛在方诗雨需要他的时候，能在哪里？只有在工地上。许小涛觉得自己理亏，所以即便诗雨再发脾气，他都从不跟方诗雨吵。在诗雨炮弹似的轰炸中，他只是个听众。又不能改变现实，他只得装聋作哑。这激起方诗雨更猛烈地对他开火。

两情若是久长时，真的要朝朝暮暮？

好几天了，诗雨的电话却没有如期而至。

其实哪怕是抱怨，哪怕是轰炸，小涛也愿意听。因为这是他的女人的声音啊，比什么都甜蜜的声音。

许小涛调出来已接电话里的"我爱诗雨"，回拨了过去。

"我爱诗雨"很礼貌地说，你所拨打的电话已关机。

大山里的冬天格外冷，小涛的心更冷。除了工地上一片坚挺的板房和那基刚刚竖起的构架钢塔外，世界一片银白，一片安静。

正在这时，一辆不太高档的越野车闯入了小涛的视线，只见车磕磕绊绊从铺着厚厚雪被的乡间公路上驶来。在工地大门口，车子停住，走下来一位紫衣女子。

方诗雨，是方诗雨？

小涛惊呆了。

待那辆越野车慢腾腾走远了，诗雨才腾挪着朝工地里面走来。她走得很慢，但足以引起不远处工地上所有人员的注意。这个被粉紫羽绒大衣包裹着的女子的到来，让每张躲在大棉帽里面的眼睛里，都写满了惊讶。

许小涛一定是第一个发现方诗雨的人。他对她的身影太熟悉了，别说是出现在大雪覆盖的大山里，哪怕是出现在世界的任何一个他看得见的地方，都能一眼把她认出来。只是，今天方诗雨的出现，太突然了，太让他意外了。

许小涛像做梦一样，拔掉针头，就朝方诗雨奔过去。

"诗雨，诗雨，是你吗？"许小涛可着嗓子叫着。

方诗雨看见了那个像大笨熊一样穿着蓝布大衣朝她走来的人。

在她的想象中，她设计了无数种和小涛见面的情景，但每一种样

子都不是眼前这个情景

内心一定要坚硬。方诗雨在心里告诫自己。

但当许小涛把捂脸的帽子解开带子，露出胡子拉碴的下巴，当镜片后面那双略显迷惘而疲累的眼睛，惊讶地看着她，当他像毛毛熊一样一把揽她入怀的时候，她内心的坚硬“砰”的一声碎掉了。

我是来和他分手的，一定要记住，我是来分手的。方诗雨内心挣扎着，但身不由己倒在许小涛怀里。

许小涛把方诗雨连拉带抱地带进了工作点的板房。

方诗雨围巾上缀着的霜花，漫漫融化了。她僵硬的肢体，渐渐回暖了。

方诗雨看着许小涛。许小涛身后用钢材制作的吊针架子上，挂着一只还剩半瓶药水的吊瓶。

“你病了？重不重？”诗雨忍不住问。

“没事，一点小感冒。走不开，村诊所的医生过来帮我吊点水。”许小涛说罢，看着方诗雨，只会傻笑，嘴巴一咧一咧，幸福极了的那种笑。

这笑容，方诗雨太熟悉了。每次做工程结束回来见到诗雨的时候，许小涛就是这种笑。方诗雨的心软了，立刻又将它变得强硬起来。

她挣扎了一下，挣出了许小涛的怀抱，把一直搂着她的许小涛弄得一个趔趄。这时候，她才看到许小涛的嘴唇上起着一层粗糙的皮，连被同学们公认的小白脸，也变得黑红一片了。才多长时间哪，就变得这样“面目全非”了。方诗雨的心又软了软，努力做出平日的模样说：“怎么，就在这样的地方接待我？”

许小涛已经从惊喜中回过神来，他连忙千道歉万道歉：“老婆，抱歉，真不知道你要来，你给我带来多大的惊喜啊，你就是这场大雪的精灵，你就是仙女啊，天哪，你怎么会找到这里来的？”

缓过劲来的方诗雨，苦笑笑说：“没有听说过一句禅语么，山不过来，我就过去。你不回来，我只好来看看你了。看看你到底在做什么，做得这么投入，连个电话都没有时间打。”

诗雨的眼睛里流露出一种凄绝的神情。

外面传来汽车喇叭声，小涛上前温柔地帮方诗雨拉拉围巾，重新把羽绒服的帽子给她戴上："诗雨，这里条件太差了，一起坐接员工的车回项目部吧。到那儿我们再好好说话，啊？"

诗雨点点头，跟他一起走出去。

在项目部，许小涛不是一个人住，他和土建的几位负责质量和施工的人住在一间十几平方米的八人间房里。这几个家伙，今晚一定要留在工地上的板房里挨冻，把集体宿舍变成单身房间，刚才接员工的车子一到，他们就躲走了，无论如何不上来："许经理，你放心吧，明天到工地来开站班会，我们保证好好地等着你！"

方诗雨没想到作为经理的许小涛还住在八人间，由四张高低床组成的宿舍里。本来她给自己设计的情景是，一见面就开门见山地说出此行的目的，之后，不给许小涛一点解释的机会，扬长而去，住最近的黟山市区的宾馆里，第二天赶回滨湖。

看到这些高低床，方诗雨伸出指头在床栏上轻轻抚摩了一下，立刻想到许小涛大学里的男生宿舍。第一次进许小涛的宿舍，第一次看见许小涛干干净净、男生味十足的床铺的情景浮现在眼前。现在这个宿舍的样子，跟许小涛大学里的场景，是多么相似啊。看来，许小涛真的没有开始新生活的打算，他的心智和情商还停留在学生时代。否则，他怎么会忍受这样的生活？

方诗雨坐在下铺，目不转睛地看着许小涛，似乎要用这样的注视，把许小涛看到自己的心里去。

方诗雨心里转了无数的念头，许小涛却一点都没有感应，他被幸福击昏了。只见他手忙脚乱地进进出出，又是去会议室的饮水机里倒开水，又在抽屉里找好吃的。

终于，他抱歉地、疲累地坐下来了，仔细地瞅着方诗雨。之前方诗雨在电话里跟他大战三十个回合的争吵，他已经全然忘却，现在的小涛，满心满脸的只有两个字：幸福。他痴痴傻傻地看着方诗雨，只是笑，只是笑。

看着许小涛单纯的笑容，方诗雨靠在床栏上，泪水滔滔地流了出来。

直到看到方诗雨夺眶而出的眼泪，许小涛才明白，顶风冒雪赶过来的方诗雨，绝不仅仅是来看他的那么简单。

许小涛走上前去，轻轻把方诗雨拥在怀中。无论她有怎样的委屈，怎样的痛苦，无疑都是他带给她的。他温柔地说："诗雨，对不起，对不起。"

方诗雨大放悲声地哭了起来。不仅是有万千委屈，还有一种痛彻心扉的抉择。

方诗雨的泪水之多，是她认识许小涛这么多年来最汹涌的一次。许小涛任她哭着。

因为这时候所有的语言，都是多余的。

许小涛知道，她一定走过一段不平常的路。她一定挣扎得非常辛苦。他紧紧地搂住方诗雨，彼此的眼泪浸透了对方的肩头："诗雨，我知道对不起你，让你惦记，让你孤单。可是你理解我啊……"

"我可以理解，但是无法接受。"

诗雨一下子从小涛的怀里挣出来，非常平静地说。

小涛很吃惊地看着这个他似乎陌生起来的爱人。

"涛，若是我不爱你，我不会放弃上海的妈妈和家以及可能比在滨湖更多更好的工作机会，和你一起来到这里，对不对？"

小涛点头。

"涛，我理解你的工作性质，也理解你对专业的热爱和投入。我相信你以后在专业上一定是个非常有建树的人，你是一个非常有专业前途的人。但是，涛，我无福享受以后你可能会给我带来的风光，因为我只是一个普通的女人，我只要普通的相守。原先我对你对未来还有奢望和想法，可是现在，我只想和你朝夕相伴，一起起床吃早餐。这个要求不过分吧，涛？我真的还很年轻啊，我需要男人的呵护和爱抚，我需要男人的疼爱和相伴。

"而你冷落了我。

"一份感情的维护是需要两颗心的滋润。我的感情不是不尽的甘泉，它需要你的爱来补充。我要与你做少年夫妻。而你的爱太务虚，我是需要用形式去表达爱的。我极度渴望爱的日子里，可能就会接受新的感情来滋润渐渐缺乏爱的心田。

“涛，作出了离开你的最后决定，我的心像撕裂了一样的痛，你知道吗？我们虽然没有履行结婚的程序，但是我们早已是夫妻之实。我熟悉你的每一个表情和动作，我习惯并且喜爱你所有的气息，我在你的鼾声中入睡特别踏实。你已经成了我身体的一个组成部分，现在分开，就像活生生地从我的身体上砍下一块，我比你更疼。

“可是，无论如何我知道，你是不可能离开你热爱的工作的。我没有魅力把你吸引到我的身边。在你的工作和我的感情中，我是一个失败者。既然改变不了你，改变不了你的环境，那么我来改变，即便是剧痛，也是长痛不如短痛。”

小涛渐渐地冷静下来，看着平静倾诉中的诗雨，他知道，这份感情已经不可挽回了。

小涛走上前去，拉着诗雨的手：“诗雨啊，你不要哭了，再哭我会心疼的。”

“我也是个普通的男人，更是个正常的男人。我也喜欢和你朝夕相处，我也喜欢和你耳鬓厮磨，我更喜欢每天晚上和你天鹅湖边漫步，早起做你喜欢的小点心。我也希望我的工作是朝九晚五可以守着家守着你。你知道吗，我最喜欢的一件事就是当从工地回家的时候远远地看到我们的小屋灯是亮着的，我觉得好幸福啊。那时候，我的心里充满温暖，那灯光就像你的眼睛温柔地看着我。

“可是我的工作让这种向往变成了奢望。

“诗雨啊，不管我们是主动还是被动地选择了一份职业，都应该尊重一份职业。

“其实我也始终在想，我到底图些什么呢？大部分的时间是风餐露宿，赶工期的时候是夜以继日，处理民事纠纷还会忍辱负重，跋山涉水对我们来说更是家常便饭。这一份职业真的这么重要么？

“后来我想明白了。这份职业对我来说，它不仅仅是一份养家糊口的工作，而是事业，是凝结了我们送变电几代人心血的事业。我们以自己的职业为荣，我们无怨无悔，我们耐得寂寞，因为我们知道如果没有我们的付出，所有人的生活都会完全变一个样子，包括你，诗雨。我还记得一个阿姨跟我讲过，男人走得再远，他的心都在家里。只要心在家里，女人就不会感到孤单的。诗雨啊，我的心从来没有离开过你，你知道吗？”

诗雨什么都不说，只是一直在哭

爱，是那样的不忍割舍，爱，又是那样的令人无望徘徊。

三

许小涛和方诗雨一夜无眠。

该吵的架全部吵完了，该生的气似乎也都生完了，他们没有感情用事，也没有意气用事，毕竟是八十年代出生的人，很多的观念和价值观都有着很大的包容性和理解。第二天天刚亮，小涛就准备送诗雨回黟山坐车返回滨湖。

“等等，诗雨姐姐。我送你回黟山吧。小涛今天还有事。”

程芸芸从她的板房里走了出来。

小涛和诗雨都很惊愕。

诗雨惊愕的是在这样荒凉寒冷的大山里怎么会有这么漂亮的施工员？有小涛这样对工作痴迷的男人，还有和他一样痴迷的女人？小涛惊愕的是程芸芸怎么知道他今天真的走不开，在昨天吊水的时候，他就安排了今天上午必须做的事情。而且在任何场合，程芸芸一直都喊他“经理”，什么时候改口喊“小涛”？

走到项目部临时搭建的车库边，程芸芸开出了车子。

诗雨执手相看小涛，泪眼闲闲地低低地说了声：“保重。”

小涛轻轻拥了拥诗雨：“对不起诗雨，好好走前面的路。你开心就是我幸福。”一边说着，一边眼圈也红了。

雪无声地一夜断断续续地下着，几乎没有路可以辨认了。越野车低吼了一声，以路两边的毛竹作为寻路的识别物，刚刚找到能走的乡村公路，车子突然停下不走了。

方诗雨愣怔了一下，问道："怎么了？"

程芸芸没有看她，而是捣鼓了一阵，朝面前播放器里插进一个U盘。立刻，一首歌清逸地飘荡开来："只是因为在人群中多看了你一眼，再也没能忘掉你容颜，梦想着偶然能有一天再相见，从此我开始孤单思念……"

苍凉低沉的歌声中，程芸芸直视白茫茫的前路，像话外音那般说："这个叫李建的男人真是太帅了。这个男人是那种用情来写歌的人。他在北京的四合院里，看普鲁斯特的《追忆似水年华》，就写出了个人专辑《似水流年》；看了茨威格的小说《一个陌生女人的来信》，就写了这首《传奇》。我在北京读书时，去他住过的四合院看过，可惜那四合院被人拆了。"

方诗雨又一次被这个女孩子惊住了："你什么意思啊，小程？"

"诗雨姐姐，每个男人表达感情的方式是不一样的。李建是用歌声和煽情来表达，而小涛大哥是用努力和奋斗来表达。我不知道你和小涛大哥发生了什么事，但是他对你的惦记对你的思念对你的器重和为你骄傲，我们都是看得见也深深为之感动的。真的很少有这样痴情的人。你千万不要埋怨他对工作的痴情。一个人能够对工作痴情，这也会养成他的一种行为习惯，他同样也会对他的爱情痴情，即便他走得再远，他的心都会在你身边。姐姐，你千万别以为他们这些送变电人不懂爱情。他们才是最懂得珍惜爱情和家人的人。正因为远离家人远离亲人，所以他们才会把和亲人相聚的日子看得格外重格外珍惜。这种相聚时间也许不多，但是正因为不多，所以才有质量和浓度。姐姐，你要不要重新考虑一下？不要轻易放弃这样至纯至美的爱。"

方诗雨也被程芸芸的真诚打动了："程芸芸，我尊重你对送变电人的理解。我也可以理解，但是作为一个年轻的女人，我接受不了，你懂吗？我希望能够和我的爱人早晨醒来相视一笑，我希望和我的爱人晚上可以坐在一家小小的茶吧里听着音乐，说着只有我们俩才懂的痴话疯话俏皮话。这真的是生活中最普通的要求了，但是对我来说是奢望。你知道吗？当我下班回到家里，若是不打电话，我会有几个小时不需要说一句话。有一次我偶然对着镜子发现，我牙齿的形状深深地嵌在舌头上。两边，深深的。我哭了。你懂得这种伤感吗？你懂得这种近似于绝望的情感吗？你知道一个人寂寞可以到了无生趣的滋味吗？”

方诗雨走了，义无反顾地走了。

回来的路上，程芸芸一直努力地控制着自己的情绪。可是当她看到迎上来的贺立淮，再也忍不住了，扑到他身上哭了：“贺经理，送变电人一定要付出这么大的代价吗？”

贺立淮轻轻拍着程芸芸的肩膀：“这是我们为了工作必须付出的代价。我们不谴责任何人，因为这是我们送变电的工作性质对我们家人所造成的伤害。我们要理解而且原谅他们。”

“可是……”

“没有可是。芸芸，我理解你的心情。有的事情真的是要拿得起，放得下。你以后可能也会碰到这样的事情，要学会处理，要学会理解和宽容。”

“我以后就找送变电的人，这样互相理解互相宽容。”

“傻孩子，姻缘还要有缘分呢，你就一定会在送变电碰上一个？”

“送变电这么多顶天立地的男子汉，还能找不到我心爱的人？只要有心，就能找到。”再大方，毕竟是女孩子，程芸芸羞涩地笑了起来。

“看看，女孩儿家，哭哭笑笑地傻不傻啊。”

“哭不代表懦弱，笑就一定是幸福。你还能没有哭过吗？”

“你别说，我还真的哭过，不止一次呢。”

贺立淮给程芸芸讲述了他人生中三次流泪的故事：

“第一次流泪，我刚进送变电，跟着师傅学接卡线。我还记得那是一种波兰进口的导线，为防止生锈，导线外面涂着一层油，接线时要先用汽油把外面的这层油清洗掉。当时是冬天，气温有零下十来度，师傅叫我站一边看着，他一个人洗导线，说怕我洗不干净。其实他是怕冻着我了。师傅的手在汽油里泡时间长了，都冻裂了，手上布满一条条带血的口子。我把脸别过去，眼泪不由自主地就流了下来。”

“第二次流泪是我刚当架线工那年的事。那会儿我还没有成家，跟着送电队在野外施工。正是大冬天，在我上杆作业前，我师傅把身上的袄子脱给了我，让我穿上袄子上杆。上到杆上我才知道，上面风大，多亏加了师傅的这件棉袄。等我把杆上的工作做完，低头朝下一看，我流泪了。我师傅穿着单薄的衣服，正朝杆上慈祥而担忧地看着我。等顺着登高板下到地上，我脱下棉袄，连忙给师傅披上，师傅身子已经冻得冰凉。一整天，我想着师傅为我受冻，把我当自己孩子疼，想想就要流泪。”

程芸芸静静地听着贺立淮的讲述，在她眼里，这个黑塔般的汉子，居然还有着这般铁汉柔肠。

“第三次是我们在西部大别山区抢修线路。因为龙卷风，刮倒了四基杆子，要我们一个月内把毁坏的杆子运出来，再把新杆子运进去组立好。当时已经进入阴历九月了，我们把杆子朝外运的那天，天空下着雨，山路特别湿滑、泥泞。有经验的师傅让大家在山路上铺上一层稻草，这样，车辆才能行走。当时是上坡，有二百米长的坡路上，我们一帮人跟车后面推车，雨密得很快把我们衣服打湿了。这时候，前面站着一位项目指挥，看雨越下越大，他旁边的人立刻把一把伞举给他，没想到，他一挥手把伞推到一边，吼道：‘弟兄们都在淋雨’，然后冲到坡下面，跟着我们一起推车。我的眼泪立刻下来了，旁边的兄弟眼圈也都红了。我们送变电的男男女女，在困难面前是没有退缩的。大家相帮相衬，就像一家人。等你在送变电待的时间长了，你就能理解并且会爱上送变电人的。”

“是的贺经理，每一种职业都有令人骄傲的地方。送变电的人，可以在前面加上伟大两个字。你对嫂子就没有过愧疚，没有过流泪吗？”

贺立淮沉默了。

其实他想说，他最对不起的就是大妹了。常年施工在外，照顾不到家，照顾不到孩子。大妹带着重病的身子，还坚持着为他守着一个家，为他培养了这么好的孩子。一想到这里，他心底最柔软的那一块就被刺得生疼生疼的。在程芸芸说这话的时候，贺立淮知道，大妹因为长期的风湿，现在已经坐上了轮椅。就连送女儿上大学，都是她坐着轮椅去的。她说，你没有时间，我再不去，女儿第一次出远门，她会难过的，就权当我去旅游一次了吧。

想到这里，贺立淮的眼睛又湿润了。

程芸芸悄悄地走了。

一忽儿，立淮隔壁板房里传来一阵歌声，是芸芸的 MP3："拨开天空的乌云，像蓝丝绒一样美丽，我为你翻山越岭，却无心看风景。我想你身不由己，每个念头有新的梦境，但愿你没忘记。爱就一个字，我只说一次，你知道我只会用行动表示，承诺一辈子，守住了坚持，付出永远不会太迟。任时光飞逝，搜索你的影子，让你幸福，是我一生在乎的事……"

四

南北大动脉的工程到了结尾也是最艰苦的阶段。

腊月初一连夜召开的这个会很严肃。事实证明，这个会不仅是严肃的，也是非常重要而急迫的。

在江淮省与邻省交界之处的金牛岭地带，受风雪影响，500 千伏的千沪线，有八百公里长的线路上出现了线路覆冰严重超过设计承重三十倍以上，因此造成了倒塔事件。这条直通上海世博会的线路，必须在五十天之内抢修完毕。抗冰抢险有四个省的电力大军参战，江淮省抢险二十公里线路，把线路上 13 基倒掉的铁塔拆除掉，重新组立新的铁塔。

任务如山，直立面前；铁塔战士，听命奋战。省送变电公司在送电、变电和运检分公司挑出精兵强将，火速赶往抗冰抢险一线。铁塔厂也做好应急准备。两位项目经理杨奋强和许小涛，责无旁贷地成了抗冰抢险的主力军和负责人，而他们手下的部队，也全部参战到抗冰一线。这支队伍已经历练成省送变电公司技术和素质最好的队伍之一。

抗冰抢险大军浩浩荡荡出发了。滨湖市的落雪达到三十厘米，已属最大降雪量，可想而知，连续落雪的金牛岭，已经是个什么状况。

自带车辆，自带发电机，自备一切生活和抢险用品，抗冰抢险大军的装备很齐全。

到了现场，杨奋强首先查看灾情。抢修现场可谓触目惊心，到处是东倒西歪的铁塔，车也不能走了，地下不时有散落的电缆线。在离抢险地段2.5公里的地方，有一个小镇，就叫金牛镇。大家在镇上安营扎寨后，马不停蹄地奔赴抗冰一线。

山区零下8度的低温，加上寒风中的上杆作业，不仅寒冷难耐，而且风险无处不在。在邻省接连发生两起伤亡事件后，江淮省公司一直保持零伤亡抢险。

当抢险到1683号铁塔时，杨奋强许小涛的心揪了起来。一个难题摆在了大家面前：这座基塔的磁瓶坏了，一根电线掉进了石缝里，要把比人胳膊还粗的电线抽掉，难度非常大。这座山虽然不高，但非常险峻，卡线的石缝是块巨石，长在悬崖上的半山腰，别说人下不去，连马帮也无法抵达，一旦对掉落的电线操作不当，必有倒塔危险。

这时候，杨奋强和许小涛不约而同地想到了一个人：王大勇。这样的险情，有师傅在场，就有法子解决！

许小涛立刻打通了王大勇的电话："亲师傅，这回的难题非你老解决不可了。你只要来看一下，搞一个能实施的方案，告诉我们如何做就行了。现在大家一时难住了，想了许多办法，都有行不通的地方。我们的思路卡壳了。"

放下电话，王大勇马上赶了过来。

这次抗冰抢险人员里，原本没有王大勇。他的确到年龄了，奔六的人到深雪厚冰的山里来，是对他也是对抢险工作的不负责任。省送变电公司领导想到了这一层，王大勇自己也想到了。

王大勇刚到金牛镇就碰到接应他的杨奋强和许小涛。杨奋强连忙握住他的手说:“师傅,这大冷的天,又要请你出山,真是过意不去啊。可是,眼下的难题,我们意见不一,而且每个建议都觉得把握不大。邻省出现三死三伤的事故,对我们安全抢险敲起了警钟,我们更得小心了。”

“是啊亲师傅,我们现在是举棋不定啊。被卡的线夹在大石头缝里,如果直接剪断,势必给铁塔带来威胁,说不定会拽倒铁塔。而如果不剪断电线,电线又被大石卡着,越拽卡得越紧,怎么弄都不行。”

“小心无大错,越是在这个时候越是要冷静,安全生产永远要放在第一位。”

杨奋强和许小涛连连点头,就被卡电线如何拽出来,各自发表一通意见。王大勇听后,思忖了片刻,一挥手说:“我们还是去现场看看,看了再说。”

王大勇顾不得休息,换上他们带来的越野车,出发了。

到了山脚下,车无法再往前走了,只得下车步行,一步一步朝现场进发。

大勇、奋强、小涛他们各人拄着一根拐杖,一步三滑,走得很辛苦。在前面探路的杨奋强不时抱歉,护后的许小涛一路为王大勇捏着汗。这样一走就是八公里,才到 1683 号基下面。

到了现场,王大勇已是气喘吁吁。他顾不得休息,就围着铁塔仔细查看起来,先是看塔身,又看掉落的那根被石缝卡住的导线。

仔仔细细看完以后,他心里有数了,制订了一个方案:掉落的那根导线,看着是坏掉了,其实是外面的铝线坏了,钢心没断,照样受力。目前导线夹在石缝里,不能按以前的方式吊起来,因为一是石缝是弯曲的,导线卡得太紧。连石头一起吊也不可能,那块巨石太重,任何起吊装备休想吊得起它。也不能把导线生生截断。因为这个山非常险峻,两基塔一基在山上,一基在山下,落差有 150 米,每根线缆的张力有 4 吨多,四根线加一起的张力有十几吨,这是无法想象的力量。如果直接剪断导线,巨大的张力很快会使有落差的铁塔发生倒塔事故。唯一的办法是,把导线锚在塔腿上,两边要锚,中间也要锚,锚过后,两基塔中间的电线就不受力了，就可剪断线了。

王大勇的方案一出台，杨奋强和许小涛松了一口气。立刻按照方案实施，顺利地无惊无险地完成了任务。

大家长长吁一口气，立准说："大宝，大家脑门想皱也解决不了的问题，你一来就解决了，大家伙没有你不行啊。"

王大勇说："也没啥，就是见得多了，见多识广而已么，以后他们这帮小伙子比我们这些老家伙那可要厉害多喽。"

山上风大天冷，又落起了小雪花，掉在身上，很快成了冰，人人像穿上了冰盔甲。王大勇还想再朝前看看别处的抢险情况，杨奋强无论如何不要他再待在工地了，要速速下山去，冻病了，或发生了什么意外，他可不好向张工交待。再说，他是私自调王大勇前来救助的，现在难点排除了，师傅可以回去休息了。

王大勇听着有道理，只得下山去。他拄着拐棍，许小涛和另外一个年轻人一前一后当起了他的护卫。

飘雪后，没想到下山的路那样难走。高压线路行走的地方，基本都是无人区。所以，山路也不叫路，枯草长得很深，没个下脚的空。许小涛边走边提醒亲师傅一定要脚底站牢了才迈步。王大勇夸小涛越来越知道体贴人了。正说着话，突然脚下一滑，王大勇根本来不及多想，人就飞快地滑了下去。

一转眼就见不着王大勇的身影了。

下面，是深深的山谷。

许小涛高喊声"亲师傅"，他的喊声被山石挡了过来，又掉进深深的谷底。

"亲师傅——"

这回，王大勇一点没回应许小涛的呼喊。

第二天的天亮，王大勇才被救援队找到。他浑身是伤，被冰雪包裹着，尚有一丝气息。许小涛跟在后面哭得不成样子。杨奋强一句话也不跟旁人说，只寒着脸，扯着嗓子打电话，反复交待救护车要等候的准确地方。

王大勇被转到江淮省立医院ICU病房救治时，生命体征微弱。

许小涛、贺立淮、宋黎明带着送变电的千余名弟兄，挥泪依旧继续在抗冰抢险一线，杨奋强则在医院陪护，忙前忙后张罗。

张秀玲站在ICU的玻璃门外，一动不动，两手握成拳，放在下颌那里撑着，泪水把拳头淋湿了一次又一次。

杨奋强不敢前去劝说。只有鲁婧婧和坐着轮椅的大妹相陪秀玲左右。三个女人一起泪眼婆娑。

突然，一阵急促的脚步声响起，一个声音在急切地问："王队长在哪里……"

是大翠。

五

在省抗冰抢险办公室和省送变电公司的要求下，省立医院不惜任何代价，从上海请来了颅脑伤科、创伤科、骨科、心血管等科室的专家连夜赶到江淮省立医院来会诊，经过两天三夜的紧急抢救，王大勇终于和死神擦肩而过。

同样两天三夜没有合眼的张秀玲终于松了一口气，才和一直陪着她的大翠说上话："大翠，你是怎么知道大勇的事儿的啊？"

一句话说得大翠泪眼婆娑："跃进走了以后，我城里的姐姐怕我想不开，就把我接到城里来了。我经常去送变电小区玩儿，那里还有跃进原来的同事，他们的老婆都拿我当姐妹，这不就听说了王队长的事儿了吗？正好姐姐也退休了，陪我说说话，散散心。我就把生意交给了他们去做。跃进走了，我过日子的心气儿也没有了。嗨，人一辈子能吃多少喝多少？要不是跃进去收款，也碰不上这样的事儿。"

"可不能这样说，哪一个送变电的人碰到这样的事都会这样做的。跃进是为救人死的，是了不起的人。"

"我知道，但是我心里就是过不去啊。哦，有件大事，落雁坪我姨家的一个远亲叫我转给王队长一封信。这几天昏头了，忘记了，交给你吧。等王队长醒了交给他。”

“落雁坪？”

“是啊，是落雁坪一个叫杜鹃的。”

“你说什么？叫杜鹃？”

“是啊。她是个苦命的女子，生了一种要命的病。也是巧了，我正好在送变电小区的大门口看见了她，她就托我转一封信给王队长，说是王队长也在他们那里干过工程。”

“她在哪里？现在哪里？”

秀玲紧紧抓住大翠的胳膊。

大翠诧异地看着秀玲：“昨天她死了。我见到她以后，知道她就在省里的济民肿瘤医院住院，就常去看她。也没有人陪她。她说，她的儿子和丈夫工作都很忙。是她不要他们陪着的。她没有什么病，就是检查检查住几天就回去了。后来我才知道，她得的是肝癌。”

“后来呢，后来她到哪里去了？”

“后来她就回去了。听我姨说，昨天她死了。哦，对了，她还有一个小布包，我回家拿来。”

杜鹃还活着？杜鹃又死了？这几个字的信息量大得叫秀玲的脑袋几乎爆炸。这是怎么回事啊，怎么回事？

就在这个时候，杨奋强赶来和秀玲请假：“张总，师傅脱离危险了，我和明俊要回家一趟。”

碰到任何困难都乐呵呵的杨奋强此刻眼圈红红的。

“你不要担心师傅，没事的。”秀玲以为杨奋强担心大勇的事。

“我知道的。我妈妈去世了……”一句话没有说完，七尺高的男人哭得软了下去，站都站不住了。师傅的重伤和妈妈的去世像两根大棒，把个壮汉子一下打倒了。

“你妈妈？昨天？”

“是的。我爸爸是巡线工，离家几十公里，我和明俊都在工地上，家里就妈妈一个人，她生病我都不知道。她从生病到去世，该吃了多少苦啊，我一点都不知道。我不孝顺啊，我是个逆子……”

秀玲的心揪成了一团团。

大勇转到普通病房后，秀玲把信和一个小布包拿给了他。

“这是什么？”

大勇打开布包，突然双手颤抖了起来：是几件衣服，这衣服他好眼熟，是他给杜鹃买的结婚的衣服，是杜鹃！

秀玲拿起衣服上一只很旧的发卡，发卡上的色彩只剩下了点零星的红意：“大勇，是杜鹃。”

“杜鹃呢？她人呢？她的东西怎么在这里？”一向稳重沉着的王大勇突然发飙了。

“大勇，你先别急啊，你的伤还没有好。这是杜鹃给你的信，你看看。”秀玲慢慢把大勇的病床摇起来，打开了信：

大勇哥，你看到这封信的时候，我真的死了。

跌下悬崖以后，老天没有收我。但是我的脑子却跌坏了，几年都想不起自己是谁，想不起了所有的一切。等到我想起来的时候，我已经是别人的妻子，我已经有了两个儿子。

我沿着你架的电线去找你，我无论如何都要找到你，可是我找到了一个叫王大勇的尸体。我为你唱了最后一次山歌。哥，你听到了吗？

我大哭一场，为了两个孩子，我回到了深山，带大了我的两个儿子。

大勇哥，从我想起来一切以后，在心里我就一直把自己还当成你的妻子。我的人在他身边，我的心却一直在你身上。

大儿子念小学的那一年，在老师他为包书皮的一张过期的江淮日报上，我突然看到了你的照片。那时候你已经是一个施工队队长，我记得那张照片的题目是——紧急抢修除险情。我一个字都不会记错的。照片上，你站在高高的铁塔上，戴着那一顶我为你刷过很多次的安全帽。你头顶上还有一面旗帜在飘，你还是那么壮实，那么傻。

天哪，怎么会有这样的事情？

大勇哥，我上辈子一定做了什么错事，这辈子要受到这样的惩罚。

自从知道你还活着，我一共来了滨湖三次。每次来我都求菩萨可以让我看到你，只看一眼，一眼。我知道你的单位在哪里，我知道你住在哪个小区。可是我一次都没有看见过你，你总是在工地，你总是在架线。哥，线是架不完的吗？

这一次来，我知道就再没有下一次了。因为我得了肝癌，医生说，没得治了。

我怎么会不得病？自从恢复了记忆，我就从来没有高兴过一天。每次从滨湖回来，我就会大病一场。

大勇哥，我要交代你几件事：

木生对我很好，他人老实，帮我养大了儿子。我心里没有他，他和我在一起受了不少的委屈。要是可以的话，你能够把他转成公家的人吗？他做巡线工也做了一辈子了。要是可以，你就帮帮他啊。这是头一件。

第二件，我知道你一直没有成家。我也知道你跟秀玲姐一直都好着呢。老了，还是成个家啊，有秀玲姐在你身边，我死都安心了。我见过秀玲姐的儿子小涛，那是个好孩子，他会孝顺你的。

最最重要的一件，我要告诉你，我把两个儿子都送到了你的身边。奋强是你的儿子。我不能在你的身边，我也要把你的儿子送给你。感谢天，我跌下悬崖的时候，天保佑留住了他。

我一直没有告诉奋强，是想等自己咽气时再告诉他。可是没有想到我走得这么快。他和你一样，一直在忙啊忙啊。就是回家都是匆匆忙忙的。我不能亲口告诉他了，就求你告诉他吧。告诉他，木生是养他的，你是生他的。两个爹都要孝顺。告诉他，妈妈不是有意不说的，是不知道该怎么说……

大勇哥，我们今生有分无缘，我只做了你几个月的妻子。但是我一天是你的人,一生一世都是你的人。今生我嫁给了送变电的男人,生生世世都是送变电的女人。你虽然不在我的身边,但是我知道,你的心在我身边。心在家里,女人就不会感到孤单的。大勇哥,我记下了你的模样,就是跌下十座悬崖,我也不会忘记你。来生我再找你啊,哥。

实在是太大的刺激,王大勇昏了过去。手一松,几张纸飘到地上。

尾　　声

经过一年多的风风雨雨，坎坎坷坷，一直备受关注的江淮省的南北大动脉顺利送电了！

春暖花开的一个日子，在黟山市电力公司召开了南北大动脉启动大会。对于电网薄弱的黟山市来说，南北大动脉的建成，是非常及时的举措。黟山市委书记在会上说，这条线路对于黟山来说真的是太重要了，可以解决到“十三五”的用电需求，它必将给黟山的经济发展带来新的机遇。

“仅仅用了一年多的时间，就完成了黟山二十年的变迁，作为这条线路的建设者之一，我是欣慰的。送电过程中，我的心情忐忑着，似乎一刻没有停止关注，也一刻没有放下聆听。上午10点30分，第一条线路送电成功；下午3点30分，第二条线路送电成功。这一刻，才是南北大动脉最终的贯通。这一刻，我的心情彻底放松下来。我可以长长地吁出一口气了。

“别了，亲爱的大山们！我只是你沉睡千年中的奇迹。在你的怀抱里，留下了我的足迹，我的叹息，我绝望中的峰回路转，我徘徊时的蓦然惊心……

“车子离开了。穿梭在黟山市并不复杂的人流中，我第一次用如此轻松的心情，欣赏着黟山的风光。穿城而过的擎江水，别具风味的老街，整洁的路面，一团一团浓浓的绿意，让我享受到了平常极少有的纯粹之美。

“出了黟山城，上了高速，两岸依然绿色环绕。没有什么能比大自然创造的杰作更令人心旷神怡了。在重峦叠嶂的群山里，寂寞无声的南北大动脉的铁塔银线，从今天开始执行它们神圣的使命。而这条线路的下面，有着太多的故事，太多的辛酸苦乐，太多的悲哀和喜悦。一年多的时间很短，这一年多夯在记忆里，够人一辈子去回味、去品咂的了。”

就在杨奋强对着电脑屏幕打下这些字，以日志的形式抒写建设大动脉内心感受的时候，南北大动脉的原班人马，又接到新通知，将要启程开赴呼伦贝尔参加刚刚中标的“海东变”工程了。

出院在家养息的王大勇，除了右腿严重冻伤行走不便，正在做中医针灸治疗外，其他机能全部恢复正常。这次，大勇是不能带队前去呼伦贝尔了。他许诺会在工程结束时，去呼伦贝尔接大家回大本营。

送行的时候，大家分头上了五部大客车。贺立淮问宋黎明：“老宋，儿子刚出世，你就干活去啦？不怕老婆有意见？”

“嫁给了送变电人，就得有这个思想觉悟。”

“好。儿子取个啥名字？”

“铁塔！”宋黎明的回答很响亮。

“我的乖乖，叫铁塔？那不是跟我们大家都重名了？我们不都叫铁塔吗？”

“铁塔汉子的儿子，不叫铁塔，叫什么？”宋黎明笑得很得意。

五部客车轰的一声开走了。扬起的恢弘烟尘，弥散开一大片，很快又被阳光驱散了。

车后送行人的眼睛，一直跟着客车走远，走远……

突然，一阵歌声扬起来，是大翠和大勇：

哥哥啊
此一去青山千里
此一去江河万里
千万里我追寻着你
千万里我盼望着你
你远离我的身旁

却日夜在我的心上
哥哥啊
你是我白天的那一轮太阳
晚上盼望你能回到我的梦乡

妹妹呀
电流奔涌一去千万里
豪情澎湃一去千万里
千里万里我惦记着你
千里万里我温暖着你
我远离你的身旁
却日夜把你放在心上
白天我一去千万里
晚上亮着的每一盏灯都是我深情的凝望……

2012 年 6 月 9 日再改于合肥

新时代最可爱的人

——《一去千万里》后记

如果说可爱这个词，让你在喧嚣尘世里难觅踪迹时，那么，走近送变电的一帮爷们，你会感到，这里处处都有可爱。可爱的笑脸，真诚的心灵，勇敢的精神，无私的付出，在这群人当中，俯拾皆是。

当开始接手写作这部书并进行前期采访时，我们便与安徽送变电可爱的人们结下了不解之缘。仍记得，采访现场湿润的眼睛，不能自抑的低泣，皆是因为远离父母、妻儿时，电话那头一声温暖的问候，而工程结束，回家团聚时，曾经襁褓中的孩子已经咧开小嘴说话了，但叫出来的不是向往已久的爸爸、妈妈，而是叔叔、阿姨……刚刚跟孩子熟稔，尚未陪妻儿看一场电影，新的工程又吹响了远征的号角，离家再奔赴工地时，孩子的问话稚嫩得让人心碎：爸爸，你又离开我们回到你自己家了吗？在送变电孩子的眼里，爸爸只是家里的过客……仍记得，在远天远地的海拉尔采访，“白毛风”把工程车困在路上，白茫茫的大草原，哪是天，哪是路，全分不清了，工人们上路推车，人滑倒在雪泥里，帽檐上，胡子上，眉毛上，全是冰碴。零下二十多度的低温天气里，风像刀片样割人，钢构架在风雪中树立，一双双手被冻得裂满血口，来工地送水的老马下巴上拖着尺多长的冰柱，而住处的板房里，桶里的水变成了一个整体的冰坨……

送变电的爷们，有着像钢构架一样的粗犷、坚不可摧，也有着如水般的柔情蜜意。当一天的工作结束，当夜幕像温柔的毯子将大地覆盖，总有着甜蜜的热线联络。一头是妻子，一头是丈夫，两位亲密爱人述说着思念，缱绻缠绵。分离，成为习惯，思念，成了甜蜜挂牵。工程在哪里，人就在哪里，一去千里万里，思念的心也抻到千里万里，老送变电人，新送变电人，分离，是他们人生无可更改的主题！在边陲大漠，想家时，他们躺在戈壁上打滚，高喊，我要回家！然后，又一骨碌爬起来，仍旧安稳地施工架线。在雪域高原，缺氧和日晒让他们举步维艰，模样像非洲难民，他们却唱着家乡的歌席地晚餐。一家几代送电变人，不稀奇，一家几代送变电女人，顺着电缆线，抛撒无边无际的思念，不稀奇！在中国的版图上，高高矗立的一座座铁塔，就像送变电人一样，坚韧不拔，顶天立地！

幸福到底是什么？每个人的回答都不一样，但亲人相守，爱与爱相携，这是每个幸福里不可或缺的元素。而送变电爷们的幸福里，却多了别样的幸福：当万家灯火亮起，当一座座输电铁塔手手相挽，闪闪放光的钢缆线把西电东输，把北电南送，送变电爷们的脸上就挂满了花儿般的幸福笑容。

当我们感动送变电员工特别能吃苦、特别能战斗、特别能忍耐、特别能奉献的感人故事和战斗精神时，我们要感谢对小说创作给予大力支持的安徽省电力公司。特别是安徽送变电公司党委书记王觉醒，创作《一去千万里》正是他的创意。他周密部署策划，组织安排采访采风，并在创作过程中精心审稿修订，提出了许多宝贵意见和建议，才使得《一去千万里》的创作方向没有偏离，顺利问世，也使得新时代最可爱的人的精神风貌得以彰显。作为中国首部电力建设的长篇小说，《一去千万里》不仅被中国作协列为重点扶持作品，她出版后的文学影响和现实意义，一定远远超过作品本身。

我们拭目以待。

图书在版编目(CIP)数据

一去千万里/许辉,苗秀侠,宁平 著.
—合肥:安徽人民出版社,2012.10

ISBN 978-7-212-05838-8

Ⅰ.①一… Ⅱ.①许… ②苗… ③宁… Ⅲ.①长篇小说—中国—当代 Ⅳ.①I247.5

中国版本图书馆 CIP 数据核字(2012)第 235775 号

一去千万里

许辉 苗秀侠 宁平 著

出 版 人:胡正义　　　责任编辑:黄 刚 洪 红
封面设计:丁 明　　　责任校对:曹芝兰

出版发行:时代出版传媒股份有限公司 http://www.press-mart.com
安徽人民出版社 http://www.ahpeople.com
合肥市政务文化新区翡翠路 1118 号出版传媒广场八楼
邮编:230071
营销部电话:0551—3533258 0551—3533292(传真)

印　制:安徽新华印刷股份有限公司
(如发现印装质量问题,影响阅读,请与印刷厂商联系调换)

开本:710×1010 1/16　　印张:18　　字数:240 千
版次:2012 年 11 月第 1 版 2012 年 11 月第 1 次印刷

标准书号:ISBN 978-7-212-05838-8　　定价:48.00 元